新 潮 文 庫

地　図

初期作品集

太 宰　治 著

新 潮 社 版

8685

目次

解説　曾根博義

地図

初期作品集

最後の太《たい》閤《こう》

それは太閤《たいこう》の命も已《すで》に、あやうく見えた時であった。宏大《こうだい》な伏見城の奥のうす暗い大広間である。広間には諸侯がうようよとうごめいて居る。陰気な暗い重い湿った空気がぐんぐんとささやく彼等の言葉さえなんとなく暗く思われた。裏山の杉の林からジージーージジーーと暑苦しい重たそうな蟬《せみ》の声がはっきり聞えて来る。

隣部屋に寝て居る太閤は今どんなことを考えて居るだろう。傍には秀頼《ひでより》も居る。淀《よどの》方《かた》も居る。しかし北政所《きたのまんどころ》方の居ないのは妙にさびしい。太閤は目を細く開いて秀頼の顔を見上げた。淀方の方に眸をむけた。隣間の諸侯の話声に耳をかたむけた。そして彼は又満足気に目をつぶった。彼の頭には色々な考えが幻の如《ごと》く、まわり燈籠《どうろう》の如く浮んで来た。父、彌右ェ門と山に薪をとりに行く彼の姿。父は彼の頰にキッスをした。父と子——飾りけのない貴い姿——あの時と今と——

彼はウットリとなって居た。そして考えは次から次へと進んで行った。

天正十年のことであった。山崎で逆臣光秀《みつひで》を討って主君の仇を報いた時の嬉《うれ》しさ。彼はたった今でもそれを味わうことが出来た。

つづいて起った賤《しず》ケ嶽《たけ》の戦。それらは皆眼前に幻となってはっきりと現われた。彼の口元には勝ほこった者のような微笑が浮び出た。

同十二年!! 小牧山の戦!! 彼の微笑がもう顔のどこにも見あたらなくなって居た。どうしても徳川公を亡《ほろ》ぼすことが出来ず和睦《わぼく》を申し込んだ時の彼の心「わしともあろうものが……」と彼は彼自身にも聞きとれそうもない程ひくいひくいひとりごとをもらした。隣間から徳川公の咳《せき》がゴホンゴホンとじめじめした空気を伝って彼の耳にとどいた。彼の顔色はだんだん暗くなって行った。

関白―太政《だじよう》大臣、彼の栄達は実に古今に類がなかった。あの当時の彼の勢。彼は今それを思い出したのである。自分でさえ自分自身の勢が恐ろしくてたまらなかった位であった。彼はもうたまらなくなってウーとうなり出した。聚楽第の御幸! 文武百官を率いて諸侯と共に「天皇をうやまい申す」との誓いを立てた時の有様は……おお彼の目は涙でうるんで居る。太閤は心から泣いた。君恩は彼を泣かしめたのだ。四辺の空気は尚《なお》一層じめじめして来た。文禄《ぶんろく》元年の朝鮮征伐が目の先にちらついて来た。彼はどこを見るともなくまた目を開いた。彼の手はかたくかたくにぎられて居た。汗まで手の中にひそんで居た。

彼は急にフーと長い長い歎息《たんそく》をもらした。

慶長元年の明使をおっぱらった時の光景が目の前に浮び出たのである。

しかし彼はすぐにはれやかな色を顔にただよわした。彼はあのはなやかであった彼の醍醐《だいご》の花見を思い出したのだ。ほほえみが彼のやせこけた頰にうかんだ。もう彼の頭はボーとして来て何が何やらさっぱりわからなくなってしまった。……秀頼の顔が大きく大きく彼の目の前に幻となって現われた。

そして秀頼はニッコリ笑った。太閤はもうたえられなくなってしまった。そして大声でウハッハッハッハッハッと笑いこけてしまった。

枕《まくら》もとに侍《はべ》って居た人々は驚異の目を見はった。隣間の諸侯が急にがやがやとさわぎ始めた。それをおし静めて居るのが前田公であった。

ああ一世代の英雄太閤は遂《つい》に没した。

その死顔に微笑を浮べて……。

華かなりし彼の一生よ。

広間の中からはすすり泣きの声が洩《も》れて来た。

諸侯は誰も面を上げ得なかった。

夕日は血がにじむような毒々しい赤黒い光線を室になげつけた。諸侯の顔も衣服も皆血で洗われてしまったように見える。否《いな》彼等の心に迄《まで》も血がにじんで居るだろう。

裏の林の蟬が又一しきり鳴き始めた。

夕日はかくして次第に西山に沈んで行く……。

太閤はかくしてあの世に沈んで行ったのである。

（大正十四年三月　青森中学校「校友会誌」三十四）

戯曲　虚勢

人　物

中田英太郎（中年の会社員）
同　アサ（その妻……後妻、四十歳位）
同　貞一（その子、盲目である……先妻の子、二十一歳）
同　伸二（その子……アサの子、八歳）

時　代

明治より大正にかかる頃

場　所

東京府下

第一場

中田英太郎の茶の間。初夏のある晩。

部屋は小さくサッパリとして居る。天井は非常に高く淋しく併《しか》し気持がよい。

黄褐色の壁の正面に〇〇呉服店の絵ごよみが掛けてある。その右隅には英太郎のものと思われるアルパカの洋服とレインコートがかけてある。その手前にはマワシ戸がある。玄関につづくものである。それらは皆白く薄ぼんやりと見えて居る。右側の壁によりかかって茶だんすがある。その下にはコップがニッケルか何かで塗ったピカピカ光る盆の上に二三伏せてある。後妻アサは部屋のほぼ中央に坐《すわ》って16燭光《しよつこう》の電燈《でんとう》の方に向いて針仕事をして居る。アサは色は少し黒い方で、眼は小さいがキョロキョロし、下唇を咬《か》んで居るような口である。部屋の奥の左隅に貞一が寝て居る。

腕を二本、薄い併し暖かそうな掛ぶとんからニョキッと出して居る。

電燈が左方に寄ってあるので貞一の寝てるのがハッキリ見える。

長い沈黙が続く。外では宵宮の参拝人等の足音がゾロゾロ聞える。

貞一は「ウウウウ」と寝苦しそうにうなりながら寝返りを打ち、アサは一寸《ちよつと》頭を上げて貞一を見る。貞一又スヤスヤと眠る。アサは微笑に似た色を顔に浮べ、そこらを見渡し、立って自分の前垂をはずして電燈の笠《かさ》の半分をそれで被《おお》う。貞一の方に電燈の光が行かないようにする為《ため》である。

貞一の方が急に暗くなる。貞一の腕だけがボンヤリ見える。アサもとの所に坐る。
（アサ）（独語《ひとりごと》のように）電燈の光が眼に入ってまぶしくって寝苦しかったろう。
（しばしの間）
（アサ）（口の中でブツブツ言うようにしかも割合にハッキリと）盲《めくら》でも眠って居る時だけは盲も目あきもちがっては居ない。せめて眠って居る時だけでも安楽に眠らせたいもの。
（又だまって針仕事にとりかかる）

玄関の方でガラガラ戸の開《あ》く音がする。アサ或《あ》る期待を持ちながら立って玄関の方に行く。

（声のみ）

（アサ）　お帰り。随分早かったじゃありませんか。
（男の声）　ウン、これが俺の背中で眠ってしまったので、重くってナア。
（アサ）　ホホホホ、オヤマア伸、お前お父さんにおんぶされて眠ってしまったんだって。オヤ、ぐっすり眠って居ますヨ。
（男の声）　そのままねかしてしまいな。
（アサ）　ハイ、そうしましょう。
この声と共にアサは伸二を抱きながら部屋に入って貞一の床の中に伸二を寝かせる。貞一又寝苦しそうに「ウウウ」と云《い》いながらぐるりと寝返りを打って伸二の方に尻《しり》を向ける。中田英太郎ユカタ一枚に細い帯をギリリとしめて入って来る。中背で少し肥えて居る方だ。赤ら顔で鼻の下のチョッピリ生えた髭《ひげ》は如何《いか》にも彼の人のよい性質を表わして居る。部屋の入口のすぐ近くでゴロリと横になり汗をハンカチでふきふき、

（英太郎）　アア熱い。スッカリ汗をあびてしまった。

アサはもとの自分の座を少し壁の方にうつして針仕事の道具を運びながら、

(アサ)　お湯へ行って来たら？

(英太郎)　サッキ行って来たばかりだのに、又行くのも……

(アサ)　(笑いながら)そうでしたネ。スッカリ忘れて居ました。

(英太郎)　宵宮は相変らずの人出さ。

(アサ)　そうでしょうネ。サッキからひっきりなしに宵宮に行く人の足音ばかり聞えて居ました。

(英太郎)　(フト思い出したように)貞一は寝たかい。

(アサ)　(快活に)ハイ、もうとっくに。ホントにあれはよく眠るんですよ。

(英太郎)　ハハハハ、お前に似てか。(ハッと気づいておしだまる)

(アサ)　(何でもないように)ホントに私に似たのかも知れませんワ。

(英太郎)　…………………

(アサ)　(急にしょげ返ったように)ホントにあの子が可愛そうです。せっかくこの家のアトトリに生れながら……

（英太郎）（その言葉尻を押えるようにブッキラ棒に）又始めたか、止《や》めろよ。
（アサ）（黙る、貞一の方に一寸眼をくばる）
（貞一）（うわごと）お母《かあ》さ……（後は明瞭《めいりよう》に聞えない）

アサ、英太郎、愕然《がくぜん》として貞一の方を見る。
深い沈黙が続く。

（英太郎）（つとめて平静をよそおいながら）夢でも見たのかナア。
（アサ）（これも平静をよそおい）夢でしょうネ。
（英太郎）盲《めくら》でも夢を見るものかナア。まっくらな夢だろう、ハハハハハ。
（アサ）ホホホホホホ。
（アサ）（直ちに真面目《まじめ》になって低く）もとのお母さんは優しかったそうですネ。
（英太郎）（答えない）
（アサ）貞一さんを、ホントに一寸したことで盲《めくら》にしたって死んじまうなんて……。
ホントにお優しい方だったんですネ。
貞一さんが夢に迄《まで》見て慕《した》うのも……。

（英太郎）（怒って）何だい、お前は、止めろったら、止めろッ。

（アサ）でも……。

四辺の空気がなんとなく重くるしくなる。

（アサ）（口早に）ソウソウ、すっかり忘れて居た。アノネさっきお隣りのおばさんが遊びにお出《い》でになって、なんでも本郷の神島とかいうお医者さんなら大抵の盲《めくら》をなおして呉《く》れると云って居ましたよ。

（英太郎）（歓喜の色をおしかくしながら）ナーニなおるもんか。

（アサ）でも一回やって見たらいいじゃありませんか。それにネ、怪我《けが》から盲目になったものならとにかく、貞一さんのように毒薬等で盲《めくら》になったのなら大抵はなおして呉れるって云って居ましたヨ。

（英太郎）（尚《なお》冷静に、それでもアサが又自分にそれをすすめるのを待つようにしながら）盲目《めくら》がなおったら世の中にめくらが居なくなるよ、バカア、ハハハハハ。

（アサ）（真顔で）でも十里も二十里もあるわけじゃないし、明日でも貞一さんをつれて行って下さいネ、それが私の……

(英太郎) 貞一の眼をなおすのがおまえの義務だと思って居るのか。
(アサ) イイエ義務だの義理だのって……そんなかた苦しい……私は貞一さんの眼がなおるのをどんなにか祈って居た事でしょう。貞一さんの眼がなおったら、あなただってもっともっとサッパリした気分になれるだろうし、私だって伸二だって皆気持よく暮せるようになれるだろうと思います。
(英太郎) (それを聞いて居るようであるが又他のことを考えて居るようにボンヤリと) そうだろうか。
(アサ) そうでございますとも。第一眼が見えるようになったら貞一さんはどんなに喜ぶでしょう。あなたには貞一さんが可愛そうだと思われないのですか。
(英太郎) …………
(アサ) (稍々《やや》得意に) ネエあなた、明日どうか神島さんの所に行って来て下さい、お願いです。
(英太郎) (緊張して) 貞一が眼を開《あ》くとお前は困らないかい。
(アサ) (別段気がつかないように) 困らないかって、何が困るものですか。困るのなら私はあなたにこうやってたのみは致しません。
(英太郎) …………

（アサ）どうぞネ、神島さんの所へ。
（英太郎）（快活に）連れて行って見ようかナ。
（アサ）ネ、そうしなさいナ。
（英太郎）よく考えて置こう。もう晩《おそ》くなった。お前、もう仕事をおしまえナ。
（アサ）（何となくソワソワし従順に）ハイ。

アサは立ってそこいらを片づける。
英太郎はねころんだままだまって高い天井を見上げる。
静かに、静かに……幕は降りる……
直ちに幕が再び上る。

第　二　場

第一場と同じ。その翌日である。アルパカの洋服のかわりに新しいユカタがかかってある。壁のズッと高くに古い柱時計のあるのに気がつく。午後の二時近くである。

伸二は学校に行ってまだ帰って来ないらしい。

アサ一人居て何となくソワソワして居る。玄関の方に行ったかと思うと又スグ茶の間に来る。

併し顔には緊張した色が浮んで居る。

（アサ）（無意識の如《ごと》く時計を見上げる）もう来る頃だ、なおって呉れればいいが。
（アサ坐ってお茶を入れて飲む）

その間に英太郎こっそり部屋に入って来る。
（アサ）（フト気附いて）オヤッ、何時《いつ》帰ったの、そして貞一さんは。
（英太郎）貞一か、貞一ッ、おい貞一、おやドコに行ったのだろう。

（玄関の方に行く）

アサ、立ってマワシ戸の所まで行く。

（英太郎）（声のみ）オイ貞一、そこで何をして居るのだ。オヤ泣いて居るナ。オイ貞一、どうしたのだ、イイ年《とし》をして、オイオイどこに行くのだ、こっちにこいってば。

ドシドシと足音が劇《はげ》しく聞える。貞一の「いやですいやです」との声は低いけれどもハッキリ聞える。アサ暗い顔になる。

英太郎、貞一をひきずりながら部屋に入る。貞一、背は小柄な方であるが皮肉ないいじの上った、きどった色が、顔、姿のどこにも表われて居る。泣きはらしたような赤いまぶたの間からどんよりした眼玉がのぞいて居る。

（貞一）（父に反抗しながら母をにらむようにして）イヤですイヤです、僕はこんなきたない家に居たくないのだ。

(英太郎)(その言葉が聞えないように)オイ、お前はなぜお前の家に入らないのか。
(アサ)(オドオドして)貞一さん、何か私がお前の気に入らないことでもしたのですか。もしそうだったらどうかゆるして下さいネ。
(貞一)(アサを反抗の眼で見ながら)お母さん、そんな猫をかぶったようなことを云わないで下さい。胸が悪くなる。

(英太郎)(困った顔をして力のない怒った声で)貞一ッ、そんなことを言うものがあるか。馬鹿《ばか》な奴《やつ》だ。

(貞一)(憤然として、併《しか》し妙に俳優じみた表情をして)なんですって、お父さんあなたこそも少し気をつけたらいいでしょう。お父さん、そこに居る女はあれァ何だ。

(英太郎)(ムッとしたらしく)貞一ッ、もう一辺言って見ろ、バカッ。

(貞一)(尚俳優じみた表情をして、ベラベラと父に食ってかかる。言葉ばかりだとイヤに興奮してるが、その実、顔色やなにかを見ると、そんなに興奮して居《お》りそうにも見えない)お父さん、そこに居る、その女は憎い女だ。僕を苦しめて苦しめて、そして僕の骨迄しゃぶろうと言う憎い女であります。僕は昨夜フト眼をさますと、その女がお父さんに僕を医者にやって眼をなおしてあげて呉れと言っていたのを聞きました。その時、僕は考えて見ました。

今僕はここで眼を開いたら小さい時から見たことのなかった父の顔はどんなか見よかろうし、又、隣のおばさんはどんな人かも見よい、又、僕は道を歩いても誰も僕を馬鹿にしなくなるだろう、又この美しいと云われて居る東京という都を見よいだろうと思いました。併し僕はあの女!! 僕の母だと云って居るあの女のことを考えたのです。僕はあの女の顔を見たくありませんでした。僕はあの女《ひと》を天女の様に考えたかったんです。僕の眼の見えない時はそれもあながち不可能なことではなかったのです。勿論《もちろん》、僕は、父も、隣のおばさんも、東京という都会も、皆美しい、神々《こうごう》しいものだと考えて居ました。

そして僕が眼が見えるようになるとキットその美しい神々しいたくさんの物を見ることが出来るだろうと一寸《ちよつと》愉快に思いました。併し僕はあの僕の母だと云って居るあの女だけはいつまでも見たくなかった。なぜならば、僕はあの女だけは美しい神々しいものだとは信じ切れなかったのです。そして眼が見えてあの女というものを見た時にもしも醜い穢《きたな》いものであったならば。ああ、僕は決して眼をあいてはならない、そしてあの女を美しい尊いものであると考えるように努めねばならないと思ったのです。

併し僕のその決心を父や、おばさんや、東京という都会はにぶらせました。今朝、病院に父に連れられて行くときにはもう眼を開きたい、そして見たい、それ一つしか僕の心に残って居なかったのです。

病院で眼を開いた、第一に父を見ました。僕はほんとに失望しました。こんな人が僕の父!! なんだこの医者よりも醜い風采《ふうさい》ではないか、僕は先《ま》ず第一に父の風采で失望したのです。

併しまだ東京というもの、隣のおばさんというものがまだ僕の望をつないで呉れました。父と帰り路《みち》に東京というものを見たのです。僕は又、失望しました。ホコリが立って、馬糞《ばふん》がそここにある、勿論それが馬糞ということは父から聞いて知ったのですが……家々の壁には落書がしてある。路行く人の顔を御覧なさい。皆自分の利益を得ようとセッセとわきめもふらずに歩き廻って居るではありませんか。残りの一つの隣のおばさんも大方こんなものでしょう。

もう僕は歩く気もなくなったのです。

家に近くなって来ました。近所の僕を覚えて居る人達だろう。「アー、あのメクラはなおったと見えてえらく喜んで大手を振って歩いて行くよ」というように僕をしげしげ見て行くのです。指さしをしてあざ笑って行くものもありました。めくらであったならば、もとのようなめくらであったならば、こんな人達に笑われても、又父の悪い風采にも、東京の汚さにも、何も気がつかなかったろう、そして幸福であったろうとめあきになったのを僕はホントに悔いました。

その時、僕は僕をめあきにして呉れた僕の母だと云《い》って居る女のことを思い出したのです。僕はそれを見たくなくって見たくなくってたまらなかったんです。家に着いた、もう僕は僕の家の小さく汚いことにはソンナに驚きもしません。こんなものだろうと思って居たのですから。それよりか僕には母という女、それを今見るのだと思うと居ても立っても居られないような気がしたのです。

それでも僕に好奇心があったのです。

その好奇心にかられて父の後にオズオズ従って部屋の前迄来るとあの部屋の前の鏡の中に青い汚らしい顔の男が立って居たのです。その男が僕なのだと知った時、僕は卒倒せんばかりに驚きました。

その瞬間、僕は戸のすきまからチラッと色の黒い誰よりも気持ちの悪い顔の女を見たのです。それがあの母たる女だと知った時、もう僕はそこに居ることが出来ませんでした。玄関迄来るとたまらなくなって、泣いてしまったのです。なぜ泣いたのかそれは僕にはわかりません。イヤあなたがたには、僕よりもかえってそれがわかるだろうと思うのです。ああ、僕は!!　又もとの様にめくらになってしまいたい。

(英太郎)（だまって貞一の顔を見てやがて涙を流し静かになぐさめるようにして）貞一わかった、俺が悪い、ゆるして呉《く》れ。（アサの方に向きなおって申しわけばかりのように）アサ、お前が悪いのだ、お前がこの話を持ち出しさえしねば《（ママ）》……

(貞一)（勝ちほこった者のように、それでも尚、悲しい、気どった表情で、どうすることも出来ないかのように、頭を両腕の中にはさみながら、ゴロリと仰むけに寝て、又、キザな口調で）一体、僕あ、どうすればいいんだ。オイ、僕のお母さんだと云う女、僕はあなたをどうしたってお母さんとは呼びたくない。今日と云う今日は、あなたの心が《（ママ）》シッカリわかりました。継子《ままこ》は憎いものでしょう。併し、いくら継子が憎いといっても、これじゃ、あんまりひどいではありませんか。成程よく考えてやったものですネ。世間からは、あなたは継子の盲《めくら》なのをなおしてえらいと言われるし、そしてその陰で僕が泣いて居るのだ、フン、えらいものですネ。
(アサ)（血の気もないように真青になって、咬《か》んで居る下唇は、ブルブル震えて居るように見える。そしてその震えて居る唇から低く低く）貞一さん、お前は……

（貞一）（冷然と）え？　私がどうしたというのです。いらない世話をして人を眼あきにして苦しませるような奸才《かんさい》に長《た》けた人とはちがいますヨ。

（英太郎）（サッキより無言で何か考えて居る。苦悶《くもん》の色がアリアリとわかる）

（アサ）（何か言いたげであったが、ワッと泣いてしまった、その声はむしろ小さな獣の遠吠《とおぼえ》に似て居る）

貞一、英太郎、無言で別々のことを考える。

（アサ）（何を思ったかピタリと泣き止む）貞一さんお前は目あきになったのがいやなんですか？（その声は澄み切って居るのを通り越してむしろ冷たく荒々しかった）

（貞一）（ムックリと起きて）無論。

（アサ）（尚荒々《なお》しく）貞一さん、私はお前が可愛いそうでありました。他《ほか》の人がどうのこうのと言うのがうるさいからお前を可愛そうに思って居るふりをしたのではありません。ホントにお前は私のホントの子のように、イイエ、それ以上にかあいかったのです。ホントウにです。併し私はサッキお前が眼がなおってお父さんにひきずられてこの部屋に来た、その時に私は、今迄《いままで》一度も感じたことのないなんだかねたましいような気持ちがして来たのです。それにお前から今あの長い話を聞いてからは、私はお前に済まない気もしましたが、それより、なんだか憎くなったんです。もう何もかもかくさずに言ってしまいましょう。あの話を聞いてからは、私は私の子の伸二に少いけれど、この財産をつがせたくなったのです。勿論、お前を排《よ》して、

（貞一）（ギクッとしたように、アサを見る）

（英太郎）（自分を忘れたかの様に立ち上りながら）アサッ、馬鹿アッ。

（アサ）（うらめしげに英太郎を見上げる）

英太郎ヨロヨロ場を去る。

貞一とアサの間に深い沈黙が続く。

英太郎突如、栓《せん》のしてない薬瓶のようなものを持って部屋に飛び込む。

貞一の前に来てその薬瓶の中の液体を貞一にふりかけようとする。

貞一驚いて逃げる。英太郎それを追う。

（アサ）（とんきょうな声を上げ）あれ——あなた、硫酸をどうしようと言うのです。

（英太郎）（狂人の如く貞一の後を追いながら）貞一にブッかけて又めくらにするのだ。

貞一待て、めくらになるのはお前の為《ため》なんだ。

（貞一）（恐ろしさに震えながら）父さん、父さん、駄目です。そんなことをして、僕はどうしたっていやです。

せっかく眼がなおって、……

（と云いかけて、ハッと気附いて、明らかに狼狽《ろうばい》の色を表わす）

貞一、玄関の方に逃げる。父も亦《また》これに続く。アサ茫然《ぼうぜん》として、マワシ戸の方に歩く。

あわただしく幕……………

（大正十四年八月「星座」創刊号）

戯曲「虚勢」には、視覚に障害をもつ登場人物を揶揄《やゆ》の対象とする文章や、「めくら」などの差別語が散見されます。これらの表現は、現在の通念上は容認されるものではありませんが、執筆当時の時代状況を反映する文学作品の内容を正確に伝えるという意義に鑑《かんが》み、原文通り収録いたしました。（編集部）

角力
すもう

誠二は快活に「案外弱いナア」と言った。勿論《もちろん》それは角力《すもう》で見事兄を負かした自分の強さを表現する一つの手段に過ぎなかった。

誠二は兄に勝ったという喜びよりも、今の勝負を見て居る自分の友達の中で自分を常々そんなに強くない——寧《むし》ろ弱い——と思って居る友達がどんなにか「誠二は此頃《このごろ》メッキリ強くなった」ということに驚いて居るだろう。と思うてさえも微笑を禁ずることが出来なかった。

誠二は何気なくホントに何気なく、自分に負けた兄の方を見た。おひとよしの兄は誠二を見てニヤニヤ笑いながら「負けたナア、ウム見ん事負けた、サアこんどからは誠ちゃんがえばるによいナ、羨《うらや》ましいナア」と高くしゃべってカラカラ笑った。誠二はニッコリともしなかった。誠二は淋しくなったからだ。誠二は兄のさっきの言葉を聞いて居るうちに、その兄の言葉のどこかに淋しさのあるのを知った。又その笑声もあきらかにウソの笑声であることも知った、それらを知った時に誠二は急に淋しくなったのだ。そしてそれは兄に対して済まない心からの淋しさではなかった。それと全然反対の自分が頼みがいのない兄を持ったという淋しさなのだ。

兄が自分より弱い、そして自分に負けてベソをかいて居るよ。誠二にはヤケに似た嘲罵《ちょうば》の心も起きて来た。併《しか》し彼の淋しさはだんだん深くなるばかりだ、頼みがいの無い兄、たった一人でもいい自分をつまみ出せるような強い兄を持ちたい。彼はこんなことまで真面目《まじめ》に考えて見るようになった。

誠二はこの間兄が村はずれの源太に手ひどくたたかれて泣きはらしたような眼をして紫にはれ上った頬を押えて父母に見つからぬように家の裏口からコッソリ入って来たイヤな光景を思い浮べずには居られなかった。兄がこんなだから僕迄《まで》友達に馬鹿《ばか》にされるのだ。自分より弱い兄を持って居ることは誠二の自尊心を傷けるものだと考えたりした。

アア僕の兄が自分に勝って呉《く》れたら。

アア僕の兄に自分が負けたら……誠二は自分より強い兄を要求する心から兄より弱い自分を要求する心に変って行ったのは無理もないことである。

誠二はこの弱い兄を自分より強くするのは到底不可能だと思った。併し自分は兄より弱くなるのはあながち不可能な事ではないと思われた。

「もう一回兄と角力をとろう。そして自分は立派に兄に勝をゆずろう」誠二はそう決心したのはそれからホンの少したってからのことであった。

誠二のその決心は頼みがいのない兄を持った自分の淋しさを癒《いや》そうとの考えからで決して兄が負けたから、こんどは自分が負けて兄の気持を悪くしたくないからでも又兄に勝って失礼したのをおわびしたいからでもなかった。「兄さんもう一回やって見ましょう」と何気なく誠二は言ったつもりであったろうが、その声にはなんとも言えぬ鋭さがあったのは争われぬことだ。

兄は「もうごめんだよ、若いものは勝に乗じて何回もやりたがるものだナア」とおかしみたっぷりに言った。誠二にはその言葉が又この上なく皮肉に聞えたのであった。ムットして「何でもいいからやりましょう」と鋭く言った、兄も流石《さすが》に真顔になって「それじゃあ！　やろう」と云《い》って立ち上った。あたりで見て居た誠二の友達はどっちが勝ってもいいような様子をして戯謔を言え言え、（ママ）二人に声援をして居た。誠二が兄と取組んでからは殆《ほと》んど夢中と言ってよい位であった。ただ膝頭《ひざがしら》がガクガク震えて居るのばかりが彼にはハッキリわかって居た。それでも「もういいだろう」という事が夢中になって居る誠二の頭に浮んで来た。誠二はワザとゴロリと横になった。それは自分ながら驚く程自然にころんだのだ。友達はこの意外な勝負を見てワッとばかり叫んだ、それは兄をほめる歓声でなかった。兄は得意そうに微笑《ほほえ》んで居た。そうしてたおれて居る誠二を罵《ののし》る叫びだった。

の脚を彼の足先で一寸《ちょっと》つついた。

誠二はだまって立ち上った。彼の友達はがやがや騒ぎだした、中にはこんな声もまじってあった。「そら見ろい、あの通り誠ちゃんが負けるんだよ、誠ちゃんの兄さんがわざとさっきは負けてやったんだよ、誠ちゃんが泣くといけないからナ」「そうだとも一回で止《や》めとけばよかったに、勝ったもんだから癖にして又やったらこの始末さアハハハハハハハハハ」誠二はだまってこの話声を聞いて居た、誠二の心はこんどは淋しさを通りこして、取り返しのつかない侮辱を受けて無念でたまらないような気がしてならなかった、兄の方を見た、兄はまだ喜んで居るようだ。誠二は兄のその喜んで居る様子を見てもチッとも嬉《うれ》しくはならなかった。自分にだまされて勝って喜んで居る兄を見て増々頼みがいの無い兄だと云うなさけない思いがして来た。

アア負けねばよかった。又勝ってやればよかった。誠二には深い後悔の念が堪えられない程わき出たのであった。

もう友達は大分彼の家から帰って行った。兄も誠二の部屋から去った、誠二は後悔の念に満ちた心を持って部屋の窓から空を見上げた。どんより曇った灰色の空は低く大地を包んで居た。風もなかった。誠二には太陽の光もない様に思われた。

誠二の肩をたたくものがある、信ちゃんであった。誠二のたった一人のホントの友達の信ちゃんであった。信ちゃんは快活に「今の勝負。あれア君がわざと負けたのじゃないか」と言った。誠二はこれを聞いて嬉しくって嬉しくってたまらなかった。そして自分をホントに知ってて呉れる人は信ちゃんであると思った。誠二は急に顔に微笑を浮べて信ちゃんの手を固くにぎりだまって頭を縦に振って見せた。信ちゃんは大得意になって「そうだろう、なんだかおかしいと思った。あんなにたやすく兄さんに負けはしまいと僕は思って居たんだ。だがなぜ兄さんに勝たせたんだい」と聞いた。それを聞いて誠二はハッとしたようにしてだんだん暗い顔色になって来た。

やや沈黙が続いた後信ちゃんはトンキョウな声を上げて「ハハアわかった、誠ちゃん君えらいネ、兄さんに赤恥をかかせまいと思って負けたんだネ、そうだろう」と叫ぶように言った。誠二はそれに対して「ソウダ」と言うことがどうしても出来なかったのは無論である。

（大正十四年十月　青森中学校「校友会誌」三十五）

犠牲

誠二は自分の指先がきたない青色に変って居るのも又それが冷たくなって細かに震って居るのにも全く気のつかない程心配をしてるのであった、否《いな》恐れて居るのであった。村のにくまれ者である源太の奴《やつ》の倅《せがれ》に怪我《けが》をさせた。もうそれだけでも誠二を震わせるに十分であった。しかもその倅があの鬼の様な源太の一人息子であること、又その怪我が右の眼から血がタラタラと出た程の誠二から見れば大怪我であったこと、それ等は皆一塊になって誠二の頭にドカンとぶつかって来たんだ。ませて居るとはいいながら今年中学校に入ったばかりの誠二にはあの恐ろしい源太の前に手をついてあやまる等というのはとても出来ることではなかった。誠二はこの間母が「源太の家に遊びに行ってはいけないよ」と言った言葉を思い出した。彼は堪えられない程後悔の念が湧《わ》いて来た。

誠二はたった今五六人の友達と一緒に親の源太とはシッカリ《(ママ)》違ったホントに気の弱いそして親切な倅の信一と遊びに源太の家に来たのだ。信一は家に居てランプの笠《かさ》を掃除して居た。誠二は五六人の友と一緒に家に遠慮なくドカドカ入って行った。誠二は誰よりも先に「信ちゃん、遊びに来たよ」と叫んだ。

ホントに誠二と信ちゃんとは仲のよい友達であったのだ、信一もランプの笠の掃除を止《や》めて「外に出よう」と言った。皆ドッとハダシで庭に出た。角力《すもう》が始まった。誰が始めたと言うのでもない、角力をやろうという皆の考えが偶然に一致したのに過ぎないのである。こんな時にはいつでも弱々しい信一と誠二が一番さきに取組むことに定って居た。そして或時《あるとき》は信一が、或時は誠二が勝ったりして殆《ほと》んどっちが強いとは言われない程であった。今日も例によって信一と誠二が一番さきに取組んだ。仲々勝負がつかなかった。信一も誠二もありったけの力を出して努めて居るんだが仲々勝負がつかなかったのだ。そこで行司の勇ちゃんが「引分けッ」と低く叫んだ。併《しか》し二人は夢中になってるのでそれが聞える筈《はず》がなかった。

　勇ちゃんは女みたいな細いきれいな眉《まゆ》を一寸《ちょっと》ひそめて「オイオイ引分けだよ」と言って二人の傍に歩んで行った。丁度その時どうしたはずみか信一と誠二は殆ど一緒に取組んだままドシンと響を立てて、余程強く地にうちたおれた。傍に歩んで行った勇ちゃんも傍杖《そばづえ》を食って一緒にたおれたのは無論である。誠二はすぐ起き上った、勇ちゃんも起き上った、そして「今の勝負は前に言った通り引き分けとしまアす」と元気よく言った。誰もこれに対して不平を言わなかった。

　併し信一はころんだまま起き上ろうとはしなかった。誠二はこれを見て急に心配になって、そばに行って「信ちゃんどうしたい」と声をかけた。併し信一はだまって顔を押えて居た。

誠二は信一をよく見た。誠二はハッと思った。信一の顔を押えて居る細い指の間から細い糸筋のような血がタラッタラッと二回続いて地面に落ちたのを見たからだ。

誠二はこれアどっか怪我をしたなと気がついた時にはもう友達の大抵も気がついて居たのだった。もう角力どころの騒ぎではなかった。誠二と勇ちゃんと二人で信一を抱き起した。「どこを、いたくしたんだい」誠二は聞いた。信一はだまって両手を顔から離した。

誠二はブルブル震えた。信一の眼から血が――ソウダ確かに眼から血が出て居る、誠二は妙に凍ったような笑顔を作って「なんでもないや。家に入って、お母さんに薬をつけて貰《もら》って来たらどうだ」と言った、その声もオドオドして震って迄《まで》居たことは言う迄もないことだ。信一はだまって家の方に歩んだ。

誠二は勇ちゃんと角力をやった跡をソワソワかたづけて居た。誠二は横目でチョッと家の方に歩んで行った信一の方を見た。誠二は友達が皆で信一をとりまくようにして何か信一に聞いて居るのを見た。

信一は低くチョッと何か友達に言ったようであった。それを聞くと友達は一斉にににらめるようにして眼を誠二の方にくばった。誠二はハッと固くなった。キッと今信一が皆に「誠ちゃんにやられたんだ」と言ったのにちがいない、イヤ確かに言ったのだ。僕が確かに信一の眼を傷けたんだもの、と誠二は自分のからだが冷くなるのを意識しながら考えた。友達はバラバラ誠二と勇ちゃんの居る方に帰って来た、もう信一の姿は家に入ってしまった。友達は「オレは知らないぞ」「源太に殺されるぞ、信ちゃんをあんなようにして……」「誰がやったか俺はチャンと知ってるよ」等意地悪く云《い》って居た。誠二の心はもう恐怖の絶頂に上って居た。あの源太……今に怒って来て……あの源太が……源太……誠二の頭に源太の二字がハッキリと焼印でおされて居た。友達は何かコソコソ言って居た。誠二は源太の家から早く行こう、逃げようと思った。併し彼にはそれはなんだか一つの罪を作るもののように考えられた。

源太……源太、殺される……まさか……でも……誠二はガタガタ震って居る自分をも恐ろしさの為《ため》に忘れて居た。その時友達が「来た来た」と小声で言ったのを聞いた。誠二はもう諦《あき》らめたような恐怖し過ぎたようなホントに変な心持ちになってしまった。だまって足もとに生えて居るタンポポのつぼみを見つめて居た。

そしてやがて起る源太の罵《のの》り声を待ち受けて居た。

「信が馬鹿《ばか》で怪我をしましたってネ、角力をとったんですって……マア誰と角力をとったんでしょう」誠二は泣きたい程うれしかった。源太とばかり思って居たのにこれは又信一のお母さんだった。あの誠二を可愛がって呉《く》れる、あの優しい源太のおかみさんであったのだ。もう誠二はだまって居ることが出来なくなった。

「おばさんッ僕です。信ちゃんと角力を取ったのは。かんにんしてネ」誠二はこれだけ言って源太のおかみさんにすがりつきたかった。おかみさんは尚《な》お優しそうに「オヤ誠ちゃんなの、いらない心配をして居らっしゃったでしょう。ナアニほんの一寸ばかりなんですヨ」と言って笑顔迄作って居た。誠二はナンとも言うことが出来なかった。ただむりな微笑を以《もっ》てこれに応《こた》えたばかりであった。

おかみさんは「まだ遊んで居らっしゃいよ」と言って家に入って行った。

誠二はもう嬉《うれ》しいやら、済まないやらで、だまって坐《すわ》って居られなくなった。ホントに快活にピョンと立上って「オイ皆何かして遊ぼうや」と言った。友達は不思議そうにして誠二を見て居た……しばらくしてから皆何もかも忘れてしまったようにして楽しく隠んぼをして遊んで居た。友達の成ちゃんがそッと誠二の耳に口をつけて感激した口調で「君はエライね、皆感心して居たヨ、勇ちゃんの犠牲になるなんて」と言った。誠二は不思議そうに「犠牲？」とつぶやいた、誠二には一寸分らなかった。

成ちゃんは「オイ君いいんだよ。僕等はホラ、サッキ信ちゃんから聞いて知って居るんだよ。君も知って居た筈じゃないか。ホラあれは勇ちゃんが信ちゃんの眼に、あやまって指をつっこんだんじゃないか、それに勇ちゃんが知らぬ顔をしてるのが憎らしいじゃないかネ」誠二は始めて成ちゃんの言った犠牲の意味がわかった。彼は思わず苦笑を洩《も》らした。そしてこんな犠牲なら何度なってもいいと思った。(思い出)

(大正十四年十一月「蜃気楼《しんきろう》」創刊号)

地図

琉球《りゅうきゅう》、首里の城の大広間は朱の唐様の燭台《しょくだい》にとりつけてある無数の五十匁掛の蠟燭《ろうそく》がまばゆい程明るく燃えて昼の様にあかるかった。

まだ敷いてから間もないと思われる銀べりの青畳がその光に反射して、しき通る（ママ）ような、スガスガしい色合を見せて居た。慶長十九年。内地では豊臣《とよとみ》の世が徳川の世と変って行こうとして居る時であった。首里の名主といわれて居る謝源は大広間の上座にうちくつろいで座って居た。謝源のすぐ傍に丞相の郭光はもう大分酩酊《めいてい》したように して膝《ひざ》をくずして、ひかえて居た。やや下って多くの家来達がグデングデンに酔っぱらってガヤガヤ騒ぎたてて居た。広間の四方の障子はスッカリ取り払われ、大洋を拭《ぬぐ》うて来る海風は無数の蠟燭の焰《ほのお》をユラユラさせながら気持ちよく皆の肌に入って行くのであった。十月といっても南国の秋は暑かった。

謝源は派手な琉球絣《がすり》の薄ものをたった一枚身にまとい、郭光の酌で泡盛の大杯をチビリ、チビリと飲んで居た。謝源は今宵《こよい》程自分というものが大きく思われた時はなかった。その為《ため》か彼は今迄《いままで》の苦い戦の味もはや忘れてしまったようになって居た。五年の長い歳月を費し、しかも大敗の憂目《うきめ》を見ること三度、ようようにして首里よりはるか遠くの石垣島を占領したあの苦しみも忘れてしまう程であった。

石垣島は可成《かなり》大きい国であった。そして兵も十分に強かった。チョッとした動機から彼は石垣島征服を思い立ち、直ちに大兵を率いて石垣島を攻めたのであった。石垣島の兵はよく戦った。そして外敵を三度も退りぞけることが出来た。謝源は文字通りの悪戦苦闘を続けた。併《しか》し彼は忍耐強かった。ジリジリ石垣島を攻めたてた。五年の年月を過し、遂《つい》に石垣島を陥《おと》し入れたのは、つい旬日前のことであった。首里に凱旋《がいせん》して来た謝源は今夜の宴を開いたのであった。彼は満足げに大杯を傾けて居た。彼は下座で騒いで居る家来達をズッと見廻した。その時の彼の眼には、もう家来なんぞは虫けらのように見えて、しようがなかった。フイと首を傾けて外を眺めた。暗い晩であった。まだ月が出るに間があるのか、ただまっくらで空と大地との区別すらつかない程であった。彼はその空を見て居るうちにもう、その空までも自分が征服してしまったような気がした。勝った者の喜び!! 彼はそれを十二分に味って居た。

ジーと暗い空の方を眺めて居た。彼はフト空のスグ低い所に気味の悪い程大きな星がまばたきもせず黙って輝いて居るのを見た。

「大きい星だナ」彼は何気なくつぶやいた。郭光はその王の独りごとを耳に聞きはさんだ。「どれ、どれ、どこにその星が……」郭光はおかしみたっぷりにそう言った。

謝源はそれを聞いて微笑《ほほえ》みながら、だまってその星のある方を指さした。郭光は「ウム、ななーる程これア大きい星じゃ。何という星じゃろう。うらめしそうに、わしの方を見て居《お》りますナ。王、あれア石垣の、やつらがくやしがってあの様ににらめて居るので御座ろう」ヒョウキン者の郭光は妙な口調でこういった。そしてその星に向って「ヤイヤイいくさに負けて、くやしいだろう」とやや高声に変なフシをつけて叫んだ。謝源も、これを聞いた家来の一部のものも、あまりのオカシさに笑いこけてしまった。その瞬間その大きな気味の悪い星が不吉を予言するかのようにスーッと音もなく青白い長い尾を引きながら暗の中に消えてしまったのは誰も知らなかったことである。謝源と郭光はそれから一しきり、いくさの手柄話に花を咲かせて居た。

その時一人の家来があわただしく王の前に参り「ただ今二人の蘭人《らんじん》がこれに見えて、王に戦勝の祝の品を持って来たと申して居ます。いかがとりはからいましょうか」と言った。謝源はフト郭光との話を止めて上機嫌で「アアそうか、すぐこれへ」と口ばやに言った。家来は「承知致しました」と急いで、そこを去った。

謝源には二人の蘭人とは誰と誰であるかがわかって居た。八年前に謝源がこの沖合で難破した蘭人の二人を家来の救うて来たのを、世話してやったことがあった。キットその蘭人があれから先《ま》ず己の国に帰って又日本に来る途中で自分の戦勝を聞き、取り敢《あ》えず祝の品を持って来たのだろうと思った。

彼はその蘭人の恩を忘れぬ美しい心が又となく嬉《うれ》しく思われた。果してあの蘭人であった。二人はあれからは大分老いて見えた。丈の高い方はもう頭に白髪が十分まじって居た。

肥えて居た方はことに衰えて、あのはち切れそうだった血色のいい皮膚が、今はもうタブタブして居て、ガサガサした感じさえ与えて居た。

二人はめいめい先年の絶大な恩を受けたこと、及びこの度の戦勝の祝をくどくどしく申し述べた。謝源は絶えずニコニコしてそれを聞いて居た。殊《こと》に両人ともまだ琉球のことばを忘れて居ないで、たやすく思うままに言うことが出来て居たということは謝源をムショウに嬉しがらせた。謝源は二人の言葉の終るのを待ち遠しそうにして「アアよしよし両人とも大儀であったナ」と言った。彼の得意はもうその絶頂に達して居た。異人種から戦勝の祝のことばを述べられる。恐らくそれは日本の内地にでさえもなかったことだったろう。

もう五十の齢にも及ぼうとして居る謝源も前後を忘れて「アア愉快だ!!」と叫びたくなった程であった。蘭人はやがて紫の布に包んだ祝の品を恭《うやうや》しく差し出した。郭光はこれを介して謝源に渡した。偉いと言われてもいくらか原始的な人種である琉球人たる謝源はその品を受け取ってしまってからは、それを見たくてたまらなかった。それは長い軸物であった。一体なんであろうと彼は考えた。南蛮の……兵法……そうでなければ何か新らしい武器の製法……剣術の法……を書いたもの……それとも舶来の絵……いろいろと考えて見た。

もう彼はこらえ切れなくなって、両人に「オイここで開いて見てもいいだろうナ」と言った。勿論《もちろん》両人はそれに対して異存がある筈《はず》はなかった。謝源はその時は全く子供のようにハシャギながら、急いでそれを開いて見たのであった。地図であった。勿論それは両人に聞いて始めて世界の地図だということを知ったのだ。

謝源は全くそれを珍らしがった。彼はこの地図の中に自分の国も亦《また》今自分の占領した石垣島もあるのだということを思いついた。

そう思いついた以上は彼はそれがどんな風にこの地図に記入されてあるかを知りたくてしようがなかった。謝源はその地図を蘭人に示して「もそっと、前に進んでこれを説明して呉《く》れぬか」と言った。両人は静かに前に進んで行った。謝源は地図を下に置いて蘭人の説明を待った。丈の高い方の蘭人はスラスラ説明をして行った。「この青い所は海で……このとび色をして居る所が山で御座います。この地図は上の方は北で、下の方は南……」謝源はそんなことはどうでもよかった。早く自分の領土がどこにあるかを知りたくてたまらなかった。丈の高い蘭人は尚《なお》説明をし続けて行った。「この北方の大きな国は夜国と申します。夜ばかり続くそうです。そのチョッと下の大きな所はガルシヤと申します。ズーッとこっちに来ましてこの広い島はメリカンと申します……」謝源は可成失望をしてしまった。目ぼしい大きい国は皆名さえ聞いたことのないものばかりであったからだ。それでも彼は細いながらも望みをもって居た。とうとう「ヨシヨシ。して、わしの領土は一体どこじゃ」と聞いてしまった。謝源はやがて蘭人の指さして呉れる大きな国を想像して居た。蘭人は少しためらって居た。謝源はせきこんで「ウン一体どこじゃ」と言った。二人の蘭人は互に顔を見合せて何事かうなずき合って居たが、やがて太った方の蘭人がさも当惑したようにして「サア、チョット見つかりませんようです、この地図は大きい国ばかりを書いたものですから、あまり名の知れてない、こまかい国は記入してないかも知れません、現にこれには日本さえあるかなしのように、小さく書かれて居ますから……」とモジモジしながら言った。

謝源は「何ッ!!」とたった一こと低いが併し鋭く叫んだ。それきり呼吸が止ってしまったような気がした。全身の血が一度に血管を破って体外にほとばしり出たような感じがした。眼玉の上がズキンとなにかで、こ突かれたような気がした、全身がブルブル震ったことも意識した。彼はその蘭人の為に土足のままで鼻柱を挫《くじ》かれたような思いがした。今の蘭人の言葉は彼にとっては致命的な侮辱であった。真赤な眼をして凍ったようになって、地図を穴のあく程みつめて居た。「名高くない小さい所は記入してないというのか」彼はヤッとこれだけ言うことが出来た。そしてキット二人の蘭人を見つめた。蘭人達はあまりに変った王の様子にタダ恐ろしさの為に震ってばかり居た。そして「ハイ日本さえもこのように小さく出てるんですから」とやっと青くなりながら言った。

謝源はもうだまって居ることが出来なくなった。そして妙にフラフラになって「郭光!! 酒だ!!」といった。郭光はあまりのことにボンヤリして「ハッ」と答えたが別に酒をついでやろうともしなかった。「酒だというに!!」郭光はこの二度目の呼び声にハッと気がつき謝源のグッと差し出した大杯に少しく酒を注いだ。

謝源はガブと一口飲んだ。濁酒の面には蠟燭の焔がチラホラとうつって居た。実際それは彼にとっては火を飲むように苦しかった。

謝源は「ウーム」とうなった。ホントに彼は今の所では唸《うな》るよりほかに、すべがなかったのであろう。血ばしったまなこで蘭人をジッとにらめつけて居た。大広間の酔ぱらって居る家来も流石《さすが》に王のこの様子に気づいたのか急にヒッソリとなった。殺気に満ちた静けさが長くつづいた。ややあって謝源は何と思ったか丈の高い方の蘭人に彼の大杯をグイッと差しのべて「飲んで見ろ」と言った。そして郭光に眼でついでやれと言いつけた。その蘭人はさすがに狼狽《ろうばい》した。そして「失礼でございましょうが、私は日本の酒は飲めないんで……」と言って、「イヒヒヒ」と追従《ついしょう》笑いをした。実際蘭人達は日本酒、殊にアルコール分の強い泡盛は飲めなかったのである。

　謝源はカッとなった。さっきのことばと言え《(ママ)》、今の笑い声と言い明らかに自分を侮辱してると彼は一途《いちず》に思いつめた。「わしのような小国の王の杯は受けぬと言うのか、恩知らず奴《め》ッ」彼はこう叫ぶやいなや、その大杯を丈の高い蘭人の額にハッシとぶっつけた。彼は何もかもわからなくなった。傍にあった刀をとり上げて鞘《さや》を払った。立ち上った。刀をめちゃくちゃに振り廻した。蘭人二人の首は飛んだ。これらのことは皆同時になって表われたと、いってもいい程であった。ややあって謝源はニョッキリとつっ立ったまま「恩知らずッ馬鹿《ばか》ッたわけめッ」とあらゆる罵声《ばせい》を首のない二人の死骸《しがい》にあびせかけて居た。もう酒宴どころの騒ぎではなかった。家来はただあわて、ふためいて居るばかりであった。ややあって謝源の心は少しく落ちついて来た。彼は力なげに外をながめた。

月が出たのかそれらは一面に白くあかるかった。夜露にしめった秋草の葉は月の光で青白くキラキラ光って居た。

虫の声さえ聞えて居た。

謝源はもうシッカリ自暴自棄に陥って居た。

地図にさえ出てない小さな島を五年もかかって、やっと占領した自分の力のふがいなさにはもう呆《あき》れ返って居た。謝源は人が自分の力に全く愛想をつかした時程淋しいことはあるものでないと考えた。彼は男泣きに大声をあげて泣いてしまいたかった。波の音がかすかにザザザと聞えて居た。裏の甘蔗畑が月に照らされて一枚一枚の甘蔗の葉影も鮮やかに数えることが出来た。そして謝源にはその青白い色をして居る畑が自分を冷笑して居るようにも見えた。若《も》しこの時謝源が空を見上げたならば、もう一つの気味の悪い大きな星が彼の丁度頭の上で、さっきと同じように長い尾を引いて流れたのを見たことであったろう。

彼は長い間ボンヤリ立って居た………

謝源の乱行は日増に甚だしくなって行った。

飲酒、邪淫《じゃいん》、殺生《せっしょう》その他犯さぬ悪さとてなかった。この時に於《お》ける郭光の切腹して果てたことも謝源の心に何の反省も与えては呉れなかった。

中にも土民狩と言って人民を小鳥か何かのように取扱い弓等で射殺し、今日は獲物が不足だったとか、多かったとかで喜んで居たりしたことは鬼と言ってもまだ言い足りない気がする位である。人民の呪咀《じゅそ》もひどかった。

一人として王を恐れ且《か》つ憎まぬ者はないようになった。そして人民は皆「王が石垣島を占領した功に誇り、慢心を起し遂にこんなになってしまったのだ」と口々に言って居た。

若し謝源がこれを聞いたならキッと心からの苦笑を洩《も》らしてしまうにちがいない。

こんなフウだったからそれから一年もたたぬ中に石垣島のもとの兵に首里が襲われて易々《やすやす》と復讐《ふくしゅう》されたのは言うまでもないことである。併し謝源は少しも残念がる様子もなく或夜《あるよ》コッソリと一そうの小舟で首里からのがれて行った。どこに行ったか一人も知って居るものがなかった。

ただ数ヶ月の後、石垣島の王のやしきの隅にその頃日本では、なかなか得ることの出来なかった世界の地図が落ちてあるのを家来の一人が発見した。誰がどんな理由で持って来てここのやしきの中に投げこんで行ったのか無論わからなかった。そしてその地図の所々に薄い血痕《けっこん》のようなものが附いて居た。石垣島の王はそれを、たいへん珍らしがって保存して置いたことであろう。

（大正十四年十二月「蜃気楼」十一・十二月合併号）

負けぎらいト敗北ト

(一) 子守唄《うた》

彼は又始ったナと思った。彼はチョッと耳をふさいで見たりした。併《しか》し子守の唄はヤッパリいつもと同じ調子で聞えて居た。実際彼はこの家に来てからというものは一日だって、この家の子守の唄に攻めつけられない日はなかった。それは、いつもいつも同じ唄であった。同じ声であった。少しの変化もなかった。もう彼はその子守唄が飽きて来たのを通り越して今ではイヤでイヤでたまらなかった。あの娘はあれよりホカに唄を知らないのかしら。別なものを歌ったらどんなものなんだろう。彼はこれ迄《まで》、その子守を「ウルサイッ」と、どなりつけてやろうかと思ったことは何度あったか知れなかった。勉強なんか出来アしない。全く助らない。それも大声で歌いヤガって……

も少し小声で歌って呉《く》れたって、いいじゃないか。面白くもない。ホントにうるさい。勉強どころか、あれを聞いてさえウンザリする。彼はこう思って帽子をとり上げて友の家へ遊びに行ったのであった。町はずれの友の家から帰ったのはもう冬の短い日が暮れてしまった頃であった。彼は淋しい田圃《たんぼ》道を独りで歩いて居た。

道は雪のために白くボンヤリ明るかった。田圃の中に小さい松が一本だまって死んだように静かに立って居た。遠くの山が真黒においかぶさるように無気味に控えて居た。彼は雪の田圃道をソソクサと急いで歩いて居た。

ホントウに静かであった。彼はいつからともなく口笛を吹き始めて居た。凍った、味気のない冬の夜の空気に、暖くそして柔く彼の口笛の音がしみ込んで行くような気がした。ポーッと汽車の警笛がかすかに聞えた。それは低かったけれどもこの沈みきった静けさの中では可成《かなり》のサウンドにちがいなかった。彼は一寸《ちよつと》ハッとした。その瞬間彼の今迄の口笛はあの彼のいやがって居た子守唄であったことに彼は気がついた。彼はシッカリ《（ママ）》敗北の苦笑を洩《もら》してしまった。彼はそれでもその口笛を止めなかった。快活に吹きつづけて居た。寒夜の空には星さえなかった。

㈡　入　選

私は雑誌を見て「クソッ」と叫んでしまいました。私がこの雑誌に投書した創作が又落選して居たんです。もうこれで三度目。彼のはどうかしらと恐る恐る雑誌の目次を見ました。アッ彼は亦《また》入選して居ます。

息がつまるような気がしながら彼のを読んで見ました。感心するまい、するまいとは思いながらも、ソッと感心してしまいました。彼の鋭い観察で、あの力強い筆で、グングン書いてあるのには感服しないでは居られません。

私はその時私の力が彼のに較《くら》べて劣って居ることをシミジミと感じました。彼には負かされてしまいました。私は完全に負けてしまったんです。小学校の時代から常に首席を争って居た彼に、たった今私は再び立つことが出来ない程ひどく打ちのめされてしまったのです。私はなんとも言われぬ淋しさを味って居ました。

その時私は私の部屋にニコニコして入って来た彼の姿を見つけました。ハッと思って、アワててその雑誌を机の下に、おし隠し「ヤア」と力なく言いました。彼は「オイ僕ア又入選して居たんだヨ、本屋から雑誌を買って来た途中で一寸、君ンとこに寄って見たんだがネ」私は彼の顔を見上げました。勝利者の顔とはこんなのを言うのでしょう。その顔には少しの暗い影も見当りません。全く晴れ晴れして居ました。この時私は又例の負けぎらいな悪魔的な心をムクムク起してしまいました。自分ながら驚く程おちついた口調で「アアあの雑誌へか……それアよかったネ、だがそんなに嬉《うれ》しいかい。あんな雑誌へ……大人気もない。それはそうと僕の『公論』に投書した創作はどうしたかしら」と冷やかに見事に言い放って、ブルブル唇を変に動かして居る彼の顔を意地悪く長い間見上げて居ました。…………………

(三) ワルソーの市長

フリドリックは今度こそは自分の番であると思った。彼は今迄現在のワルソーの市長であるジョーンジと市長の選挙の時に何度戦ったか知れなかった。そして、きまったようにフリドリックは落選するのであった。フリドリックは今ジョーンジの家運の傾いて来たのを知って居た。フリドリックはジョーンジが病気といつわって市長の辞表を出したのもその為《ため》だと思って居た。フリドリックはジョーンジの負けぎらいな性質をよく知って居た。そして（ジョーンジはこんどの改選期に彼の衰えた家運を背負ってフリドリックと戦うのは甚だ苦しいことであろう。あの負けぎらいなジョーンジとしてはフリドリックに負けるのは堪えられないことであるに、ちがいなかろう。）こうフリドリックは考えて居た。併し負けぬウチにもう辞表を出してしまうなんて彼はナントまあ負けぎらいな男なのだろう。彼は部屋の中をぐるぐる歩き廻るのを止めて、シガーの煙が斜にゆるやかに上って行くのを見つめながら黙って立ったまま考えて居たのであった。「こんどこそは自分の番だ」彼は低くつぶやいた。雪消えの頃のアジアの大平原は又実に見事なものであった。百万の牧場の柵《さく》が一日一日と雪の消えて行くにつれてズーッと長く列《なら》んだ頭を表わして来た。高いポプラの枝が黄ばんで来た。白いアジけのない雪の所々から黒い土がニュッと顔を出して居るなぞは、どんなに力強い光景であったろう。どこからか百舌鳥《もず》の鳴いて居るのがノンビリと聞えて来る。柔い日光がサッとスリ硝子《ガラス》越しにフリドリックの部屋一杯にさし込んで来る。

フリドリックはマブシそうに二三度まばたきをした。シガーの煙が緑色に斜にユックリ上って行く。百舌鳥のホガらかな鳴き声がつい近くに聞えて居た。フリドリックは又部屋をアチコチと歩き廻った。そして「とうとう自分の番が来たんだ」と低くつぶやいた。

市長選挙の日の朝は和やかに晴れて居た。もうアチコチの牧場には羊が駆け廻って居る時であった。

フリドリックはいそがしそうにシガーを二口三口スパスパ吸いながら今朝の新聞を

見て居た。「アッ」彼は低く叫んだ。彼はその新聞を見つめたまま嘆息に似た息をシガーの煙と一しょにフーッと吐き出した。

新聞の文句は極めて簡単であった。

ジョーンジ氏病身なるにもかかわらず出馬す、世人の彼の辞表提出のことに対する誤解を恐れての結果なるべし。

当選するや否《いな》やは断言せられざるも、ジョーンジ氏の元気、愛すべし。

フリドリックはもうシッカリ(ママ)悲観してしまった。ジョーンジの徹底した負けぎらいには彼は手出しが出来ないような気がした。彼はジョーンジを相手にして戦うことはなんだか恐しくてならないような気もした。ややあって彼は彼の家令を呼んだ。そして「あのナ、わしは市長になるのは止めたヨ」と案外平気でキッパリ言った。そして彼は驚いて居る家令をシリ目にかけてシガーの煙にやわらかい太陽の光が反射してるのを黙って見つめて居た。

(四)　日　記　帳

彼はムカムカ腹が立って来た。併《しか》し或《あ》る圧迫が彼の癇癪玉《かんしゃくだま》を辛うじて抑えて呉れた。

彼はつとめて平静な態度を装《よそお》うて低く、併し妙に力をとめて言った。「オイ君!! チョット。幾何はどこからだっけ」併し利造はヤッパリ返事をしなかった。全く聞えないようにして黙って雑誌を読んで居た。彼は「チェッ」と舌打ちをした。その舌打ちは利造の陰険な、執念深いおまけに人並はずれて負け惜しみな性質にあきれたような響をもって居た。

彼は利造がなぜ怒って居るのかハッキリは分らなかった。つい、さっきのことであった。彼が同じ家に下宿してる友達の利造に「君のような文学者は……」と冗談を言った。そしたら利造はムッとしたようにクルリとむきを変えて机に向ったまま読みかけて居た雑誌を読み始めたのだ。彼は少しも驚ろかなかった。「又始めたナ」と思った。利造は時々こんな風にして急に無言になるのが癖であったからだ。

勿論《もちろん》彼はこの利造の癖には不愉快な感じを持って居たが……

利造がそんなことをしたので、彼も妙に二人の間が白けて来たのに気がついた。

ややあって彼は次の日の幾何をしらべようとして教科書をとり出した。次の日の幾何はどこからであったかわからなかったので彼は利造にそれを聞いた。併し利造は聞えないふりをして、決して返事をして呉れなかったのである。そこで彼も腹を立ててしまったのである。………………

彼は今一度「オイ!! 君ッ」と利造を荒々しく呼びかけた。彼の口は妙に、ゆがんで見えた。顔もなんだか青ざめて居た。彼も亦妙に負け惜しみの心から利造が返事をする迄は自分は利造を何十回でも呼んでやれと思った。「オイッ君ッなぜ返事をしないんだ」この時には彼の口はもう喧嘩《けんか》腰になって居た。

「君ッどうしたというんだッ」彼は続けざまに叫んだ。利造はふりむきもしなかった。彼はスッと立った。利造の肩に荒々しく手を置いた。「オイッオイッ」二三度はげしくゆり動かした。

利造はやっぱりだまって居た。

そして、落ちつきを見せる為か、バラバラと頁《ページ》を繰って滑稽《こっけい》小説の所を開いて、読み始めた。彼が利造の背の方に居たから、見えなかったかもしれないがその時の利造の青黒い頰には、うす笑いさえも浮かべて居たかも知れなかった。彼はもうこらえきれなくなった。知らず知らずの中に、こぶしを固く握って居た。併しその時に彼はフト又或る圧迫を感じた。その圧迫さえ感じないならば彼は利造の頰が破れる迄、彼のコブシで打ったのかも知れない。その圧迫とは利造が彼の学校の柔道の選手であることだ。利造と取りくんだりして見ろ。彼が利造に床板のぶちこわれる程、なげつけられることを彼はよく知って居た。

彼は利造を十分に怖《おそ》れて居たのだ。

利造の肩をゆすぶることでさえも、彼としては可成勇気をふるってやったのであった。

こんな時に彼は何時《いつ》だったか、友のKが「中学校時代なんかでは、人格も、学問も、皆腕力の為には一も二もなく屈服させられてしまう。マア結局は腕力のある奴《やつ》は一番勢力があるわけサ」と笑って言ったのを一寸思い出したりするのであった。

とにかくこんな時には、彼はいつでも口先で利造をやりこめるのが常であった。

彼は学校の弁論部の幹事をしてる、彼は口先の方では可成自信があったし、その上に利造は激すれば必らず吃《ども》ってろくに言えなくなるということを彼はよく知って居たからだ。今も彼は利造を口先で負かしてやろうと思ったのだ。

「君、なぜ返事をしないのだ、僕のさっきの、言葉が君の心にさわったのなら許して呉れ、併し君は、人が他人に話をしかけ他人がそれを聞いてるのか、聞いてないのか、随分不真面目《ふまじめ》な態度をして、その話を全然取り合わなかった時程、人が侮辱を感ずることはないということを知らないのか？　君は確かに僕に挑戦したのだ。

僕が君に好意を持って居たからこそ君に、幾何のことを聞いたんだ。誰が自分の敵に頭を下げてものを教えて貰《もら》ったりするもんか。

　併し君は僕の好意を無言の中にふみにじってしまったのだ。牛が、いかにも弱々しいあの牧場に咲いて居るスミレの花に糞をたれて、その下敷にしてしまうのよりもっとひどい……一体君は………」彼は長いことしゃべりつづけた。そしてそれは彼自身も驚く程スラスラと言った。それから又心も余程落付いて来た。彼は半ば勝利の潤《うるお》いを持った目をして利造を見下した。オオなんと利造がその時の彼の眼には小さく見えた事だろう。

　彼は「オオ僕は利造を負かしたゾ」と思った。

　しかし利造はだまってその滑稽小説に読みふけって居るのを見て、彼は又不安になった。

「喧嘩をするのは同等の人間だ」と誰だか言って居た。今の場合、利造の態度は彼自身も驚いた程の彼の雄弁をも馬の耳に念仏と聞き流して居るようにも見える。若《も》しや利造は腹の中で「アア又あの蠅《はえ》が何んだかうなって居る、うるさいナ」と思って居るのではあるまいか。若しもそうであったならば………彼はいよいよ不安が増して来た。

　併し彼はフト利造の顔をチョットのぞき見た瞬間、彼はハッと驚いてしまったのだ。

あの陰険な、負け惜しみな利造の細い「いもり」のような眼に涙が光って居たではないか。

涙だ。確かに涙だ。あの利造が泣いて居たのだ。彼はシバラクの間はただボンヤリと立って居た。だが次の暫時《ざんじ》に於《おい》て彼は勝利の喜びというものをシミジミと味ったのは無論である。併《しか》しその喜びの片隅に黒い影のようなものがあった。それは言う迄《まで》もなく利造のただの一語も云《い》わないことである。

友のSがこの間「一番気味の悪いものは確かに唖《おし》である」と云ったことばを彼はハッキリとわかったような気がした。

　これが若し利造も思うままに言うし、そして僕は僕で又うんとしゃべる。そしておしまいに、とうとう利造が僕に云いまくられたなら、どんなに嬉しいんだろうと思った。

　利造が今僕が躍起となって云ったのを滑稽小説でも読むような気で聞いて居て、そして利造は又利造で僕の躍起となってるのを見て無言の中に勝利の喜びを味ってるのではなかろうかと思った。彼は又々不安になったのである。併し彼は利造の涙を思出したのである。そうだそうだ利造は泣いたんだ、勝って泣くものがあるもんか、あれは負けたんだ。

彼はやや満足をして彼の机の前に坐《すわ》った。

その時今迄だまって居た利造は急に雑誌を閉じた、彼はビクッとした。一寸《ちょつと》、利造の方を盗み見た、利造の眼には涙もなかった。

平生通りの陰険な眼であった。態度も常とは少しも変って居なかった。彼は少から ず失望した。利造は本箱の中から「学生日記」と金文字で赤い表紙に小さく印刷された中型の日記帳を取り出した。

彼はオヤッと思った。利造が日記をつけて居るということは彼が今が今迄気づかなかったことであったのだ。彼の心は異様に興奮した。キット利造は今のことについて書くのだナと思ったからだ。

利造は万年筆で何やら書き始めた。

そして彼の方にチョッと眼をくばった。彼と視線が当然あわねばならなかった。

彼は軽く狼狽《ろうばい》をして眼を自分の机の上の幾何の本にうつした。勿論単に眼のやり場をそこにきめただけで、それを読もうともしない。

彼は視線を幾何の本に注いだまま、色々のことを考えた。……今の争い……僕が確かに勝ったのだ……彼が泣いたもの……若しや……まさか…………

ホントウに色々のことを考えた。

長い間ボンヤリしたように机に向って居た。

フト気付いて利造の方を見た、利造はもう日記をつけてしまったのか、もうそこらに日記帳らしいものもなかった。利造はツト立ち上って部屋から出た。

彼は黙ってそれを見送って居た。

暫《しばら》くは異様な重苦しい静けさが続いた。

ややあって彼はスーと立ち上った。

いう迄もなく利造の本箱の前に行ったのである。案外たやしく《（ママ）》日記帳を見つけた。すぐページを開いた。彼の興奮はその極に達して居た、ホントウに夢中であった。バラバラと頁を繰った。十月二日!! ハッとページを繰る手を止めた。息がつまるような感じがした。彼は失望した。それもその筈《はず》、今日の日記はホンの少し、そうだ、たった三行しか書いてなかった。もう読みたい気も起らなかった。

利造がどんな心で自分の云ったことを聞いて居たか、どう考えてもこの三行位で書き表すことが出来そうもないと考えた。

全く落胆して力なくその三行を読んだ。

「……十月二日、晴。昨夜活動に行きたるせいか眠し。あくび連発す。今日新らしい英語の先生見ゆ、発音男性的なるに満足せり。」

たったこれだけだ。彼は狐《きつね》にばかされたようでもあった。どこかで利造がこれをのぞいて見て彼を笑って居るような気もした。彼は又その日記帳に目を落した。そして又その三行の文句を読んで見た。その時彼は大敗してしまった自分をシミジミと意識したことであったろう。若しこの時彼は今の日記の中にあった「アクビ連発す」という文句と、さっきの利造の涙とを聯想《れんそう》し、又日記帳のそのページの隅に利造が小さく書いてあった「気分大いによし」の七字を見つけたならば彼は一体どんな思いがするであろう。更に利造が部屋を出たのは全く彼にその日記帳を見せんが為《ため》であって、彼は完全に利造のかけた罠《わな》に陥いってしまったのである、ということを彼が知った時には…………

（後記）

同じ「テーマ」を色々と形を変えて表現して行くのもあながち興味のないことでもなかろう。

以上四種の創作の内で、どれが一番いいか自分にはわからない。皆同じ位の自信があるものばかりだから。

（大正十五年一月「蜃気楼」一月号）

私のシゴト

くどくどしいことは抜きにして、直ちに本題にとりかかる。私は以前こんな戯曲を書いたことがある、盲目の継子《ままこ》（十八九歳）を持って居る継母があった。その継母は後から生れた自分のホンとの子供（十歳位）があったがその継子の方を非常に気の毒がって、心からよくメンドウを見てやった。継子は世間によくある通り心がネジケて居た。……ある医者が盲目を全快させることが出来ると言ったのを聞いて継母が夫に勧めて、その医者に継子の目を見て貰《もら》うようにする。不思議にも眼が直る。継子は無論嬉《うれ》しかったのだが継母の恩を被《こうむ》りたくないばかりに心にもないことを言う。即《すなわ》ち「自分は盲目の時にはこの世の中のことを皆美化して考えて居たが眼を開いて見たら、綺麗《きれい》だろう気高いだろうと思って居たものは皆きたない、いやしいものばかりであった。あまりの幻滅に俺は今気が狂いそうだ。ああ俺は盲目であったならば、もとのような盲目であったならばどんなに幸福だったのだろう」「俺の目をなおして呉《く》れた奴《やつ》は誰だい」なんて泣ごとをいう。継母は継母で「お前が目明きになったら私はなんだかお前が憎くなった」という。これも尤《もっと》もな話で今迄《いままで》は盲目だと思って自分より一層下に居る人間としてフビンに思い世話してやって居たのが、急に目が明いて自分等と同じような完全な人間になり、散々自分に毒ついて来る。普通の人間であるならば当然「嫉妬《しっと》」か「憎悪《ぞうお》」の心が湧《わ》いて来ねばならぬ筈《はず》だ。そんなことを互に言い合って居ると、たまりかねて夫がその子を、もとの盲目にすれば一番よいのだと言って、その子の目に硫酸を掛けようとする、子は逃げる、父は追いかける、これで幕となる。自分としては余り自信があるものではないが捨てられない所もあるような気がする。

継母の目が開いた継子に対する心をテーマにして居る戯曲の話はそれでおしまいだ。次に面白いものをチョッと発表しよう。先《ま》ずここに一人の醜男《ぶおとこ》がある。便宜上Aと名づけて置こう。彼は自分の顔が他人に見られるのが実にいやだった。他人に「マア、ナンテ醜い顔をしてるんだろう」ナドと言われるのが、つらかったからだ。

外にも出ない。家にばかり居る、併《しか》し家内のものには顔を見せないわけにはいかなかった。それでもAは毎日家内のものに「お前のツラは汚いネ」とでも言われはしまいかと始終ビクビクして居た。Aの鼻は実に大きかった。唇は又バカに厚く紫色で始終ビクビク動いて居た。眼は真赤で「メヤニ」が始終ついて居た。寧《むし》ろ気味の悪い顔であった。ニキビもヒドク吹出て居たとする。………マアこうゆう工合の男が居た。

話は早い方がわかり易《やす》いだろうから手取り早く言っチまおう。それからその男が人を殺したのだ。自分の弟を殺したのだ。原因は弟が（彼のたった一人の弟であって、なるべく無邪気である方がよい）或日《あるひ》彼の鼻をいたずら心で、つまんだからだ。Aは非常に侮辱を感じてとにかく弟を殺してしまう。その手段なんかどうでもいい。

一寸《ちよつと》考えて見ると馬鹿《ばか》らしいように聞えるが、Aにとって見ればアナガチ軽々しく取扱われるような事件ではなかったにちがいない。Aにとっては自分の醜い顔の中で殊《こと》に醜い大きな鼻をつかまれた事は死ぬ程恥かしかったにちがいない。とにかく人を殺したのだから裁判を受けることになる。弁護士が言う「この人は御覧の如《ごと》く醜男だ、鼻をつかまれてカッと成ったのは決して無理なことではない。同情を乞《こ》う」と。それを聞いて居る被告のAが死ぬ程恥かしかった。

自分を醜男醜男と言って居る弁護士の無礼なふるまいが癪《しやく》にさわってたまらない。併しAは自分が弁護士の言ってる程は醜男でないのを裁判長が認めて重い懲役に課（ママ）して呉れるだろうと思って居る。しかるに裁判長「懲役五年但《ただし》執行猶予《ゆうよ》二年、被告の行為は認めてやる、同情する」と破天荒の判決を下す。しかし被告のAは嬉しがると思いのホカ歯を食いしばって残念がった。そして裁判長に向って「馬鹿にするなッ」と叫ぶ。ホワイ？　ホワイ？

醜男Aの話もこれ位でキリをつける。

私はこんなものを考えて居る。一人の巧妙な手段を用いて悪事を企てた人があったが事未然にして破れた。人々はその悪人の用いた手段があまりに巧妙なのに驚いた。そして中にはその頭脳のよいのをほめた者さえあった。

悪人は捕われたがその巧妙な手段、その鋭い頭脳は世人の驚嘆するところとなって、悪人は大いに面目を施す。併し不平なのはそれを未然にしてこれを嗅《か》ぎつけてこの犯罪を防ぎ止めた刑事であった。彼はなぜ世人が勝った自分をほめないで、失敗した悪人をほめるのか分らなかった。彼は不平にたえないで遂《つい》に自分も悪事を働くようになる、という筋だ。悪人の用いた巧妙な手段とは「ルパン」か「ジゴマ」の用いた手段のうちの殊に、うまいのをチョット借用すればいいのだ。創作を書いたついでに、もう二つ三つ創作の筋を書かせてもらいたい。

時代はいつでもいい、仮りに我国の戦国時代とする。仇討ちがあった。仇を討ち方《(ママ)》は四十位で討たれる方はわずか二十歳位、急いで書いて行くから、そのつもりで……。二人は勝負をすることになった。討ち人は負けそうになった、その時例に依《よ》って助太刀をする人が出る。そこで若い者はとうとう殺される。マアその四十男が仇を討ったことになる。併し助太刀をした者は少し、えばる、そうでなくても若い者を相手にして負け気味になって助太刀をして貰ってやっと勝って少しく恥かしい所に、えばられたものだからその仇を討った武士は助太刀の武士に切ってかかる。併し助太刀した武士は強かった、返ってその仇を討った武士が殺される。それを見て居た人は皆その仇を討った武士が恩を知らない（助太刀をして呉れた武士に切りつけたから）ものだと言って罵《ののし》る、その死骸《しがい》を足蹴《あしげ》にするものさえあった。併し私はその武士には同情して居るのだ。

次にこうゆうのはどうだろう。

AがBの一つの秘密を知って居る。

Aにそれを世間にもらさせまいとBが常にAの御気げんを取って居る。

Aが別にその秘密を世間にもらそうともせぬ……この状態が長くつづく。Aが死ぬ。Bは自分の秘密を知って居るものが死んだのだから喜ぶだろうと思われるが、BはAの死を、なげいたのである。なぜなげいたのか？　Aに徳があって、Bがそれの御気げんを取って居るうちに、それに徳化されてAを尊敬するようになって居たから……とも解釈出来るがそう解釈しないでBがAと常にまじわる。そしてその御きげんを取る。Aが凡以下の人間でその「オベッカ」を真に取る。そしてBを憎くは思って居ない。AがBに好意を持ち、秘密もなにもう忘れて居る位になる。従ってBもAにほんとに親しさを感じるようになるのは無理もない。即《すなわ》ちBのなげいた、所以《ゆえん》であるという工合に解釈した方がズット面白いようだ。

最後にもう一つ。これはチョッとつまらぬものであるが実は私はこれを夢で見たのである。夢としては一寸面白いものだと思ったから書いて見る。武士が何かで切腹すべき時桜の花がチラチラ散った。それが傍の「どぶセキ」に落ちて泥の中に沈んでしまったのを見てその武士は何を感じたか、その場から逃げてしまった。人々は彼を武士にあるまじき行為をするものと罵った。彼は果して武士ではなかったろうか。数年の後その国を立派に改革した大老があった。それこそ以前の武士であった。彼は果して武士ではなかったろうか。業全く成ってから彼は落花を浴びて従容《しようよう》死に就いた。彼は果して武士ではなかったろうか。ナンテいい加げんなことを言って終りとする。

とにかく昔の武士は余りに生命を軽んじ過ぎたのではないかと自分は常に思って居たからこんなことを夢に見たのではなかろうか？

後はない。イヤこれで終りである。

（大正十五年二月「蜃気楼」二月号）

針医の圭《けい》樹《じゅ》

圭樹は何となく不安だった。彼は常に落ち附かなかった。彼は湯壺《ゆつぼ》に身をひたしながら始終あたりをキョロキョロ見廻して居た。ホンの一瞬間でも同じ個処を見つめて居ることが出来なかった。それ程彼は彼の主人の病気が気になってたまらなかったのだ。

圭樹は小さい時、妙な事件で長いこと多右ヱ門の世話をうけた。そして今ではどうやら一人前の針医となった。無論それ迄《まで》になるには多右ヱ門の絶大な援助があった。併《しか》し彼は針医を開業したがサッパリ流《は》行《や》らなかったのだ。それには理由があった。彼の勝気から来る生意気そうな言語、動作がそれであった。彼はその為《ため》に多右ヱ門をのぞく他の誰にでも好かれなかった。多右ヱ門の妻や娘でさえも彼を大へん嫌って居た。実際彼の言葉でも動作でも、その他彼の為《な》すすべてが他人を自分より一段と下にあるものの如《ごと》く取扱って居るように見えた。多右ヱ門が又圭樹のそうした性質がこの上もなく好きだった。覇気のあるキビキビした男らしい態度であると多右ヱ門は思って居た。圭樹の性質といえば、それよりもなによりも、モットモット著しい特徴があった。これには多右ヱ門でも気づかなかったらしい。それは彼は極端な利己主義であったことだ。彼の利己主義がそれこそ徹底して居た。どんな場合でも彼は自分というものを離れてものごとを考えたことはなかった。彼はこの社会でも宇宙でも皆自分の為に存在して居るものだと考えて居た。

多右エ門が病気になった。圭樹はそれによって自分の生活の安定を得るということは嬉《うれ》しく思った。彼は毎日のように往診した。多右エ門の病気が長く続いた。とうとう彼は多右エ門の家に宿り切りにして看病することになった。これには無論多右エ門の妻や娘の反対もあったが多右エ門が是非にもというのでしかたなく多右エ門のいうなりにまかせて置いたのであった。併し多右エ門の病気が、なおるどころか増々悪くなって行くようであった。圭樹は少からず狼狽《ろうばい》した。彼はそれによって多右エ門の信用を失うことを恐れたのだ。今、多右エ門の信用を失ったならば彼としては実際こまったことであった。彼のこれからの生活の鍵《かぎ》が多右エ門によって握られて居た。多右エ門以外誰人も彼を嫌いがって居る以上はどうしても多右エ門より外に彼の頼るべき人は居なかったのだ。ホントに多右エ門は彼にとっては所謂《いわゆる》「金箱」であったのだ。

圭樹は焦《じ》れに焦れた。彼としては懸命にやって居るのではあるがただ悪くなる一方であった。圭樹は苦しかった。その結果は圭樹に不眠不休の努力を続けさせた。彼の信用を落さぬ為め、即《すなわ》ち彼の生活の安定を得んが為め…………

多右エ門は少しずつよくなって行った。圭樹は少しくホットした。彼の信用を失わなくて済んだから。彼の生活の安定を保ち得たから。

多右エ門は全く病気がなおった。併し長い間の病気の為に少からず衰弱して居た。圭樹は転地をすすめた。多右エ門もそれに一も二もなく賛成した。温泉場がいいだろう、「大和荷」の温泉がきくだろう。これらは皆圭樹が定めたことであった。いうまでもなく、これからのことはすべて圭樹にとっては何かにと都合がよかったから。

多右エ門がその通りにした。多右エ門と圭樹とたった二人で大和荷に出かけたのは安政二年の春の末だ浅い三月の下旬であった。大和荷の中流の宿屋に間借りをして二人は毎日毎日のどかな日を送って居た。大和荷は東北の山中にあった。家は二三百位のものであった。川が流れて居た。そんなに深くないが流が急であった。湯上りにゴロリ横になって草双紙にでも読みふけって居るとサラサラサラサラと気持ちよく湯治客の耳にひびくのはこの川の流れの音であった。沿岸には梅の木と柳の木とが多かった。圭樹の行った頃はもう梅の芽が大分ふくらんで来た時であった。圭樹達の借りたのは丁度その川に面した南向きの部屋であった。ポカポカ暖い日和《ひより》がいく日もいく日もつづいた。梅の花がポチポチ咲きかけた。川の向う岸の旧家らしいところのくずれかけて居る赤土塀のすき間から梅の花がチロチロ顔を出して居た。圭樹達はそれを懐《なつか》しそうにながめて居た。

或日《あるひ》圭樹は湯から上って、例によって縁側に立って川を眺めて居た。フト空を見上げた。その日は実に天気がよかった。空のどこにも雲らしいものがなかった。からりと晴れた空の緑の色が川の流れにうつってスガスガしい気分を表わして居た。両岸の梅の花がポチリポチリ咲きかけて居るのが鮮やかに見える。その川を裾《すそ》にして春の山がただなんとなく晴々しく紫色に聳《そび》えて居た。マブシイ迄に日光が圭樹の顔を照した。圭樹はこんなよい日に家の中でゴロゴロしてるのはもったいないと思って、もうだまって居られなかった。

自分ばかり出て行って病身の多右エ門を、のこして行くのは何となく他人から自分が不親切な者のように見られるような気もしたから、いやいやながら多右エ門を連れて行くことにした。外に出て見ると又ちがって気持ちがよかった。大地を一歩一歩踏みしめて進んで行くのが変な、なつかしさがあった。川に沿うてユルユル進んで行った。フキの芽が地面からポッコリ顔を出して居るのも面白かった。圭樹はそのフキの芽をポンと蹴《け》った。ポロリと頭がもげてコロコロころんだ。圭樹はそれを見てたわいもなく笑いこけた。多右エ門はなぜか浮かぬ顔をして居た。そして独りごとのように「若い者は駄目だナ」とつぶやいた。圭樹はそれをフト小耳に聞きはさんで「しまった」と思った。圭樹は多右エ門のそう言った心がわかった。やっと萌《も》え出たフキの芽をむごくもふみにじった自分の軽挙を悔いた。彼はそれがホンの小さい事件ではあるがそれによって多右エ門の信用を失いはしまいかと思った。ホントに圭樹は滑稽《こっけい》な程ひどく自分自身の関係することについては神経質であった。二人は黙って歩みつづけた。

その日からであった。多右エ門が発熱したのは。圭樹が病後の衰弱して居る多右エ門をあまり遠く迄つれて行ったということは争われぬ主な原因であった。圭樹は蒼《あお》くなってしまった。信用を失うの失わないのの騒ぎではなかった。直接彼の生命に関係した事件であった。多右エ門が怒って自分を追い払い別な針医をつれて来るだろうというのは火を見るよりも明らかであった。所で追い払われた自分はどう成る。針医をやって居たってサッパリ流行らないし又、多右エ門の妻などに頼んで見た所で物にならないことは分りきったことである。

第一圭樹の勝気な性質が女なぞに頭を下げて救いを求めるなんてことは絶対にさせなかった。いよいよ大問題である。圭樹は実に心配であった。併しこれは又意外にも多右エ門が怒りもしなければ、圭樹を追いもしなかった。常の多右エ門であった。圭樹は泣いてしまった。多右エ門の寛大さに有難涙を流したのではない。自分の生命が助ったから嬉し泣きに泣いてしまったのだ。だが多右エ門の病気は決してよくは成らなかった。今度の多右エ門の病気は急激であった。それだけ圭樹も心配した。何せ今、多右エ門に死なれたら圭樹は路頭に迷わねばならないのだから。

彼は全く彼自身の為に多右エ門の看護に余念はなかった。

或夜もう大分晩《おそ》くなって圭樹は湯に入って居るとなんとなく気がソワソワしてしょうがなかった。エラエラ（ママ）した気分で急いで自分達の部屋に入って来た。病床の多右エ門が細く目を開いて圭樹の方をチラッと見て又眼をつぶった。行燈《あんどん》はボーッといつものように、あたりに薄す暗い光線を投げつけて居た。古机が部屋の隅に堅苦しく控えて居《お》った。何も別に変りがなかった。とにかく床に入って見たが眼が冴《さ》えて眠られなかった。妙に足先がホテッて居るように思われた。彼はフト多右エ門のことを思い出した。…………殊《こと》によると…………彼は急に気になり出した。ガバと起き上った。行燈のともしびがゆらゆらと動いた。圭樹の影が大きく大きく気味悪く黄色い唐紙にうつった。圭樹は多右エ門の顔をのぞきこんだ。スヤスヤと眠って居る多右エ門の顔が行燈の光に照らされて妙に神々《こうごう》しく見えた。

──死んじゃ居ない──圭樹は低く低くつぶやいた。

──死ぬんじゃないぞ──圭樹は低く叫んだ。

──併し変だナ──圭樹は最後にこう感じた。

又床にもぐりこんだ。ウツラウツラ圭樹は眠った。どれ位の間眠ったか分らない……………フト目をさました。と同時にフト彼の鼻に妙な刺激を感じた。「オヤッ」と圭樹が思ったのと、遠くで「火事ッ」と叫んだのが聞えたのとは一瞬間の違いもなかった。「ウッ」彼は妙な叫びを上げた。全身の筋肉がギュッとしめつけられたような気がした。夜具を蹴って立ち上った。圭樹は又「ウッ」と叫んだ。部屋はあまりに明るかったからだ。逃げよう、火の手がもうこの部屋を襲うたのだ。圭樹の頭にはこんなことがピカッとひらめいた。川の方に逃げよう。圭樹がそう思った頃はもう川の方をのぞいた部屋の三面の唐紙のすきまからはプップッとどす黒い煙が吹き込んで居た、圭樹は素早く川の方の障子に手を掛けた、丁度その時圭樹の頭にグザッと突きささったものがあった。──多右エ門を救う──そうだ、あの俺の金の蔓《つる》を助け出さねば、俺が今助かって見た所で結局は路《みち》で、のたれ死するほかは、なかったんだ。俺はナントマア馬鹿《ばか》だったんだろう。圭樹はこう心の中で大きく大きく叫んだ。

ふりむいて多右エ門を見た。あかぐろい焰《ほのお》にチョロチョロなめられて気を失って居る多右エ門――その時の圭樹の眼にはそれが大きな金塊に見えたにちがいはなかった。

圭樹は鳥のように素早くその金塊に近づいた。そしてがぶりとその金塊に、むしゃぶり附いた。同時であった。火焔《かえん》がどうと唐紙を破って二人を被《おお》うてしまったのは……………

火事のあった次の晩であった。温泉場の夜はジメジメする程静かに静かに暮れて居た。遠くから低く読売りの声が重くるしく、とぎれとぎれ聞えて来る。

………サアサア皆さまも御求めなさい。これは最新版……昨晩の火事で自分の主人を救い出そう……命投げ出して……この頃稀《まれ》なる見上げた心……死んだ人はキット天国……二人のふだんの暮しから昨晩の火事のこと迄こまごまと………一部しじゅうは振りかな附き、上下そろえて二十文サアサア御求めなさい………御求めなさい……………………

その声もだんだん遠くなって消いて《（ママ）》しまった。あとは又シーーンとして沈みきって居た。川の流の音が幽《かす》かに聞える。犬の遠吠《とおぼえ》がつい近くに起った。

ジットリと温泉場の夜はダンダン更《ふ》けて行くのであった。

（大正十五年四月「蜃気楼」四月号）

瘤《こぶ》

俺は大変なことをやってしまった。

ホントウに馬鹿《ばか》なことをしてしまった。

俺はトウトウ兄になぐられてしまったんだ。

なぜ、なぐられたかって？　それはまたどうも余り香《かん》ばしい原因ではないんだ。いやどうも恥かしくってネ。なに？　どうでもいいから知らせろって？　ジャアしかたがない。云《い》って上げるがネ。笑っちア駄目だよ。笑っちア……こうなんだよ。あの日は日曜だったネ。天気がよかったろう。兄は友のAとピクニックに行こうと云い出した。俺もお伴《とも》して行くことになったんだ。いや俺が行かなかったならばピクニックも目茶苦茶になるんだからネ、山に行ってから一寸《ちよつと》茶を、ワカシ（ママ）にしても俺が居なかった日には、モノにならないんだからネ。兄は不思議な程こんなものにかけては無器用だし、Aだって兄の友達だもの、いう迄《まで》も無く、脳が足りない。

それだから兄達は俺をこの上もなく重宝がって居る。或《あるい》は俺を尊敬して居るかも知れない。とにかく俺が行ってやることにした。

だがここに一つ大不祥事が突発したのだ。

事件は先《ま》ず食料問題から始まる。

兄は食パンを持って行こうと云った。俺も之《こ》れには賛成した。併《しか》し兄の提案の全部を採用してやることは残念ながら出来兼ねた。兄は食パンと別にバターを持って行こうと云ったのだが、俺の目から見ると、どうもそれが穏やかなことではなかった。それよりももっといい考えが俺にあった。それはパン屋でパンを切って貰《もら》ってそれからバターもそこで塗って貰った方がいいと俺は考えて居た。

ネー、君そうじゃないか？　なに？　あまり感心しないって。バカな事を云え俺の考えがどれだけ優《まさ》ってるか分らないよ。第一兄はサッキも云った通り、こんなことに附いてはマルッキリなっチャ居ないのだからな。俺は兄にそう云ってやったよ。マア教えてやったんだネ、「兄さん、わかったか？」といったような工合にネ。然《しか》るに……然るにだ。兄は俺の云うことをきかなかったんだ。甚だ心外だったよ。兄の云い分はこうだ。

パンを切って貰ってもいいが途中持って行く時どうしても塊になってるよりはバラバラに成り易《やす》くて持って行きにくいんだそうだ。又バターがとけてダラダラとなってしまうだろう……というのだ。どうだい君!!　兄のこの幼稚な考えは…………なんだって？　兄の考えが至当だって？　ヤレヤレ君も兄に劣らない子供だナ。

で俺は兄にウンと云ってやったんだ、「兄さんは馬鹿だナ、兄さんの云うことはまちがって居る。何にも知らないクセに……………まア、なんでも俺にまかせろッ」ってネ。そしたら君、兄が怒ったんだよ。当り前だって？

馬鹿云え、これ位の言葉で怒ったりする奴《やつ》がどこにあるんだい。ホントウに兄はまだ子供だよ。兄はネ「ジャ勝手にしろ」と云ったヨ、俺もこれにはチョッと癪《しゃく》にさわったネ。

ひとにウンとシャベラせて、とどのつまりは、勝手にしろ、と来たんだからネ。

俺はこの時、一つの痛快なことを考え出したんだよ。それはこうだ。俺が今日、兄達と一緒にピクニックに行ってやらないんだ。そしたらその結果は、どうなるか、君知ってるかい？

云う迄もなくオジャンさ、なぜって君、俺が行かねば茶をワカシ人(ママ)もパンを焼く者も豚汁を作る奴もないわけになるんだからだよ。ジャア俺は行かないヨ、と兄に云ってやったんだ。これには兄も余程閉口したと見えたネ。パンを切って貰ったって一向かまわないから行って呉《く》れと云ったじゃナイカ。俺は返事もしてやらなかったんだ。兄は色々とオレを口説いたがオレの心は金鉄の如《ごと》しサ。オレは黙って兄の方に背を向けてアグラをドッシリかいたまま一口も返事をしてやらないんだ。「ヘン!!　何にを云ってアがる」と心の中では、おかしかったよ。そして、それから、俺はヤラレタのだ。ブンなぐられたんだヨ。無論いたかったヨ。

オレはその時、おかしいナア、と思った。何にがって。兄はネ、つい二三日前に「僕は決して誰れにも暴力は加えない。若《も》し暴力を加えた時は、その時は僕が狂って居る時なんだ」と、いったんだヨ。サテは兄は狂ったナと俺は思った。俺は泣きながら兄の方をチラット見やった。いかにも狂って居る。あの蒼《あお》い顔の中に変な眼つきばかりが妙にギロギロ光って居たヨ。君笑っチャいけないったら。ホントウに兄が狂ったんだヨ。可愛そうだったヨ。兄はネ。叫けんだよ「馬鹿ッ、馬鹿ッ」「エイ、馬鹿ッ」なんてネ。

オレはおかしくなったヨ。いくら子供だって余りと云えば醜い取り乱しかたであったからヨ。兄はしばらく黙って居た。それから兄はこんどはオヤッと思う程快活な調子で云ったヨ。「馬鹿だナ、お前は。お前が行かネば僕達が行けなくなると思ってるのかネ。ホントウはお前を連れて行く筈《はず》でなかったんだが、お前が是非連れて行って呉れと云ったもんだから、仕方なく連れて行くことにしたのジャないか。僕余程我慢してやったんだが。馬鹿だナ……お前は。子供って仕様のないものだナ。全く子供だネ、お前は……」オレはオヤオヤと思ったヨ。兄は低くつぶやくようにして「パンを切って行った方がいい、なんて大人振って、云ったりしてウフッ」と云って笑い声さえ出したようだった。オレはなんだかコウ恥しくなって来たヨ。そこへ君、Aが入って来たんだよ。オレも狼狽《ろうばい》したよ。

Aは「オイ行こう」と云った。

兄も「ウン、ジャすぐ」と答える。

A「弟君が行かないのかネ」

兄「ウン行かないそうだヨ。腹工合が悪いんだそうだ」

とうとうオレは病人にされる。少々なさけなくなって来たよ。Aも「そうか」と云って別に残念そうな顔もしない。そして兄に「オイ時間がおそいゾ。早く出かけよう。食料は持ったかネ?」と尋ねる。兄は、さも、おかしいようにしてフフンと笑って「イヤまだサ。途中で買って行くつもりだ。弟の奴の話ではパンを切って貰った方が、いいということだから、そうするつもりだよ」オレは出来る事なら消えて見えなくなってしまいたかったヨ。どうも恥しいの恥しくないのって。Aは思い出したようにウハッハッハッと笑い出した。そして「よせよ。去年それで大失敗をやったジャないか。気がきいてるようで、その実あれ位馬鹿らしい目にあうのも滅多にないぜ。バタが、とけてボタボタ落ちるし……ホントウにあの時はいい目にあったナ」と大声で叫けんで兄と一緒に笑ったんだヨ。いやその時のオレのみじめさ、と云ったらとても云うに忍びないよ、いや全くだよ。でも兄も随分人が悪いネ。去年そんな失敗をやったのなら、そうと云えばいいのに。ネ君そうじゃないか？　オイ君、なぜ笑うんだい。それからどうしたって？　イヤもうそれで終りサ。兄とAは笑いながらイソイソオレ達の部屋から出て行ったんだヨ。そしてネ、兄が部屋から出る時に「左様なら。可愛いいコックさん。では行って来るよ」と云いやがったヨ。オイオイ君笑っちゃ、いけないったら。何にが一体おかしいんだい。

そしてネ、跡に残ったものは………まだ涙が乾き切らぬオレのマナコと………まだ恥しさが、さめきらぬオレの赤い顔と………今日、雨が降って、風が吹いて、雷が鳴ってウンと暴れて呉れればいいナと願うオレの心と………ア、それからまだある。さっき兄になぐられて出来た、大きな瘤《こぶ》がある……瘤が……。

（大正十五年五月「蜃気楼」五月号）

将軍

無論、僕は将軍を頑固な、そして「ハラキリ」より他に芸のない恐ろしいヤカマシ屋だと思って居た。

僕は彼等を尊敬しては居なかった。併《しか》し嫌いだというわけでもなかった。ただ単に「彼はホントはエラかったのだそうだ」位に思って居た。

その将軍の遺物展覧会とも称しべ《（ママ）》きものが、この町に開かれた。学校でそれを「拝観」の為《ため》に生徒が全部、教師に所謂《いわゆる》「引率」されて会場に行くことになった。

僕は始めから、行くことに気乗りがしなかった。いずれ将軍の「ハラキリ」の時用いた、短剣に血《ち》糊《のり》のドス黒くコビリついて居るものや、又将軍が物珍らしさにまかせて、いじくり廻した農具…………といったような物を見せられることだろうと思って居た。

それで渋面をしながら（ホンとにそんなツラをしたのだ）会場に入って見た。

有る。有る。果して刀が会場の入口にピカッ——と輝いて控えて居る。

前々から覚悟はして居たが、こんなに早く「切腹用の刀」が出現しようとは思わなかった。

さぞ血糊も、くっついて居ることであろうナとホントに恐る恐るその傍に近附いて見る。

意外にも血糊がない。ピカピカと黒光りがしてある。傍の説明文句を読む。「?国?」の名刀とある。ハアーさては将軍はこれで切腹したんではないナと思って又刀を見直す。成程名刀にちがいない。将軍の珍重されて居た名刀だそうだ。将軍も流石《さすが》にこの名刀で腹は切れなかったらしい。なにしろ名刀だからな。いかにもこいつは名刀だ。「これを振り廻して見たいナ」と野心を起したりして見る。とにかく名刀と、いうからには切れるにきまってる。

「一寸《ちよつと》隣に立って居る人の頭を切って見たいナ」と、よからぬ考を持つ。隣に立って同じように名刀に見とれて居る友達の頭をチョイと横目で見る。その時友達の頭は不思議にも南瓜《かぼちや》のように見えた。これなら切ってのけるに、わけア無いナと思う。

名刀を見て居るうちに、皆にその床に座れという命令だ。とにかく座る。講演があるんだそうだ。将軍の甥《おい》だとかいう中佐が将軍に関しての色々の講話をなさるんだそうだ。

僕はヤレヤレと思った。又あの頑固老爺が自分の子をいやにヤカマシク教育した事や、まるで守銭奴のようにして迄《まで》、質素、倹約をした御講話であろうと思ったからである。

直ちにその御講話なるものが始まる。果して将軍の頑固振りを述べたてた。なんでも、その甥の中佐が小さい時、将軍の命令で墓参をしたが、その時その墓に書いてあった文句を暗記して来ないと言って、ひどく叱《しか》られたとか言う話だ。馬《ば》鹿《か》馬鹿しいと思った。更に興味が起らなかったから僕が座って居る所の床板にある小さな小さな穴を見つけこれがどうゆう理由で出来たのだろうか？　ということを考えて居ることにした。

それも直き厭《あ》きて来たから、又講話を拝聴する。

中佐は一段と声を高めて言った。

…………「大将は又決して『昼ね』はしませんでした」……僕だって「昼ね」をしないヨ。…………「併し私は今考えて見ますとヤッパリ大将だって夜間演習などで一睡もしないで帰宅したりする時には『昼ね』をしたようです。『裏二階は梯子《はしご》段が急だから上ってはいけない』と大将は常に私達に言って居ました。が今から考えて見ると大将はあの裏二階に行って常に『昼ね』したように思われます。いわば裏二階は大将の自由の天地でした。そして大将はそこで勝手に寝たり、倒立《さかだ》ちしたり、飛んだり、はねたりして居たように思われます」…………フン……仲々話せるナと僕は思った、やや興味が起って来る。

………「それから又こんな事もございました。或日《あるひ》大将と二人の子供と、それから私と四人で墓参の帰途『そばや』に立ち寄りました。大将はお前達の好きなものを食えと言え《（ママ）》ましたから、私達はまだ幼なかったものですから、それもこれもと一人で十五六種もあつらえました。大将はニコニコして笑って居ました。『そば』はすぐ出来て来ましたが仲々食ってしまうことが出来ません。二三杯食ってしまうともう苦しくなりました。大将はもっと食え食えと言え《（ママ）》ますがとても食べられませんから皆で大将に、おわびを申しました。大将は笑って別に叱りもしませんでした。それから帰るという段になりましたが皆腹がはって誰も歩いて帰るだけの勇気はありませんでした。それで大将は『そば』の代を全部そば屋に払ってから、車やを呼びにやってそして私達を一人ずつおぶって車に乗せて呉《く》れました」………増々面白味を感じて来る。愉快になって来る。将軍も実際はいいオジイサンだったんだ。ケチケチしては居なかったんだ。殊《こと》に皆をおぶって車に乗せて呉れるなど……僕にもこんなオジイサンがあればいいなと思って見るように迄成って居た。僕は全く晴々しい気分でその話に聴き入った。中佐はそれから将軍が書籍が好きであって面白い本があれば、よくヒトにそれを貸して読ませた。そして時々そのヒトにそれを読んだ後の感想を話させたものであると言うようなことも言った。

僕は思わず微笑した。将軍のその感想を聞く時の心理が僕には余りにハッキリわかって居たからだ。否《いな》僕も実はそれと同じようなことをした時が、あったからだ。ホール将軍は僕と似たようなこともしたんだナ、僕は驚きとも、喜びともつかない妙な気分を味った。将軍も人間だったんだよ。僕は一大発見をしたように目を輝かした。

中佐は更に話を続けた。

それからの中佐の話はどれも、これも皆愉快なことばかりだった。中佐はこんなことも言った。将軍が外国に行った時には実に豪奢《ごうしゃ》を極めたものだそうだ。宿るにはその町で一番上等のホテルに、又シガーなんかでも最上等のものを用いたんだそうだ。一寸そこに行くと言う場合でも自動車でブーブーだ。

僕はこれを聞いて、いよいよ愉快になって来た。将軍はやっぱり人間だった。シャレるということを知って居たんだ。如何《いか》にそれが我国の威を示そうとする目的であったとはいえ、とにかく将軍はシャレたんだ。僕はもう愉快でたまらなかった。若《も》し許したなら僕はあの時大声で将軍の万歳を三唱したに違いない。

僕の大好きな将軍よ！ 僕はアナタをウソに見てしまって居たんだ。失敬したナ、僕はもう酔ってしまったようになって居た。もしもあの時僕の傍のヒトが一寸気をつけて居るならば僕の顔が常にニヤニヤニヤして居たのを発見したであろう。

中佐の話はそれから少し続いた。

そして間もなく「十分間休んで又講話を続けるから、その間遺物を拝観するように」と言った。僕はニヤニヤしながら、立って、たくさんの遺物を見た。こんどは、どれにもこれにも、あの人なつこい細い目をした将軍の白髭の顔が表われて来るような気がした。懐《なつか》しくってたまらなかった。

血糊のついたハラキリ刀も見たが、別に気持が悪くなかった。かえって、あのオジイサンが真顔で「ハラキリ」をした光景を思い浮べて、滑稽《こっけい》な感じさえした。講話の続きを聞いて行きたいとは思ったが、なんとなく気がソワソワして外に出たくて、たまらなくなったからコソコソ会場を出た。

僕はブラブラと道を歩いた。僕はこんな嬉《うれ》しい気持ちで歩けることは一生涯に二回も三回もあるであろうか。「フフン」僕はさも得意そうに鼻を動かした。そしてつぶやいた。

"He is not what he was."

（大正十五年六月「蜃気楼」六月号）

哄《こう》笑《しょう》に至る

「ホーーッ」僕はとうとう変な声を出してしまった。実際驚かなければいけない事だ。僕にとっては全く大事件である。

僕は新聞を持ち直した。そしてもいちど、今度は声を出して読んだ。だが、やっぱり驚くべき事件は驚くべき事件にホカならなかった。

「オーイ泰二」僕は悲鳴に似た調子で叫んだ。弟がバタバタ走って僕の室に入る。

弟「何？」

僕「権太がネ、権太がネ」

弟「何？　権太？　どうしたの？」

僕「アノ………」

弟「どうしたの？　エ？」

弟はホントにウルサイ程熱心になる。

実際弟によらず、権太を知ってるなら誰だって彼についての話を興味を持って聞かない程の者は一人もないであろう。よって権太がどんなに皆の人気があったのか、知るに十分であろう。権太の人気はスバラシイものであった。

第一彼は権太と呼ばれるのはどうしてだろう。彼には山田順造というそれこそ立派な名前があるのに。彼は僕のウチの番頭だった。今でこそコンナだがあの頃は僕の家だって町でも屈指の呉服屋だった。よくは記憶してないが店に手代の七八人も居たようであった。権太はその七八人のうちの先輩。だが店に於《お》ける勢力は少しもなかった。彼はお人好《ひとよ》しだったからだ。人間はこれ程迄《まで》もお人好しになれるんですということを彼は吾々《われわれ》に知らせる為《ため》に生れて来たのではないだろうかと、僕には屢々《しばしば》思われた。二回言うが彼はとにかくお人好しだった。

彼は芝居が好きだった。イヤ観劇でなく、自分でやるのである。彼の十八番は千本桜のいがみの権太だと彼は常に言って居た。

長兄の祝言《しゅうげん》の時いよいよ僕は彼のいがみの権太を拝観するの機会を得た。

笑いこけたのは僕ばかりではなかったらしい。ダイチ彼の顔がいけない。どっちかと言いば《(ママ)》幅よりも長さが短い彼の顔。細くだれた眼、薄い眉《まゆ》。ポカーンとあいた口。どこをさがしたって彼の権太には自分の妻子を縛りつけるような元気が少しもありそうにも見えなかった。それは先《ま》ずそれでよい。がもっと困ったことは彼は十分に舌が廻らぬことだった。ニロニロして何を言って居るのやらサッパリ分ろう筈《はず》はなかった。それでも彼は真面目《まじめ》だった。

それで彼は皆のお客にホロリとさせようとして居るのだから尚更《なおさら》おかしい。

それまで笑いをこらえて居た人達もとうとう笑いこけてしまったのは次の事件であった。今が千本桜の最高潮だとも言うべき時、彼は辷《すべ》って、ゴロリ畳の上にころんだのだ。そして彼は、いかにも赤面してエヒヒヒヒヒヒヒと笑ったことである。

その翌日に彼は僕に言った「どうでした、昨晩の権太は」僕も皆笑ってしまったヨとも言えないで「たいしたものだナ」と言ってやった。

そしたら彼の言い草が振ってる「イヤなに、……でも昨晩は馬鹿《ばか》に調子がよくって、自分ながら驚いた位だったでげすヨ、エヒヒ」その日から僕は彼に権太と名づけてやった。一週間も経《た》つと皆彼を権太或《あるい》は単に「権」と言うようになった。

権太の人のヨサを表わした事件はまだまだいくらでもある。

権太は宗教家であった。その証拠に彼は真宗のお経が読めた。誰がおだてたのか彼は毎朝僕の家の仏壇にお経を上げ始めることにした。彼は朝起きるのは早かった。冬でも五時頃だろう。

彼は起きるとすぐ読経《どきよう》だ。困ったことには彼の声は少し大き過ぎたことであった。隣の僕の従弟《いとこ》が毎朝その声で目を覚ますというから、どれ位の程度だったか推し量るに難くはないだろう。

僕等がウツウツ眠って居ると「帰命无量寿如来《きみようむりようじゅにょらい》。南无《なむ》不可思議光。法蔵菩薩《ぼさつ》……」なんて。グワングワン家一ぱいに響く。皆ビックリしてしまってボーンと飛び起きる。

併《しか》しそれは三日続かなかった。寝坊の僕の父に大きいお眼玉を頂戴《ちょうだい》したからだそうナ。

権太はだがニヤニヤして居た。

後で聞いたが彼はそのお経を上げる前には、いつも塩水で口を嗽《すす》ぎ、手を洗い身を清浄にし然《しか》る後に仏壇の前に座ったという。

権太が小学校の先生になりたいと希望したのはその後間もなくのことであった。僕の父にたのんで教員養成の講義録をとって貰《もら》った。丁度僕が中学校への受験準備をやって居た時だった。二人で勉強しましょう。と権太は真剣に僕に言って来た。ではと二人で一緒に勉強にとりかかった。

権太は僕と一週間ばかり勉強した。大抵晩は店の方で権太は急が《（ママ）》しかったから朝四時頃起きて勉強して居た。僕を起して呉《く》れるのは下女のタケやであった。タケやは二十歳位のヤセた小さな女であった。タケやは僕の言いつけなら死んでも守るというような女だった。四時に起せと言いば《（ママ）》四時に起して呉れた。僕は今夜は宿題が多くて十二時迄起きて勉強しなければならないから、お前それ迄寝ないで僕の傍に居るんだヨ。と言いば《(ママ)》十二時迄一寸《ちょっと》の居眠りもしないでチャンと僕の傍に座って居て、臆《おく》病《びょう》な僕のお守り役をして呉れた。とにかくタケやは、僕を好きであったらしい。そのタケやは今度権太をも起してやらねばならなくなった。二三日してタケやは僕にコッソリ言った事はこうだ。

「シュウ（タケやは二人キリの時はいつでも僕をこう呼んだ）だけナラ起して上げますが、権太はいやです。ナぜって権太は勉強もしないで朝早く起きたっていつも炉バタに黙って座って私達の室の方を見てニヤニヤニヤニヤしてるんですもの、皆気味悪がって私にこんどから起してやるナと言うんです」

僕等の勉強してる部屋から庭をへだててすぐ女中部屋だった。障子はガラス張りだった。

権太は次の日は起して貰い《(ママ)》なかった。

流石《さすが》の権太も、これにはプリプリ腹をたててしまった。なんでもタケやは、その為に権太に頬を一つ見舞われたらしい。

タケやは次の朝は、ナンボなんでも打たれるのはいやだろうから渋々権太を起しに行った。

併し権太は起きなかったのである。

「眠いヤ」権太はそう言ってフトンをスッポリかぶってしまったそうである。

権太の教員志望はだんだん影を薄くして行った。

権太の居た頃は姉は女学校の三年だった。

同じ手代仲間に吉造という奴《やつ》が居た。イヤにシャレルもので、休暇で姉が一緒に僕の家に連れて来た友達が休暇が終って姉と又一緒に帰ったが、その姉の友達が、ナマイキな手代間に於《お》いて噂《うわさ》が高かったんだそうだ。権太は馬鹿で吉造にオゴられてでも居た時、御恩返しの積りでかその姉の友達が吉造に心があったとかなんとか言ったらしい。

吉造も吉造、本気になって直接女学校の寄宿舎のその友達の所に手紙を出したそうだ。

手紙の内容は聞かぬがとにかく手紙を出したのだ。

それから間もなく権太の所に一通のハガキが来た。

僕は権太とトランプか何かをやって居た時だった。何気なく手に取って権太はそのハガキを読んだが、彼は眼をクルクル廻した。手がブルブル震えたのはホントのことだ。

どうしたんだい。なんだい。僕はそう言いながらハガキを奪い取った。姉からのハガキだ。

「○○さんの処《ところ》に吉造から手紙が来たが、○○さんは非常に怒って居る。吉造の手紙によると、お前が妙なコトを言ったそうだが、ホントウか、○○さんは断じてそんなことはないと言ってる」

これじゃ、権太の蒼《あお》くなるのも無理がない。権太は僕にどうすればいいでしょうと聞いた。僕は「平あやまりにあやまるに如《し》かずだ」と言ってやった。

姉の話しにこうある。

権太から姉に手紙が来た。封を切って読んで見ると笑ってしまった。半紙一枚に大きくベタベタと次の文句が書いてあった。

「私は吉造をだましたのです。済みません。終り」

まだまだ彼については面白いことがある。

僕の祖母を無理矢理に病気だとして皆を騒がせたのも彼であった。又彼にも面白い恋があった。併しどれにもこれにも天才的喜劇俳優たる光を十分に発揮して居た。

実に彼は偉大なる俳優であった。

権太なる彼の名からして芝居である。

その権太のことだ。

弟が熱心に聞きたがってるのも決して無理でない。

僕「いいかい聞いてろヨ、今この新聞を読んであげるから………

『稀代の詐偽《さぎ》漢、遂《つい》に自白す』だよ。

『昨夕本紙既報の稀代の詐偽漢山田順造（三二）は罪状つつみ切れず遂に自白す。彼の詐偽は頗《すこぶ》るたくみにして、K警視は彼を称して二代天一坊と言えり。然《しか》して彼は平生マコトにお人好しの如《ごと》くよそおい、大抵の人は皆彼をこの上ない好人物なりと思い居るなり。

彼順造の言に『私も今迄たくさんの人に好人物らしく見せる為にどんなに苦心したか分りません云々《うんぬん》』と』………………………」

僕が皆迄読んでしまわないうちに弟は「ヒー」とトンキョウな声を出した。

僕も読むのを止《や》めた。

弟はなぜか顔をホテらして居た。僕はそれを見て苦しい笑顔をつくった。しばらくは無言だった。そして二人でシミジミと「ワナ」にかかった気持の悪い恥しさを味ったことである………………、僕はフトつぶやいた「順造は俳優だからナ。俳優………」

弟は思い出したように「兄さん年は何歳だって」
僕「エート三十二歳だ」
弟「オカシイナア、順造が僕達の家を出たのは、サキおっとし、だったでしょう」
僕「アア」
弟「アノ時順造は二十一で兵隊検査」
僕は急に心が軽くなったような気がした。
そしてウンと力を入れて「そうそう。して今軍隊に居た筈だネ。ツイ二三ヶ月前お前のトコに絵ハガキが来たネ」
弟「ウンソウだ」
僕「ナーンだい。人違いだヨ。同じ名前の人だヨ」
弟「馬鹿にしてるネ」
僕はホッとした。弟も心からホッとしたように見えた。今迄重苦しく僕の頭を抑えて居たナニかを急にスバラシイ勢ではねのけてしまったような気がした。
僕「まさか権太がネエー」シンミリそう云《い》った時僕の眼にフト今迄、極悪人だとされて居た権太のあのニヤニヤしたヘンな顔がチラついた。
僕は急に或《あ》るコソバユさを覚えて来た。フンあいつが詐偽漢フン。僕は弟をチョイト見た。弟もそんな気がして居たのか変に口をモグモグさせて居た。期せずして視線が合った。次に起るべきものは当然胸のシン底からこみ上げて来る愉快な哄笑《こうしょう》に違いはなかった。

東京に居る兄の利一からこんな手紙が来た。

「こんど同人雑誌十字街に俺が創作『苦笑に終る』を書いてやったが、近頃の俺の自信がある作品といってよい。読んで見ろ」

自分はまだ「苦笑に終る」を読んで見ない。

そして自分も「哄笑に終る」を書いて見た。

（大正十五年七月「蜃気楼」七月号）

口紅

十八歳の或《あ》る日。
私の母が私の下宿に来た。
十年ぶりであった。
母の来た事を下宿屋の主人が二階の私に真顔で知らせた。
母はオめかけである。
旦那《だんな》（私には父）と神戸に居るのだ。
旦那の上京の序《つい》でに連れて来て貰《もら》ったらしい。
今すぐ五時の汽車で神戸に帰るのだ。と下宿屋の主人が言った。
嬉《うれ》しからぬ筈《はず》はない。
母……オボロ気ながら記憶にある。
あれから母はまだ死なずに居たのだ。
しかも今ホントにこの家に来て居る。
やはり老いたろうナ。
私がまだ可愛くって、可愛くってたまらないで居るだろうナ。

私が今、ヌット出て行ったならなんと言うだろう。

ヤハリ「無言裡《り》にただ涙のとめどなく流るる」でもやることになるだろうか。

でもそんなコト、芝居けがあってヤだナ。

泣かないですぐに馬鹿話《ばかばなし》でも始められたらいいんだに。

ニヤニヤしながら階段の手摺《てすり》を握《つか》んだ。

フト階段のところの大鏡を見た。

「ヤア——汚いツラだ」

私は私の顔をツクヅク眺めた。

私が母のことをイロイロと考えて居る以上は、母も亦《また》私のことをサマザマに思いめぐらして居る筈だ。

十年も見なかったんだもの。

随分大きくなってるだろう。

もう十七八だ。

立派な男だ、一人前の男だナ。

とでも思って居るのは確かである。

丈《たけ》だけは、どうやら大きくもなった。が。

こんなひどい猫背にこのキタナイ顔がチョコンと載って居る…………寧《むし》ろ気味悪いような今の私…………がノコノコ出て行くのは変である。

私はひきかえした。

当然隣部屋に入らねばならなかった。

浅草辺の小学校に行って居る女教師の部屋だ。

無論誰も居なかった。

死ぬ程の屈辱を以《もっ》て私は鏡台に向った。

「Tさん。どうしたんで……」

下から主人が叫ぶ。

「ハイ。チョット」

少したって又主人の声。

「アノ、チョット……」

私は小声で再び（アノ、チョット）とつぶやいて見た。

そして私はつらかった。


馬鹿ナ。　馬鹿ナ。　馬鹿ナ。


けれども一方ではセッセと…………扮装《ふんそう》をして居たのである…………化粧というよりは扮装の方がよっぽどあたって居る。

先《ま》ず鼻だ。

この間Sがこの鼻を段鼻だといったナ。

Kは餅鼻《もちばな》だといった。

人さし指に粉オシロイをなしり《（ママ）》つけた。

グニャグニャの鼻筋にズンとひいた。

そしてそこにあった綿を取り上げて、殆《ほとん》ど他人の眼につかない程薄くボカした。

次は。

次は。

サア。
イヤ顔全部だ。
粉オシロイを掌に可なりこぼした。
額と両頬とにベッタリすりつけた。
又綿で淡くボカした。
最後に鼻の下につけた。
次は。
ナイ。
おしまい。

自分ながら笑ってしまった。
ナンダイ。
この顔は。
クソッ。
頬紅はないか。
ある。

つける。
サアどうだ。
イヤまだサッパリ。
「Tさん。早く……」
主人は又どなった。
足ゆびがピクッと動いた。
母は今帰るんだナ。
アア、チョット。
もう少し。
口紅。
エイッ止《よ》しちまい《(ママ)》。
地がねは地がねサ。
獣のように部屋を出た。そして長い階段をどしどし下りた。
母は行ってしまった跡だった。

「ハア――」私はそうしか言いなかった。（ママ）

だが何故《なぜ》かホーッとした。

とんとん階段をのぼりながら私は会わないで却《かえ》ってよかったんじゃないかしらと思った。

階段の大鏡に私のアノ顔が写って居た。

妙なそして色々な感情がゴッチャになってムウッと私の胸にこみ上げて来た。

私は全くの小供のように手摺にムシャブリついて、オイオイ、声を立てて泣いた。

（大正十五年九月「青んぼ」創刊号）

モナコ小景

モナコの海は沙漠《さばく》の蜃気楼《しんきろう》で茶色の影にみちみちていたにちがいない。
マタホオンのとんがりは今にドロドロ崩れてしまうにちがいない。
とにかくモナコの熱い午後である。
――ホイと、そらどうだい――
――チェーッ――
世界的な賭博《とばく》である。

賭博開帳中

大きい張札である。
――あらら、おかしいな、どうもいけねえな、オメエ一年も会わねえで居るうちに、
ひでえ腕前を上げたもんじゃねえか………今日あ、いけねえんだ。やめやめ。
賭博場は大きい。
そして蠅《はえ》の糞だらけの天井は低い。

黄色い椅子《いす》は人の尻《しり》の汗でジメジメして居る。
鼠色《ねずみいろ》のワニスのテーブルには黒いチウインガムのかすがこびりついて居る。
窓は三つぎりだ。そして重い。
汚い土色の海はこの窓の下である。
浪《なみ》のうねりは貧弱だ、白い浪は決してたたぬ。
磯臭《いそくさ》い香がこの室の気分である。

——今日あ、むやみに熱いじゃねえか、窓を開けろよ、海の風が入って来らあね。
フリッツは又どなった。
私はわざと、むっとしたように顔をふくらして見せた。
——開けろってことよ。
私はなお、だまりこくってやった。
——開けろったら、開けるんだよ。
……………………
——開けねえな。
……………………

――よおし。

フリッツは猛然と立ち上った。

私は始めてフリッツの顔を見上げた。

そら見ろ、フリッツは決して私には近よれないじゃないか。

彼は猛然と立ち上って……そして……猛然と重い窓を開けただけのことである。

フリッツは今実に馬鹿《ばか》なことをしてるのだ、それはとてもとても恥かしいことなのである。

私はそれを知って居る。

フリッツは私にそれを見つけられたナと、うすうす感づいて居るらしい。

だからフリッツは決して私に手あらなことをしないじゃないか。

フリッツをいじめてやるのは今だ。

ところでフリッツはどんな男か言いたい。

フリッツは肺結核の初期である。

次に私はどんな男か皆に紹介しなければなるまい。

私は営養不良である。

フリッツと私とはモナコの青んぼと言えばすぐわかる。

フリッツの顔もそうだが、実際私自身でさえも鏡をつくづく見てると私の血色の悪いのには、あいそが尽きる。

当然二人の間には、はげしい争闘が無言裡《り》に開始されねばなるまい。

私はどんなにこの戦争に苦しめられたことであろう。

私にとっては生命《いのち》がけの海水浴を始めたのも全くこの競争の為《ため》であった。

顔のマッサージをやり出したのもこのセイからであった。

しかし、不幸にもどれもこれも皆失敗だった。

その間私は敵手のフリッツの血色には常に綿密な注意を怠らなかったのである。

恐らくフリッツも同様であったにちがいない。

私は主人の命で約一年伊太利のカララの本店に出張を命ぜられたのだ。

二人は別れた、そしてこの時である——キット又会う日迄《まで》と暗に己の勝利を心に期して二人は別れた。

一年間の二人の悪戦は全くいじらしかった、真剣になっての苦闘は却《かえ》ってどことなくユーモアに富んで居るものだ。

さあ来い。

二人は勝利の確信を持って、今モナコの賭博場にたしかに血色のよくなかった顔を会したのである。

ほんとだ、自然は大きないたずら坊主《ぼうず》だぜ。

この大事な場合にこの暑さは又どうだ。

私は先《ま》ずフリッツの馬鹿なことをしてるのを発見した。

あまりの彼の卑怯《ひきよう》（ママ）さに腹が立って来た程であった。

フリッツはシッカリ狼狽《ろうばい》しちまったではないか、チョットでも私の視線からのがれようとしての必死の努力は私にとっては却っておかしくってたまらないのであった。

汗が出て困るだろう。

窓を開けろと言うだろう。

予想は見ん事的中した。

私はあやうく吹き出しそうになった。

――おおい、皆見ろフリッツの汗は赤いぜ。

私は大きな声で叫んだ。

賭博場の五百人の男が一せいに立ち上った。

――皆さん、フリッツの顔はいい血色ですネ、何せポタポタ汗と一緒に溶ける血色ですからナ。

――ワ　ア　ッ――

五百人の男は騒いだ。

フリッツは不思議な男である。

猛然と立ち上って、こんどはホントに私の頰をグワンとやったではないか。

からだが三角形になってスーッと上に泳ぎ上るような気がした。

それぎり分らない。

フト気がついたらフリッツは叫んで居た。

——皆さん、こいつの顔は私に劣らぬいい血色である、どんなに強くぶたれても決して紫色にはならない。

——ワ　ア　ッ——

五百人の男が騒いだ。

私は静かに起きてズボンのチリを払って、さて悠然とたばこを懐《ふところ》から出した。マッチをすった。

スパと一口吸って、プフッと煙の輪を吐いた。

私は五百人の男の静まるのを待って、低く言った。

——でもネ、私はこのインキを頬につけて始めて私の顔が出来るんだ。

又プフッと煙の輪を吐いた、こんどの輪は非常に大きい。

——君等がネ、泥が一ぱい顔についた時、君等がその顔を他人からどんなに笑われたって決して腹が立たないだろう。

なぜなら君等はこれア私のホントの顔ではないんです、私のホントの顔はモットモットいいんですと思って居るからだよ、いいかネ、君等はその汚い泥を落すのを恥とするかネ、卑怯とするかネ、あたり前のことじゃないか、泥を落して始めて君等の顔が出来るんだ、インキをつけて始めて私の顔が出来るんだ、インキをつけてない時の顔は私のホントの顔でないんだ、泥を塗った時の顔と同じいんだ、私のは実に堂々たるものさ。

所がここに居るフリッツはやっぱり馬鹿なことをやってることになるネ、こいつは当り前だと思ってつけてないのだ、コッソリやってるんだ。

私はどんなに得意になって居たか。

だが私はここ迄言うと一寸《ちょっ》と言葉を休めなければならなかった。

ドアが開いたからである。

この家の娘のニイが入って来たからである、ニイも私達の競争仲間である。

青黒い皮膚は決して私に劣らぬ青んぼの気分を有して居た。

私達は無意識と言ってよい程自然に彼女をもいつの頃からか競争仲間として居たのであった。

そのニイが入って来たからである。

ヤア少し見ぬ間に実によい血色になったもんだな。

ホントニよい血色である。

ほんものだ。

ほんものだ。

ニイはニコニコ笑った。

私にはニイの顔はまぶしかった。

フリッツのぼやけた、汗で赤くむらの出来た顔を見た、あまりおかしくもなかった。

ジートそれに眼をつけて居たらフリッツのそれと同じ恰好《かっこう》の男がポッカリ彼のわきにクッツイて現われて来たのである。

二人ならんだ恰好は実に滑稽《こっけい》である。

又ニイに眼をくばった。

低い天井。

重い窓。

黄色い倚子。

鼠色のテーブル。

土色の海。

磯臭い香。

私はとうとうメソメソ泣いてしまった。

（大正十五年十一月「蜃気楼」十月号）

怪談

私は小さい時から怪談が好きであった、色んな人から色んな怪談を聞いた、色んな書籍から色んな怪談を知った、一千の怪談を覚えて居るといっても敢《あ》えて過言ではなかろう、世に怪談程、神秘的なものはあるまい、そして同時にこれ位厳粛なものもないであろう、青い蚊帳《かや》の外に灰色の女の幻影が表われた時、ほの暗い行燈《あんどん》の陰にやせこけたアンマが背中を円くして、チョコンと座って居た時、私はそれによって神の存在を知り得た位である。

私の小さな時分にはよく怪談を知らせて呉《く》れた人は祖母であった、ボオーと燃えて居るラムプの光迄《まで》が神々《こうごう》しく見える時はこの怪談を聞いてる時であった、コタツに入りながら、又或《あ》る時は祖母のヒザにだっこされながら夢を見て居るようにウットリして祖母の怪談を聞いて居たあの時分の私がうらやましい、心持ち眉《まゆ》をひそめ、声を低めてヒソヒソ怪談を語る祖母の顔の神々しさは私は今でもごく厳粛な気持で思い出すことが出来る。

今でもそうだが私は全くあの頃は怪談に溺《おぼ》れて居た、それで私は怪談を作ることを愛する、少し不思議なこと（いやむしろ平凡過ぎることかもしれぬ）でもすぐそれを怪談にしてしまう癖があるのである、私はそれをいい癖だと思って居る、あの神秘的な怪談に対して礼だと心得て居るからである、現在の科学者達は怪談か？と言って、ただそれを一笑に附してしまうのは少くとも怪談に対して礼を失してると思う。

だから私は色々な怪談を知って居ると共に又色々な怪談に遭遇したのも事実である。先《ま》ず私はごく最近私が経験した怪談「マントが化けた話」から物語ろうと思う。

一夜のうちに老いぼれてしまったマントの話

それは野分のひどい寒い日でした。

――ブルブル、うわっ寒い――

――ハッハッハックション、風邪をひいたよ、うわっ寒い――

――鳥肌が出てるヨ、家じゃ風呂《ふろ》を沸かしてればいいが、うわっ寒い――

私達は皆ワイワイわめきながら玄関に突進です、放課は楽しいもの。

――わうっ――

妙な悲鳴を上げたのは私でした。

――マントがないよオッ――

私は鼻声でした。

――オレが知ってるよ――

――何？　知ってる？　おしえて呉れよ――

――オレが質屋に預けて来たんだ――

――なあんだい――

――いや、ほんとだよ――

――うるさいナ――

――まあ、ゆっくり捜してやれよ――

――心配御無用――

――質屋に行って見たまえ、泰然と質屋の倉に陣を占めてるから――

――うるさいよ、なぐるぜ――

――おやおや怒ったネ、お気の毒ですネ――

――早く帰れよ、ろくな口をききあしない――

――お寒いことでしょうネ――

――まだ、君はそこに居たのかい？　早く帰れよ「早く帰らないとお母さんは心配します」(朗読口調で)――

──まあ、ゆっくり捜し給《たま》えナ、アバヨ──

──チェッ、なあんだい、あれア、いらないことばっかし──

──ところでマントだ、どこをまごまごしてるんだろう──

私はこれ位、癪《しゃく》にさわったことはありませんでした、私はてっきり誰かが隠したのだと思ったのです、いたずらにも事を変えてマントを隠したりして、妙なことをする奴《やつ》もあればあるものだ、しかもこんなひどい日に。

非常に寒い日だったのです。

おまけに風が強かったのです。

まず、黒板のかげを、捜しました。

──ない──

次にストーヴの中。

──ない──

机の中。

──ない──

最後に教室の壁をぐるりと見廻しました。

──いよいよない──

私はほとんど泣きそうになりました、隠したのではない、して見ると誰かまちがい(ママ)たのだナ、ウーンと級《クラス》の粗忽者《そこつもの》は誰だろう、アイツ——アイツだ、アイツだ、あんな粗忽者はない、火星と月とを間違う程の粗忽者なんだからな、まあ、なんて失敬な奴だろう。

明日学校に来て見ろ、首と胴とは離れ離れだ、憎い奴はアイツだ。

私はプンプン怒って外に飛び出しました。

——寒い——

——なあに、クソッ——

私は散弾のようなすばしこさで、走り出しました。

——オイ、なぜマントを間違い(ママ)たりなんかしたんだい——

——なななワワワワ…………

——なんとか言えよ——

——なにを言ってんだい——

——マントだよ、マント——

——マントがどうした——

——どうしたも、ないもんだよ——

――さっぱりわからん――

そこで私はアイツにそれを言ったら、アイツは迷わくそうな顔をして、いいや私ではないと言ったのです、そして、アイツのマントをワザワザ私のところに持って来て長い説明をして呉れました。

――あいあいわかったよ、君ではなかったんだよ、失敬したネエ――

――いや、一向かまわんよ、でも困ったね、アア君、先生に頼んで見ろよ、僕もネ、こないだ兵隊靴をなくした時先生に言ったらさっそく捜して呉れたよ――

――して見つかったかい――

――いいや――

――なアーんだい――

――でも、先生が親切に一生懸命に捜して呉れるので有難くってネ、つい感激しちまって兵隊靴なんかどうでもいいとさえ思うようになるよ――

――そうかネ、じゃ僕も先生に言って見よう、感激して見たいんだ――

放課後に私は先生にお願いしました。

――困ったもんだナ――

先生は今お宅へお帰りになろうとして居らっしゃった所だったんですが、私の話に

驚いて、持って居た風呂敷包をテーブルに置きなおして、

——誰か間違い《（ママ）》たナ——

——エエ、私もそうだと思うんですが——

——よし、捜してやろう——

——ハア——

——ついておいで——

——ハア——

先生は体操の先生です。

歩くのにも歩調がそろって居るのです。

そう、そう、勇往邁進《まいしん》です。

手の指をすっかり、のばして五本そろえてオイチニオイチニです。

今日は昨日にまさる寒さです、私は丸い背を一層まるくして震えながら先生の後にくっついて歩き出しました。

学校には誰ものこって居ませんでした。

明日から試験ですから。

ガランドウの学校にはフンゾリ返った体操の先生と丸くなった私と、それから無味

無臭の空気がウヨウヨうごめいて居るばかりでした。
――オイチニ、オイチニ、君はいつなくしたのかネ――
――エートきのうです――
――困ったネ――
――ハア――
オイチニ、オイチニ。
オイチニ、オイチニ。
――君は何んと言うんだい――
――名ですか――
――ウン――
――津島……――
――アア津島……修治か……そうだネ――
――エエ――
オイチニ、オイチニ。
オイチニ、オイチニ。
――アアあれが君のじゃないかネ――

――イイエ（冗談じゃない、私のはもっと長いんですよ、あれは二尺もありますまい、一年生のチッチャイのが忘れて行ったのでしょう）――

――ソウかネ――

オイチニ、オイチニ。

オイチニ、オイチニ。

――アア、あれだ、あれだ、これだろう、君のは――

――イイエ（冗談じゃない、私のはあんなボロボロじゃありませんよ、キット小使が忘れて行ったんですよ、私のは二十八円）――

――ソウかネ――

オイチニ、オイチニ。

オイチニ、オイチニ。

二人は長い廊下を歩いて居るのです。

廊下の突きあたりは二階への階段です、先生はヒョイと機械のような正確さで足を階段に載せました。

――君のマント掛けは二階だったネ――

――エエ――

――じゃあ二階に行こうネ――

秋の暮れ易《やす》い日はもう、空気を鼠色《ねずみいろ》に染めなして居ました。

暗くそして、静かです、コトリともしないのです、息づまるようだったのです。

オイチニ、オイチニ、オイチニ。

――あそこだったネ、君等のマント掛けは――

――エエ――

オイチニ、オイチニ。

オイチニ、オイチニ。

――アッ、先生あります、御覧ネ、ちあんと私の所に……――

私はバタバタ走り出しました、有ったぞ、有ったぞ、私は宇《（ママ）》頂天になってマントを手に取りました。

――アッ、古物だ、そして短い、これここがこんなにボロボロになって――

確かに私の所にかけてあるのでした、だが私のとはちがって居るのです、薄暗い光に照して見ればそのヨウカン色がマザマザ分るようにふるいのだったのです。

私はその時ゾッとした感にうたれたのです、私のマントが一夜のうちに老いぼれてしまったのだと思ったからです。

——サテ、サテ、お前、随分老いぼれたネ、縮んじまったジャないか——私はそう思いながら、なつかしいような、恐ろしいような、変な気持でジートもう一ぺん老いぼれてしまった私のマントを見つめました。

魔の池

秋の空は高かったのです。

私は秋の道をブラリブラリ散歩して居ます。

え？ 学校に行く途中です、いいえやっぱり散歩してるのです。

山は赤い、稲田は切り株の碁石だらけです、大坊主《ぼうず》小坊主のイナニオがのどかです、カラリと晴れた空はホントにスガスガしいのです、(四方の景色、秋めき候《そうろう》ところ)私は故郷の母にやる手紙の文句を考えて見たりしました。

天はいよいよ高いのです。

はてしがないのです。

ハイヤー、ハイヤー。

私はこんなことをつぶやいた時です。

バチャーン——

ウワッ——

全く私は驚いてしまいました、こわごわ後をふり返って見たら、可愛そうにも私のべんとう箱がチイチャナ水溜《みずたま》りに落っこちたのでした。

昼になりました。

べんとう。

べんとう。

——アッ、そうそう私のべんとうは、いけないんだ——

私はホントに悲観してしまいました、そして私はこう考えて見ました。

(1)、なぜ落ちた、べんとう箱は私のものであったのだろう、他の人のだって一向さしつかえは、ないじゃないか。

(2)、なぜ私の進路に水溜りがあったのだろう、あんな広い街道だ、いちいち私の歩いて来る所にある必要は認められないじゃないか。

(3)、なぜ水溜りに弁当が落っこちたのだろう、弁当箱は小さいものだ、水たまりだって小さいものだ、その小さいものと、小さいものがよくも合致したものだ、弁当箱はなぜあの水溜りに落ちねばならなかったのだろう、他の場所にだって落ちる所がたくさんあるじゃないか。

私はこの三ケ条を、考えてからゾッとしました。

私はなにもかも忘れて又ブラリブラリ散歩しながら学校から帰って来ました。

やはり空は高かったのです。

そして青かったのです。

秋の日和《ひより》は、ポカポカして居ます。

山はいよいよハッキリです。

(どうです、ことしは「きのこ」はたくさんとれましたかい)私は田舎の兄にやる手紙の文句を考えたりして見ました。

バチャン――

ウワッ――

全く私は驚いてしまいました。

ごらんなさい。私は水溜りに落っこちてしまったんです。

——ヒャーッ。

これは、この水溜りは、弁当の落っこちた水溜りと少しも異《ちが》わない…… いや同じです。

グルッ、グルッ、グルッ、グルッ、私の頭で渦《うずま》いたのは、さっきの三ケ条よりも、もっともっと凄《すご》い三ケ条であったのでした。

——恐ろしいことだ、魔の池だ——

私は真蒼《まっさお》になって、こわごわその小さな水溜りをのぞき込みました。

水溜りには秋の青い空がうつって、最限なく深い深い暗青色を呈して居ました。

——ヌシが住んでるかもしれない——

私はそう思いました。

（大正十五年十二月「蜃気楼」十一・十二月合併号）

掌劇 名君

人

殿　様
重臣Ａ
同　Ｂ
妖婦《ようふ》

その他

戦国時代

豪壮な南国の大城
大　奥
殿様の居間
隣、詰所

開　幕

殿様は居間で長々と寝そべって居る、眼は小さく、どろんとして、口をぽかんと、あいて居る、中年の白痴の気分を十分表して居る、美濃紙《みのがみ》を居間に一ぱい散らかして居る、寝ころびながら紙を一枚とる、二つに裂く、それを丁寧に重ねる、そして、あかりにすかして見る、ちょいと口をとがらしてぽいと投げてしまう、別な紙を一枚とる、裂いて、重ねて、すかして見て、口をとがらしてぽいと投げる、これを五六回くりかえす、

詰所では重臣A、Bは、ひそひそ重大事件でもあるのか非常に緊張して何か言い争って居る、いずれも五十の坂を越して居るのは確かである、

A　…………

B　……………

A　……………

B　(突然鋭く)いやそれはいけない。

A　(少し間を置いて)されば、私も危険だとは思って居るが、いくら痴呆《ちほう》だと言っ

ても主君は主君だ、一応は申し上げて置かねばなるまい、主君を、ないがしろにするということは国の滅亡を暗示するものだ。

B　それは主君に依《よ》るというものだ、わが君の近頃の日常を見ろよ、今の世の人とも思われぬありさまではないか、あまりの浅間しさだ。

A　（やや烈《はげ》しく）痴呆だからと言うて、敢《あ》えて人間と視《み》てやらぬというわけは有まい、いくら痴呆でも我々はそれを一人前の人間として真面目《まじめ》に相談をかけて見るのが、痴呆の主君にとっても、又その痴呆を主君として戴《いただ》いて居る我々にとっても、せめての、慰めとなるではないか。

B　だが、相手がよくないんだ、あの女の訪《おとの》うた十二ヶ国のうちに滅亡せぬ国は一つでもあったろうか、「吹く風の草木を靡《なび》かすが如《ごと》く」と言われた、あの隣国の滅亡の源はなんであったか。（だんだん興奮して来る）名主とも言われた隣国の主君の、あれ程の賢でさえも、あの女の前に立っては殆《ほと》んどその光を失うてしまったのだ、ましてや白痴のわが君………ああ思うても恐ろし、わが国の滅亡も遠くはないであろう、そして御身は御身であの女の当城訪問を主君に申し上げようとなさる、恐ろしいことだ、恐ろしいことだ。（眼には涙がきらきら光る）

A　私はただ主君に申し上げて相談して見たいと思って居るだけなのだ、主君に申し上げたとて、主君は必ずあの女をお召しになるとは限るまい、よしんばお召しになるとしても痴呆のことだ、なんとかその時は又その時で……（はっと自分達の思わず高声になって居るのに気づく）

——息ぐるしい沈黙——

殿様　（こんどは指先で一枚の美濃紙に小さな穴をこじあけて、紙を顔にもって行ってその穴から四方八方をのぞいて見る、熱心にのぞきながら）やあ聞いたぞ、スッカリ聞いた、アハハハ。

隣の詰所の重臣、ぎくっとして顔を見合わせる、

殿様　すぐその女を呼んで来い、面白い女だナ、エヒヒ。（妙に笑って尚《なお》も紙の穴から四方をのぞいて見る）

A、B、穢しいものにふれたように、しかめっつらをする、
この時突然侍一人詰所に入る、
そっと二人に耳打ちをする、
俄然《がぜん》色をなす、

A、侍に何か言い含める、
侍飛んで部屋を去る、
二人期せずして立ち上る、
妖婦がいつの間にか詰所に来て居る、
艶然《えんぜん》たる笑、
呆然《ぼうぜん》たる二人、

しばし静寂、
妖婦がつっと殿様の居間に近寄る、
二人尚も呆然、
妖婦すーとふすまを開く、
と同時にはっと二人が妖婦に走り寄る、
殿様がふとふすまの方を先刻の紙の穴からのぞいて見る、

殿様　（紙を手からひらりと落して）ああ、あの女か、入れよ。（と言って急に起き上ってみなりを直してきちんと座る）

すまし込んだ殿様、

黙々としてる妖婦、

泣きつらをして、つッ立って居る重臣、

殿様　（つッ立って居る重臣をみとがめて）みっともないぞ、下れ。（眼をいからして叫んだが妖婦を見てそわそわして）隅に居てはいけないヨ、もっと近うな。

妖婦首をうなだれて少しく、にじり寄る、

重臣ふすまをぴしっと閉めて悄然《しょうぜん》として詰所に退く、二人殆《ほとん》ど同時にどかっと座りこむ、苦悶《くもん》の色、されど決して隣部屋の様子に注意を怠らぬ、

殿様　（少しも落ち附かず）あの――もっと近うな。

妖婦　…………

殿様　（なにか話題をみつけようと、あせって居るが、仲々みつからない、いよいよ狼狽《ろうばい》して）お前は遠慮してるな、なぜこっちに来ないのだ、さあ、余は今面白い話を聞かせてやろう、さて――と（考えてるうちにだんだん顔に真剣味を帯びて来る）お前何が一番恐ろしいかナ、人には皆恐ろしい物がなければならぬ、世の中で一番、こわいものはなんじゃな、余は熊《くま》じゃ。

妖婦　（始めて顔を上げて目を丸くして低く）マア…………

重臣顔を見合せて苦笑する、

殿様　（にやにや笑って）ウン余なら熊じゃ、お前はなんだい、やはり熊かね、あれはキツイ獣だよ、なにせ豚なんかよりはズーと気が荒いそうだからな。

妖婦　（ついたまりかねて）ホホホホホ。

重臣いよいよ深刻な苦笑、

殿様　（しっかり悦《ママ》に入って）熊じゃないかナ、とすれば……（深く考え込む）……

妖婦きょろきょろあたりを見廻す、
もったいらしく考え込んでる殿様、

間

妖婦　（ふと）とのさま。

殿様　（きょとんと）なんだい。

しばらく、間を置いて、

妖婦　（急に悄然として）殿様、恐ろしいものは女子《おなご》の罪、まことに女というものは罪多きものでございます。……………（何か追想にふけるような眼をして）あわれと思《おぼ》しめし下され。（さめざめと泣く）

殿様　（全く驚いて）何？　女が恐ろしいとナ、………妙だな。

妖婦　（淋しく笑って）いいえ、殿様は御存じないのでございます、つくづく私は私の罪多きを思うにつけても死ぬ程つらいのでございます、（ここで口をゆがめて）熊よりはズッとズッと恐ろしいものでございます。

殿様　（不審に堪えぬような面持ち）

沈黙、

いまいましそうに顔見合せる重臣、

妖婦　御不審はごもっともでございます、私の恐ろしい罪のかずかずを、残らず申し上げ……（ここで又深い思案）…………いいえ私は申し上げませぬ、こんな恐ろしい話を聞いたら、どなただって愛そが尽きるのは必定……ホホ（低く悲しそうに笑う）わけても殿様のごとき…………

殿様うっとりと、妖婦を見つめて居る、

妖婦やや殿様の方に、にじりよる、

殿様　（一つ大きくうなずき）わけても、余には…………なぜじゃ。
妖婦　（殿様をちらと見上げたがすぐ又首をうなだれて）殿様……ご存じないと……………（深い嘆息）

殿様いよいよ、しかつめらしく考える、
妖婦弱々しく静かに、といきをつく、首をうなだれる、
長い沈黙、

妖婦は時々殿様に眼をくばる、
妖婦やがて泣き出す、

殿様　（ふと妖婦の泣いてるのに気がつき、しっかり《ママ》めんくらって）あ、あ、あ、どうしたんだ、泣くんじゃないよ、どうしたんだ。
妖婦　（ありったけの思いこめて）殿様、私の罪をおゆるし下され、罪深い女子の身、どうぞあわれと思し召し、もうこの上は、何をお願い申しましょう、ただこればかりが……お願でございます、私はつくづく我が身の恐しさを知りました。（わっ

と泣く）

殿様（困り果てて）それは……（いちいち深く思案して）……ものに依っては、ゆるさぬでもない、ま、とにかくその恐ろしい罪を言うて見い。

妖婦（泣きじゃくりながら）いいえ、それがどうして言われましょう、それが言われぬ私のつらさを……殿様、おゆるし叶《かな》わねば私は…………（突然、情をこめて）殿様、私を殺して下され、殿様に殺されても恨はございませぬ。

殿様（いよいよ驚いて）なに殺されても……痛くはないか、余なら針で指を突いても泣き出してしまったのに…………（感心してしまって）……殺されても恨はないと……ほんとうか。

妖婦（興ざめ顔に）なんの……でたらめを申しましょう、このまま死んでも。

地図

殿様（妖婦をじーと見つめて居る、眼は驚歎《きょうたん》の色に充《み》ちて居る、ちょいと首をかしげて考える、ひょいと傍の刀を手にとってすらりと抜いてふらふら持ってがくりと女のわき腹に刺す、妖婦はふっと顔を上げて殿様をにらむ、低く、うなって、すぐ枯枝のようにかさり倒れる、死んだ女を見て殿様はほんの一瞬間、緊張する、又すぐぽかんと口を開いて久しく感嘆して止《や》まぬ）これが熊より恐ろしいものかナ、エヒッエヒッッッッ。

笑い声が空虚な舞台一ぱいに低く、重く響く、

笑い声を聞いて重臣A、Bなにか、うなずき合って立ち上る、

——幕——

(昭和二年二月「蜃気楼」一月号)

股《また》をくぐる

「わあっ！」

心窩《みずおち》の辺を小槍《こやり》で不意にずぶっと刺されたような、やや擽《くすぐ》ったき快感とも似た驚愕《きょうがく》に、信は思わず叫び出した。上半身をむっくり起した。其《そ》の瞬間彼は、仮睡の為《た》めに今迄《いままで》運よく忘れて居た暑気に——全生物をどろっと脂《あぶら》で被《おお》って、呆《ほう》けた粘体となして了《しま》う暑気に、ぐらぐら眩暈を感じた。彼は無限に深い洞窟《どうくつ》からしんしんと聞えて来る耳鳴りにも、呼吸のつまるような暑苦しさを感じながら、汗まみれの平ったい大きな顔をがっくり重たそうに垂れ下げた。

彼は、彼の昼寝をひっぱたいたあの、

「じゃぼん！」

という音はなんで有ったかもう知って了った。疥癬《ひぜん》にむくんだ彼の手の甲から、ぷすぷすわいて出る、膿《うみ》のように黄いろく濁った汗を、彼は手の輪廓《りんかく》がぼうっと成る迄じいと見詰めて居た。腐った肉の底に澱《よど》んで居るなまぬるい膿が、幽《かす》かに白く透き通って見える小さな貝殻のような物は、彼の指の股《また》から手頸《てくび》にかけて、無数にべたべた食《く》っ附いて居た。若《も》し彼の手の厚い皮をげろりと剝《は》いだならば、きっと扁虱《だに》に似た、血太《ぶと》ってごろごろして居る虫が、ぎっしりうようよ詰まって居るのが見えるに違い無いと、彼は何時《いつ》も考えて居た。彼は左手の甲の殊《こと》に大きく張れ上って居る紫色の貝殻を、右手の人差指で思い切り強くぐっと押しつけた。血の交《まじ》った膿がどろりと出て汗と一緒になり、もぞりもぞり手の甲を這《は》い流れ始めた。太い尻《しり》のギラギラ光って居る糞蠅《くそばえ》が二三匹どこから共無く飛んで来て、ブーンと唸《うな》っては彼の手の甲を廻り出した。彼は、其の膿からゆらゆら昇るじっとりした湯気にむしむしした支那《しな》大陸の酷暑を感じた。そして彼は、彼のあの快い眠りを暴慢にも妨げて置きながら、尚《なお》その上、此《こ》の狂おしい暑さの中に彼を今投《ほう》り込んで了った無礼者に対して、泣き度《た》く成る程の憎悪《ぞうお》を覚えて来た。

「気を附けろい！　俺あ眠ってるんだぜ」

彼は、乾き切った喉《のど》をびいびい鳴らしながら、喘《あえ》ぐようにしてやっとこれだけ言う事が出来た。言って了って彼は、真底から気抜けがしたように深い溜息《ためいき》を太く吐き出した。それから彼は、彼の傍で洗濯をやり始めた、干物《ひもの》にされし猿の顔を思い出させるような奇怪な面相をした老婆《ろうば》を、彼の大きい眼をうっすり開いて、いまいましげにねめつけた。だが老婆は始めっから、彼の存在なんかにはてんで気附いて居《お》らなかったらしく、蹲《うずく》まりながら、河岸でじゃぶ、じゃぶ、じゃぶ、一枚の下袴《したばかま》を洗って居た。彼はこの老婆の傲然《ごうぜん》たる愚鈍さには、少なからぬ屈辱を感じた。彼はてれ臭そうに今一度必死の力を振り絞って叫んで見た。

「もちっと静かに洗ったらどうだ！　俺あ眠ってるんだぜ」

今度は老婆にも聞えたらしく、細く、ただれた首をぎゅうとねじ曲げて、小さい眼を異様に輝かせながら、しげしげと此の惨《みじ》めな若者の顔を見詰めた。彼はこの老婆の奇怪な顔に、実に苛重《かじゅう》な圧迫を刻一刻と感じて来た。

「静かにやって呉《く》れんかい」

彼は堪《たま》らなく成ってとうとう此んな事も言い出して見るのだった。

赤土色に濁った河水は、だらだら鈍く歩んで居た。彼はその河の流れの方に顔をぐっと背《そむ》け、老婆の恐ろしい凝視を辛くも免れる事が出来た。併《しか》し其の流れとても彼にとっては一つの大なる苦痛であった。彼には、それが沸々とたぎる鉛の熱湯としか思われなかったのである。彼は彼の脊《せ》にべっとりわいて出た脂汗を次第に重苦しく感じ出した。

「お前、めしを食ってんかい」

彼は慄然《りつぜん》とした。それは蝦蟇《がま》の舌のようなぬらぬらした声だったからである。

「恐ろしい顔してるわなあ」

彼は老婆の此の言葉には痛切な苦笑を禁じ得なかったのである。

――俺はほんとうに朝から何もたべないんだっけ。そう、そう。今朝俺はあの寄食して居た家を追い出されたんだっけ。そして俺は、馬鹿《ばか》らしい俺の痩《や》せ我慢から、悠然と釣でもしようと此の河に来たんだっけ。俺は其れから眠ったんだな。

「若い者あ其んなさもしい顔してんのは、おかしいわな」

そう言って老婆は黒鴉のように怪しく笑った。彼は、この無気味さにともすると気後れのする彼自身の臆病《おくびょう》さを、懸命に叱《しか》りつけながら、老婆の凋《しな》びた顎《あご》から、赤黒くごつごつして居る胸にかけて穢れた黒い汗がだくだく流れて居るのを憫然《びんぜん》と眺めて居た。

「そら、これでも食わんかい」

黒い大きな骨ばった手が奇妙に空を大きく泳いだかと思うと、彼の腰の側《そば》に何とも知れぬ丸い物が、ごろりと落ちて来た。よく見ると其れはどうやら粟飯《あわめし》を固めたものらしかった。彼は直ちに其の粟飯に対する食慾《しょくよく》を激しく感じながらも、老婆の今の言葉に或《あ》る不満を覚えぬわけには行かなかった。

「なんだい。此れをどうしろって言うのさ」

彼は老婆の彼に与えた或る侮辱に不思議にも勇気百倍して朗らかにこう叫ぶことが

出来た。

「あげるんだよ」

老婆は又もじゃぶじゃぶ洗濯に取りかかりながら、彼の方を振りむきもせずに、前歯の無い毒々しい程ネロネロした紫色の歯齦《はぐき》を異様にむき出して、おさえ附けるような口調で言った。

「誰に！」

「お前にさ」

老婆の声は殆《ほとん》ど間髪を入れずに力強く応じて来た。

「うそつけッ！」

彼は余りの暑さに気が狂うたかのように夢中で喚《わめ》いた。

「俺に呉れるんだって？　嘘《うそ》つきめ！」

彼はこう呶《ど》鳴《な》って、急にがっかりした。どうだっていいじゃ無いか、というような気弱さがひょっこり起ったからである。彼の全身には脂汗が條虫《さなだむし》のようにのたうち廻って居た。

「何を言ってん」

老婆はかすれた声で低くこう呟《つぶや》きながら、山椒魚《さんしょううお》のように、ぶるぶるした大きな唇をぱくっとやった。

「とにかく返すよ。そう易々《やすやす》は騙《だま》されんぞ」

彼は嚙《か》んでぺっと吐き出すように力無くこう言ってから、何時《いつ》の間にか数百の糞蠅の真黒にたかって居る一塊の粟飯をぐっと摑《つか》んでぐわんと老婆の方に投げつけた。粟飯は灼熱《しゃくねつ》の空に案外なよなよと小さい抛物線《ほうぶつせん》を画《えが》きつつ老婆のほてり切った股の間にぽっこり落ちた。彼は、老婆のひどい立腹を当然予期して居た。所が老婆は彼の方をちらとも見ないで其の塊を老婆の傍にある色のあせた浅黄の袋に、無気味な手つきでそっと仕舞い込んだ。

「おおけに」

笑ってるような又泣いてるような不思議極まる声で老婆は、傲然とこう言った。そして口の中のねばねばした褐色の唾液《だえき》をげろっと呑《の》み下した。

彼は変に淋しくなるのだった。彼は彼の今の態度に就いてよく考えて見た。

――無料《ただ》で他人に物を呉れる馬鹿者がどこに有るか。皆代償を欲して居るんだ。この婆だって俺にあれを呉れて婆独りで「施し」の快楽を味わうとして居るのだ。確かにそうだ。目色で判《わか》る。言葉で判る。……………それに、あの婆にだって今日食うべきものはたったあれだけしか無いんだ。婆にはあれが必要なんだ。それを俺に呉れる。

するとどうなるか。……………………結局は、何時迄たっても貧乏人は減らないという事になる。此れはどうにか成らぬものか。

彼は又例の幼稚な論究癖を持ち出すのであった。彼はいつでも何か考えて居た。なんの野心も無く、なんの気取りも無く、ただ漫然と考え事をしては其の日其の日を送って居る彼のその頃の生活は、好ましくも亦懐《またなつか》しいものであった。彼は疥癬《ひぜん》の膿がべっとり附いて居る左手の甲で額の汗をおし拭《ぬぐ》いながら先刻の彼のつまらぬ興奮を思い出して苦笑して了《しま》った。

――どっちも似たりよったりの貧乏人さ。いやとんだお笑い草よ。

「婆さん、粟飯を貰《もら》ってやらあ。俺だって腹が空《す》かあな」

彼は固い粟飯を貪《むさぼ》るようにぼりぼり噛《かじ》りながら仰向きにごろりと寝ころんで居た。脊筋が焼けただれるように熱かった。ぎょろぎょろした太陽の光が、彼の眼の中に火花を散らして飛び込んで来た。彼は堅く目蓋《まぶた》をとじながら今や或る重き圧迫に苦しんで居た。

――何という婆だ! あいつは俺を何とも思って居ないのだ。どこ迄傲慢なんだ。俺にこの粟飯を渡す時のあの落ち附きはどうだった。(どうせ又、ねだるだろうとは始めから知って居たんだよ)とでも言いそうな素振りであった。俺は一体なぜ、ねだったりなんかしたんだろう。単なる同種族の親愛からだろうか。或《ある》いは又、ひょっとしたら俺の心の奥には今朝から満たされないさもしい食欲が常に働いて居たのかも知れぬ。とにかくこれは徹頭徹尾敗北だ。恥しいではないか。あの醜怪な婆に……………何とか仕返えしが出来ないものか。

彼は次第に憂鬱《ゆううつ》に成りながらも、色んな毒々しい幻を、彼の瞑って居る目蓋の裏に画いて見た。

——……蛾《が》の眼のようにしょぼしょぼした両の赤い眼。腹合わせをして居る二匹の大きな蛞蝓《なめくじ》そっくりな口吻。あの鼻。あの歯齦。……

彼は山犬のようにううと唸るのだった。

——……それからあの、はだけた襟からちらほら見えて居た、古い紙茶袋のようにくしゃくしゃした両の乳房。ねとねとした、割に太って居る脚くび。そして……………

彼は突然むっくり起き上った。両眼は怪しき迄に歓喜に燃え上って居た。

——そうだ、そうだ。何負けるものか。うんと驚かしてやれ！ これに驚かなかったなら、あの婆も痴呆《ちほう》だ。あの婆の驚いたざまあ、どんなだろう。

彼は太陽にぶちのめされた狂人のように頬を変にひきつらして口角に白い泡をぶく

ぶく吹きながら、かの老婆の方をさっと振り返って見た。

「しまった！」

老婆はいつの間にかその場を去って了って居たのだ。

彼は老婆の無礼な贈物である一塊の粟飯をしみじみと眺めて、余りにも明らかな彼の敗北を苦々しげに味って居た。

彼はぎくりと肩を窄《すぼ》めて、手にして居た粟飯をどろんとした河の流れ目がけて投げつけた。どぶっと変な音を立てて粟飯はぐうと沈んだきり再び浮び上らなかった。

――もう何もかも駄目だ。俺のせっかくの復讐《ふくしゅう》の目論見《もくろみ》も何も。

彼は此の時ふと、彼のその復讐は一体どうしてやるつもりだったのか鳥渡《ちょっと》忘れたような気がした。それはあく迄、そのような気がしたに過ぎないのだ。彼は念の為めにそれを思い出して見ようと思った。だがこれは又どうした事か、彼はどうしても思い出すことが出来なかったではないか。

――はて？

薄き、ほんとうに薄き擽ったい幕は、彼が思い出そうとするのを執拗《しつよう》に邪魔立てするのであった。彼は心からもどかしく感じて来た。彼はそこらに散らばって居る釣道具をいらいら掻《か》き集めながら、尚もその擽ったい幕を取り除《の》けようと、力の入れ所も無い懊《じれ》ったい努力をし続けた。

――何でも、ほの温い、どろどろしたものであった。桃色で、どろどろしたもの……………そんなような気がするな。

彼は人通りのない淋しい街をあても無く歩いて居た。もう今は老婆に対する復讐なんかは彼にとって、どうでもいい事であった。反《かえ》って滑稽《こっけい》にも、その手段を潤《うる》おして居るとても懐しい漠然たる魔力に身も心も焦《こ》がして居た。

熾烈《しれつ》たる午後の太陽に照しつけられ、ぎらぎら鈍く光って居る長々しい道路には、ほんとうに何の動きも認め得られなかった。時たまなまぬるい微風に炎塵《えんじん》がゆらゆらと昇るが、それも亦続く風もないのですぐ重たげにめためた崩れ落ちて了うのであった。余りの暑さに時々頭脳が朦朧《もうろう》と成りかけるのを感じながら、彼はやはり、あの堪《たま》らなく懐しい漠然たる幻影に始終悩まされ続けて居た。

――俺は、はっきり覚えて居たのであろうか。始めっからこんな漠然たるものであったのではあるまいか。そのような気もする。

――だが併し、ほの温い、どろどろした粘液だったということだけは確かだ。

彼は彼のふくら脛《はぎ》から股にかけて、何かの羽根で強く又弱くじんなり撫《な》でられて居るような、あのけだるさを激切に感じ出して来た。彼は半ば夢心地でそのむしむした大空の下に、長く続いて居るどろりとした赤土の道を、ふらふらしながら歩いて居た。

彼はふと、彼の周囲が急にざわつき出したのをぼうとした炎熱の空気を通して幽《かす》かに感じる事が出来た。

「釣を、して来たのかい。若殿様」

「よう不平児。いつもつんと澄まして居やがる」

「一体どれ程の学問があるんだい」

「おらあ、てめえのような奴《やつ》はどうしても好きに成れねえ」

「貧乏人は貧乏人らしくな」

彼は夢からさめたようにはっとした。そして明らかに狼狽《ろうばい》し出した。常々から彼が最も綿密な注意を払って避けて居た、此の町の屠殺《とさつ》場の青年等が…………十二三人、グルリと彼を取り巻いて了って居た。この青年等は、或る物質の不思議な窮乏の為めに今はもう「慎《つつ》ましやか」という事を全然没却《(ママ)》しねば成らなくされて居た。この貧困なる青年等は、彼等の腹に有る事を残らずさらけ出して、常に無茶苦茶に暴れ廻って居るのであった。この青年等は、或る時には又殆ど常識で考えられない程の無作法も、平気でやって除けたりして居た。だがこれも、青年には必ず属物《つきもの》である可愛らしい群集略酊《めいてい》心理の故《せい》だと思って、決して深く気に止めぬ方がいいのである。彼は勿論《もちろん》これ等の青年に満腔《まんこう》の同情を寄せて居た。愛してさえ居た。だが彼はこの青年等の無遠慮に依《よ》って彼の自尊心を傷けられる事が恐ろしかった。彼も亦、世の多くの臆病者がそうであるように偉大なる自尊心を持って居た。それだから今彼はこの礼節を弁ぜぬ、貧困の青年等に取り巻かれて、ほとほと当惑して了ったのである。

「てめえは、えらそうな事を言ってるが、女に惚《ほ》れられようと思って言ってんだろう」

そのうちの殊《こと》に鈍重な暑苦しい体格をした青年は、そう唸るように言ってから、淋しそうなせせら笑いをした。彼は、うつむきながらも心の中では、或《あるい》はそうかも知れないと思ったりして居た。

「てめえの言ってる事あ、てめえ独りの慰めに過ぎねえんだ」

「そうだとも、おいらあ巧《うま》く其処《そこ》を言えねえが、てめえの腹の中はどんなものだか、ちゃんと判ってるんだぜ」

「てめえは臆病者だ。俺はそう思うな」

彼の心をいちいちピリッピリッと痛く突き刺す百万の罵言《ばげん》は、一時に雷の如《ごと》く彼の頭上で爆発した。

――もう駄目だ。皆の言う事は本当らしい。愚図愚図しては居られない。俺はもう一度よく考えて見よう。

彼は重々しい脚をずるずる引き連《ず》りながら、鈍い速力で走りかけた。彼は一刻も早く此の場から逃れたかったのだ。併し彼は忽《たちま》ち、豚の腐った生血の匂《におい》がブウンと鼻を襲うような、広い頑強な胸に依って、がっちり受け止められて了った。彼はよろよろしながら、赤土の上にぐったりうつ伏した。彼は眼を軽く瞑り、不思議にもうっとりとした気で、大地からのんのん昇る熱い陽炎が彼の頬をめらめら嘗《な》めるのに、恐ろしくも悲惨極まる情慾の満足を幽かに覚えて居るのだった。

「どうしたんだい」

「ふん。かまうな。恥しがってるんだ」

彼にはこんな言葉が、はるか離れた別世界ででもひそひそ囁《ささ》やかれて居るかのように、おっとり響いて居た。…………

「おーい。皆、見ろ」

暫《しばら》くたって酔ぱらいのような、併し変に力のこもったがらがらした声が、彼の頭上で歌った。それに伴って大勢のがやがや言う喘《あえ》ぎにも似た嘲笑《ちょうしょう》の渦巻が、彼の鼓膜をやや力強く振動させた。その時、丁度その時、彼は彼の全身に、あのほの温い桃色のどろどろしたものを感じて来たではないか。彼の胸は異様にときめいて来るのであった。怪しい程強い息を一つ吸い込んで、彼はふっと眼を開いて見た。

「わあっ！」

彼は虎《とら》のように大きな奇妙な声で叫んで了った。

「股《また》だっ！　豚殺しの股っ！」

彼は必死の力でがばと躍《は》ね起きて、彼を股の間に挟んで得々として居た丸々と太った青年を物凄《ものすご》くもどんと蹴飛《けと》ばした。いつの間に集ったのか町の人々は百人近くも彼の廻りをぎっしり取り囲んで居た。彼は半狂乱の態でどどどどとその群集の中に走り込んだ。汗。涎《よだれ》。髪。脂《あぶら》。鼻。腕。口。口。口。真紅に開いた無数の口。彼は無茶苦茶に群集の中を飛びまわるのであった。

（ここで作者は擱筆《かくひつ》する。短篇「股をくぐる」は終ったのである。併し作者は世の若きロマンテシスツの為に糞《くそ》を食う思いで以下の蛇足を附するの余儀なきに至ったのである。かかる作者を大衆作者と呼ぶのかも知れない）

やっと、心が落ちついて来たぞと韓信は思った。

彼はあの群集の間を必死の努力でぐり抜け、生きた心地もせぬ韋駄天《いだてん》走りを狂風の如く続けて居るうちにとうとう此の沼の所で倒れたのだ。ふと彼が気の附いた時には、もう夕霧がこの死んだように静かな沼地から、ゆらりゆらりと昇って居た。すくすくと伸びた青草原は、もう露を含んでじっとりして居た。涼しい風さえここには蠢《うごめ》いて居た。彼は横ざまに寝ころびながら、この沼地をかこんだ無言の幽篁《ゆうこう》に或る気高さを感じて居た。たった一羽の鳥も、たった一匹の虫けらも、此処《ここ》には居ないのでないかと彼は疑った。夕暮の平穏な空には薄紫の入道雲がさも屈託げにふんわりと浮んで居た。

——やっと、心が落ちついて来たぞ。

そこで彼は今日一日の出来事を、ゆっくり、冷静に考えて見ようと思った。

……………………突然嗚咽《おえつ》がぐっと喉《のど》の所を押し附けた。涙が駸々《しんしん》と出るのであった。出来る事なら大声揚げて泣きまろびたいと彼は願った。

彼はほんとうに、くやしく成ったのだ。

——何という浅間しさであろう。俺は、あの豚殺しに跨《また》がられて居たのだ。しかも其れはどんな理由でだ！　理由はないのだ！

彼はもう総《す》べての理性を失って居た。彼の頭の中には、あの純な論究癖も、又は他人に比して一入《ひとしお》深かったあの同種族への同情心も、もうどこかにすっ飛んで了って居た。彼に有る物は、ただ時の経《た》つにつれて愈々《いよいよ》猛烈に成って来る屈辱の恨みだけであった。この屈辱の恨みは彼をして後年、あの大将軍としての極めて退屈な荒涼たる生涯を送らせるようにした最も直接の原因と成った。彼の生涯の皮肉なる不幸の責は、一体どんな種類のものが負うべきであるだろう。

——しかも、ああ。

彼は冷や冷やした脂汗をべっとりと痩《や》せた脊筋《せすじ》に感じながら、深刻な身悶《みもだ》えをし始めた。

——しかも、俺はそれに気がつかずに、浅間しくもうっとりと……………

「ううう」

彼は堪えられなく成って低く呻《うめ》いた。

——なんという浅間しさだ。たくさんの人が見て居た。ほんとうに沢山の人であった。

熱いねっとりした涙が後から後からと、彼の目尻《めじり》から顳顬《こめかみ》の方にのろのろ滑り流れて居た。

…………突然、彼は更に更に恐ろしき激動を受けたのだ。彼はむっくり頭を擡《もた》げた。

大きい彼の二つの眼玉は薄闇《うすやみ》の中で怪しくぎらぎら輝いて居た。全身の血液がごうっと凄《すさま》じい勢で逆流し始めた。

——なにっ！　俺があの婆の股をくぐろうとしたっ？………わあっ！

彼は彼のぶるぶる痙攣《けいれん》して居る指先で、爪《つめ》も剝《は》げよとがりがり大地を引っ掻《か》いた。それから彼は涙と汗でぬらぬらして居る長い身体《からだ》を蛇のようにくねくねさして、そこら中を這《は》いずり廻った。

——どうしたらいいんだ。どうしたらいいんだ。どうしたら。………

彼は簇々《そくそく》たる孟宗竹《もうそうちく》の殊に太い一本の幹に、悪戯《いたずら》っ児《こ》のように武者振り附いた。そして其れにバリバリ歯を立てて見た。陶器を嚙《か》み砕くような、たまらない悪感《おかん》を覚えて、彼はがくがく身震いした。歯が熱くなって、キリキリ痛んで来た。そして彼は、彼の今の馬鹿《ばか》馬鹿しい取り乱し方を、やっと此の時ぼんやり意識し出したのであった。彼は其の誇張的な身振りに、或るみじめな道化役者を感じて、やるせない淋しさに襲れるのであった。彼は涙でぐしょぐしょに成って居る眼で、自分が今食いついて居る孟宗竹を幹に沿うてずうっと上迄見通した。彼には何もかも、ぞっとする程はっきり見えた。その癖何もかも夢のような気もして居た。其の孟宗竹の先端は、もう鼠色《ねずみいろ》に暮れ初めた夏の空に、高く高く突き出て居た。そしてその頂上の数枚の葉は事も無げに大きく悠然と動いて居るのだった。

彼は彼の烈《はげ》しい呼吸が鼻の先をちょろちょろ撫でて行くのを意識しながら、尚《なお》も静に軽く歯を触れたまま、矜厳《きょうげん》な孟宗竹の梢《こずえ》の葉が、ゆらり、ゆらり、と動いて居るのを暫くはただ、うっとりと眺めて居た。

——……出世……将軍……復讐……

だが彼は放心したように、いつ迄もいつ迄もその孟宗竹の傍に横たわって居た。

（昭和三年七月「細胞文芸」三号）

小説「股をくぐる」は、「史記」「十八史略」を原典とした物語で、そこから着想を得た本作には、原典同様に、食肉解体業従事者を蔑視《べっし》する文章や差別語が頻出します。これらの表現は、現在の通念上は、到底容認されるものではありませんが、執筆当時の時代状況を反映する文学作品の内容を正確に伝えるという意義に鑑《かんが》み、原文通り収録いたしました。（編集部）

彼等と其《そ》のいとしき母

母が一緒に行くと言い出したのには、龍二も流石《さすが》にぎょっとした。いい知れぬ感激に早や涕《なみだ》ぐみながらも、何かしら善くない事が起りそうな気がして恐ろしくもあった。

龍二達の父が東京府庁の土木課に勤め出したのは、もうかれこれ十五年も昔の事。一家が東京に住居《すまい》するように成って、八年目に父は血を吐いて死んだ。それは兄の光一郎が美術学校を卒《お》え、弟の龍二が府立の中学に通って居た時だった。悲しみの裡《うち》に母は二人の子供を連れて父の故郷に帰ろうとしたのであった。彼等の故郷は東北の寒村だった。兄の光一郎は併《しか》し、仕事が仕事でもあるしするから、どうしても東京に居たいと思った。それで母とひどい喧嘩《いさかい》をした。兄も強かったが母はもっと強かった。無智《むち》な母は何よりも先《ま》ず東北訛《なまり》で自由に饒舌《しゃべ》れる里へ、と一途《いちず》に逸《はや》るのだった。まことに母は八年間というものを東京で暮しはしたが、お国訛は少しも取れず、江戸の人間とは言葉が良く通じなかった。自《おのず》と僻《ひが》んで隣近所の交際《つきあい》もしず（ママ）に、毎日毎日家の台所で蒼《あお》い顔して怏々《おうおう》と働いて居る許《ばか》り。此《こ》の上ここに十年二十年と居るならば、唖《おし》に成るか、気が狂うかだと、母は本気に思うのだった。兄も強かったが母はもっと強かった。とど親子は心持ち悪く別れた。母は龍二を連れて故郷に帰り、光一郎は独り居残った。兄は郊外に小さな借家を見つけて男世帯を持ち、家からの僅《わず》かな仕送りと、石膏《せっこう》細工を売ったそこばくの金とで、手から口への生活をして居たが、其《そ》の翌年腎臓《じんぞう》を病《わずら》って了《しま》った。重態と成ったけれども母はどうしたものか来て呉《く》れなかった。故郷からはただ六拾円の小為替が送られて来ただけであった。病床の兄は、唯《た》ったこれぽっちとは思うたけれど、故郷の不如意《ふにょい》も考えやられて、やたらに淋しがった。故郷には、お恥かしい程少いが、田地があった。其れだけだった、親子の頼るべきものは。兄は間も無く病床を離れ得たが、其の翌……翌年、母は盲腸炎で死ぬ思いをした。併し今度は兄が——どうしても東京から駈《か》けつけて来なかった。それやこれやで輪に輪を掛けて、両方の心持がこじれて行った。もうこうなれば意地である。

母は一体、兄の商売を厭《いと》わしく思って居た。別にこれと言う理由《わけ》もないけれど、何とは無しに母の肩身は狭いのだった。

「お前《めえ》ばがりが、はあ、頼みだぞ」

母はよく龍二の耳にそっとこう囁《ささや》くように成って居た。成る程——龍二は、故郷の村から少し離れたM市の中学を優等で出たし、そして又同じ市《まち》の高等学校にも悪からぬ成績で入学出来た。だからこれは行く行く父の如《ごと》き立派な官吏に仕上げて、家督を相続させねばならぬと、母は独りで力んで居た。龍二も亦《また》漫然と其の積りで居るのだった。

兄から、又腎臓を悪くした、という便《たより》を受け取り、龍二は黙っても居られないので、母にそう言ってやった。そして此の夏休みに久し振りで東京の兄の所に行って見たいと、恐る恐る伺いを立てて見た。所がどうだ、母が其れを二つ返事で許して呉れたばかりで無く、母も行くと言うのである。

――……兄上　母も行くと言うのです。

弟は兄への手紙を書き始めるとから、殆《ほとん》ど泣き通《どお》しだった。

旅慣れぬ故《せい》かも知れないけれど、何かに附けて龍二は興奮して居た。汽車の中は莫《ば》迦《か》にむしむし暑かった。彼は、母の尖《とんが》った鷲鼻《わしばな》の先がじっくり汗ばんで居るのに、沙《さ》翁《おう》を感じて苦しく笑うた。

――俺《わし》は、其の鷲鼻が気に入ったのじゃ。

列車は炎天の下《もと》で急カーブに差しかかったらしく、ごっとん揺れる。母は小さな身体《からだ》をよろよろさせて、瘠《や》せた両手を大袈裟《おおげさ》に泳がせる。

「ほう」

と若々しい、はしゃいだ声を出す。そして子供のように眼を輝かせながら龍二の顔をふいと見上げる。これが常の龍二であったなら、偽《つく》り笑いをして迄《まで》も、母の視線を暖く迎えてやったものを。

彼は多くの旅客の中に、ちょこなんと座って居る母の、いかにも田舎者らしく見えるのを、ほんとに恥かしいと思うて居た。そして又母が、恬然《てんぜん》として声高《こわだか》に語る方言には憎悪《ぞうお》すら感じて居た。其の幼時を武蔵《むさし》で過した龍二、——彼は仲々故郷の訛に馴《な》染《じ》まなかった。彼が武蔵訛で言う時に、いつも暗い顔をする母の心が、まさか判《わか》らぬ事も無いけれど、そんなに苦心をして迄《まで》も、母の不愉快なあの言葉を、無理に真似《まね》る必要を彼は認めて居なかった。

家に居る時ならまだしもの事、旅に出て居る折だけでも、今少ししゃんとして呉れないものかと、彼は大真面目《おおまじめ》に不満がった。又そんなに龍二は見栄坊《みえぼう》でもあったのだ。

彼は散々の不気嫌でトランクから書物を出し、傲然《ごうぜん》と読み始めては見たが、彼の頭の中には、やっぱり母がきょとんと座って居た。彼は書物に眼を注ぎながらも、母のなす事、する事、一々よく判るのだった。

食堂のボーイが夕食の献立表を配って呉れる。母はそれを手に取って、読めもしない癖に仔細《しさい》らしく眺めて居る——あれ、あれ、止《よ》せばいいのに——倒《さか》さに見て居る。

——倒さですよ、お母さん。

里に居る時には、あれ程厳格な自尊心の強い母も一旦《いったん》旅に出れば、こんなに惨《みじ》めに成るものかと、彼は浅間しく思いもするのだった。

「めし、を食うべや」

彼ははっとした。

——もう少し低く言って呉れたって…………

「次の停車場ですしを買います」

書物から眼を離さずに、取り附く島も無いように努めてそっけない返事をしてやる。

母はかさっと横に成った。おう、おう、籾殻《もみがら》の入った大きな枕《まくら》である。彼は顔を真赤にしながら、やけに書物の頁《ページ》を繰るのだった。

——せめて、せめて、あの鼻糞《はなくそ》をほじくるの許りでも止めて呉れればいい。

母はすしをもりもり食った。

——さもしいのは、老婆《ろうば》の食慾《しょくよく》である。

彼はいよいよ苦《にが》り切った。

母は、死んだ夫に活《い》き写しの龍二の蒼い顔を、うっとり眺めて居た。変な懐《なつか》しさに駈《か》られ、何か話をし掛けたくて堪《たま》らなかった。口を出せば叱《しか》られる。母にもそれは判って居た。

上野のプラットフォームを光一郎が母と並んで歩いて居る。龍二は憮然《ぶぜん》として居た。——汽車が着くと、兄が窓から首を突き入れるようにして「荷物を出せ」と言うた。龍二はどぎまぎしながらも涕を堪《こら》え、口を歪《ゆが》めて笑ったものだ。始めて見た兄の薄い口鬚《くちひげ》さえ龍二には懐しかった。龍二は少し悄《しょ》げ掛けた。光一郎は併し殆ど不気嫌な顔つきで「荷物を早く」と又言うた。龍二は少し悄げ掛けた。どんなにいそいそしてるだろうと、母の方を振返って見ると、母は鼻先を汽車の煙でどす黒くしながら網棚の信玄袋を下そうと、一生懸命であった。いよいよ拍子抜けがして了うた。——

母は汽車から下りると、兄と二人でだまったまま歩み出した。

お互いがすっかり許し合って居るのは彼にも良く判った。其のそっけ無さは決して本心からの物でないと言う事も彼は心得て居た。感情を露骨に表わすのを恥かしがって居るのだ、それだけの話だ、と彼は思った。そして龍二は、彼の前を歩いて居る二人の親子に日本の武士《もののふ》を感じる事が出来た。

——武士道！　悲惨な痩我慢《やせがまん》さ。

そう嘲《わろ》うては見たものの、彼は母と兄の後姿から何とも知れぬひどい威圧を受けるのだった。

省電に乗った。震災後始めて見る東京市の展望に龍二は全く酔うて居た。

光一郎は低く打切棒《ぶっきらぼう》に言うた。

「汽車に酔いませんでしたか」

母は流石に笑顔を見せて答えるのだった。

「酔わね(ママ)かったぞ、なあ龍」

龍二はわざと聞えない振りをして居た。兄の家へ着く迄に親子の交した言葉は、それだけであった。

兄の家は龍二の思って居たよりも、もっと小さくて穢《きたな》かった。何よりも先ず玄関の無いのには面食《めんくら》った。裏の勝手口から入るのだった。二間《けん》に二間《けん》位のアトリエがあった。それから八畳敷の日本間。其れに一坪程の板の間、ここは台所だった。アトリエには等身大の女のトルソオが布切《ぬのきれ》を被《かぶ》って立って居た。日本間には、部屋一杯の大きなダブル・ベットが据えられてあった。そして又、その形許りの床《とこ》の間《ま》には南洋の木彫りの人形が処《ところ》狭しと並べられて居た。こんなものが家中にある装飾品の全部であった。さて、此の荒涼たる家には、光一郎と、六十歳を過ぎた通いの婆やとアメリカ生れの老猫《ろうびょう》とが寝起《ねおき》して居るのだった。

母は家の中を一通り見廻して黙って居た。思いなしか、顔色は蒼かった。

荷物を一通り片附けてから、母は疲れたと言い出した。光一郎はベットを指さして横に成ったらいいでしょうと勧めた。母は瞬時ためらって居たが、やがて決心してベットに攀《よ》じ上った。だだっぴろいダブル・ベットの上で、かさこそと恥かしそうに寝返りを打ちながら母は光一郎の容態を聞いた。光一郎は、ただ小用の近いだけだと答えて、直《す》ぐ、これこの通りと言わんばかりに真顔で厠《かわや》に入って行った。

次の日から雨であった。

十時頃迄母も兄も泥のようにくしゃくしゃと眠って居た。

「な、なにがニャンだい。今しがた食《た》べた許りじゃないか。馬鹿《ばか》、あっちへ行って」

龍二は婆やの猫を叱るのを微笑《ほほえ》ましき気分で夢のように聞いて居た。雨の音も今朝は爽《さわ》やかであった。

彼は神田の幼《おさな》友達を訪ねて見ようかとも思ったが、長く会わずに居る為《ため》に、変に恐ろしいような気持も起って来て躊躇《ちゅうちょ》した。兄はむっくり起きて、厠に走った。恐ろしい厠の臭味は直ちに龍二の鼻を襲う。しみじみと其の香に浸った。母も起きた。

親子は約《つづ》まやかな朝の食卓につく。兄は病院に行く。母と龍二とは家でごろごろして居る。昼頃兄は病院から帰る。それから床に就く迄三人でごろごろ。

こんな日が続いて居た。

母は外に出るのをやたらに怖がった。それ許りでは無く、光一郎や龍二が外に出ても、母は矢張り暗い顔をして居た。母はどうでも親子三人で居たかったのだ。母は夕食後には何時《いつ》もくどくどと故郷の事を申し述べた。龍二は兄程その話に興味を持てなかった。光一郎は心の底からそんな話を聞きたがって居た。母はでも、兄に田舎へ帰れとも又嫁を貰《もら》えとも、そんな事に就いては一言も口に出さなかった。口に出せないのだった。母は籐椅子《とういす》に腰を下し、細い足をぶらんぶらんさせて、頭を椅子の背にもたせかけ、天井をきょときょと眺めながら話すのだった。兄はベットの端に腰を掛けて長い艶々《つやつや》した髪を掻《か》き撫《な》でながら聞いて居るのだ。そんな時に龍二は、畳の上に寝ころんで蚊燻《かいぶ》しを焚《た》きに取りかかるか、雑誌を読み始めるかだった。蚊燻しにむせて団扇《うちわ》をばたばたやってる母は、ともすると八歳の秋に頓死《とんし》した白痴の妹に似て見えて、龍二はぞっとするのであった。それは母が自ら手に掛けて殺したのだとも一時噂《うわさ》されて居た。当時は母もまことに強い女であった。

十二時頃に寝るのだが、九時頃からは外を通る人々の足音さえ絶えて了うような此《こ》処《こ》は郊外であった。兄は高いダブル・ベットの上で眠るのだから、その下に寝る母と龍二とは土間に寝て居る感じだった。母は床に就くと直《す》ぐ眼を瞑る。だが本当に眠りに落ちるのは夜明け方であった。母は一枚しかない敷蒲団《ぶとん》を龍二に与え、自分は座蒲団を三枚並べて敷いて、それに身体《からだ》を横《よこた》えた。そして薄い毛布を上に掛けて、首をぐっと突き出して眠った。死んだ亀《かめ》の子のようであった。蚊帳《かや》が無いから皆の寝相《ねぞう》が変に露《あらわ》だった。

三日目頃から兄は母にもう帰って呉れと言い出した。母は黙って笑って居た。仕事の邪魔だと言うのである。兄は今秋の帝展には是が非でも入選しね(ママ)ばならなかった。金の都合と、身体《からだ》の工合とで、兄はまだ一回も入選して居なかった。兄の同輩は殆ど皆一回は入選して居た。

兄は終日ぷりぷりして居るように成った。兄は殊更《ことさら》に母に冷淡だった。兄も心からでは無いらしかったが、弟の龍二さえ余りひどいと思うような事もつけつけ言うた。

龍二には兄のそんな態度があきたらなかった。一体兄は子供の時から感情を殺し慣れて居た。ただもう無闇《むやみ》に尊大ぶった。龍二に対する時には、いつも兄であるという意識にこだわって居た。「生意気だね」二言目にはこれであった。龍二は其《そ》う言われると真底からげんなりした。龍二の兄に求めて居るのは、第二の父を、でなくて、幼時を共に過した友達を、であった。そこが此の兄弟の感情のちぐはぐな所であった。それでも両人は表面でだけは愉快そうに談笑し得る程の如才無さを持って居た。二人は此頃よく金の事に就いて話し合った。弟が銭湯に五銭を払うのはかなわぬとこぼせば、兄は手紙の三銭はひどいといきまく。又そんな事を言って居る時には、自分達がいかにも一端《いっぱし》の苦労人らしく思えて得意でもあったのだ。

兄はそれでも、少しずつ仕事をして居た。龍二は、文学や美術の方には少しの興味も持たなかったから、其の女のトルソオが、兄の言う通りにマイヨールの味が果して含って居るかどうか、ちっとも判らなかったけれど、とにかく病気を持って居る兄に取っては大した仕事だったろうと考えて、少からぬ感激を覚えるのだった。

明日いよいよ石膏で型を取るのだという、雨の小降りに成った或《あ》る涼しい夕方、兄は龍二に、同じ郷里から来て居る若い洋画家の所へ遊びに連れて行ってやろうと言い出した。龍二は渋った。言い憎そうに、考え考えしながら語り出した。

「……趣味が違うから、話も合わないだろうし……むやみに知己を得たくもないし……雨も降って居るし……………」

だが其れは心にも無い偽り事許りであった。

彼の渋るのは、一つには兄に対する肉体的の負け目《ひ》からだった。兄は長い間病気をして居たけれど、尚《なお》肩の骨はがっしりして居て、すらりと高い身体《からだ》つき。色こそ黒いが整ったいい顔をして居た。其れに引き換え龍二は、瘦せて小さく、その上顔も醜くかった。彼はもともと、ひどい自尊心を持って居るのだが、其の自尊心に到底追従して行く能力の無い彼の肉体のお蔭《かげ》で、彼は事実悲惨な思いをして居た。彼は常から兄と二人で歩くのを、こよなく恐れて居たのである。

又一つには、兄へのおせっかいないいな遠慮からだった。弟も時には兄を出し抜いたお喋《しゃべ》りをしたり、或《あるい》は兄以上に相手から歓《よろこ》ばれる事も無いわけではなかった。そんな時には、兄はいつも、どんな気持ちに成るか、彼は幼い時分から良く呑《の》み込んで居た。六年目に会って、兄はやっぱり昔の兄だと知った時、龍二はいいやあな気持だった。

ほんとは其んな理由からであったのだ。

だが龍二は兄から重ねて「行こう」と例の高圧的な口調で出られた時に、「駄目だ」とは言えなかった。意気地の無い奴《やっ》でもあったからだ。急いで着物を着換えて居ると、兄は袴《はかま》を穿《は》けと言った。悄悄と袴もはいた。傘は一本あったけれど兄は、弟と相々傘は御免だと言ったので、龍二は大変な屈辱を感じながら、お隣に行ってぼろぼろの蛇の目を一本借りて来た。

兄は莫迦に元気がよかった。郊外電車の停留場で兄は又、兎《と》も角《かく》母に早く帰って貰《もら》われば敵《かな》わぬと大声で話した。龍二は停留場の向うの、こんもりとした森がシトシト降る雨に、ぼんやり煙ってるのを眺めて居た。そして心の中で、兄が早く帰って呉れればいいと願って居るのは母ばかりではあるまいに、等と邪推を廻したりして居た。こんな事なら、いっそ始めから兄の所へなんぞ来るのでは無かったと悔んでも見た。電車に乗ってからも彼の憂鬱《ゆううつ》は次第に深く成って行くだけだった。青い稲田が見えた。故郷の事等が思い浮ぶ……

――生れた時から俺は不仕合せだった。不仕合せに生れた人は、やっぱり不仕合せに死んで行くものだと、叔母さんが何時《いつ》ぞや言ったっけ。

そんなら自分は、一生涯こんな憂鬱と戦い、そして死んで行くという事に成るんだな、と思いば（ママ）己《おの》が身がいじらしくもあった。

青い稲田が一時にぽっと霞《かす》んだ。泣いたのだ。彼は狼狽《うろた》え出した。こんな安価な殉情的な事柄に涕《なみだ》を流したのが少し恥かしかったのだ。

電車から下りる時兄は笑うた。

「莫迦《ばか》にしょげてるな。おい元気を出せよ」

そして龍二の小さな小さな肩を扇子でポンと叩《たた》いた。夕暗の中で其の扇子が恐ろしい程白っぽかった。龍二は奇妙に嬉《うれ》しく成った。兄に肩をたたいて貰ったのが有難かったのだ。いつもせめて、これ位にでも打ち解けて呉れるといいのだがと、果敢《はか》なくも願うのだった。

訪ねる人は不在だった。龍二はほっとした。

其の夜から龍二は烈《はげ》しい下痢を始めた。

夕食後にたべた西瓜《すいか》が悪かったのだ。寝る迄《まで》に六回厠に行った。小用の近い兄と厠でよく一緒に成った。両方とも口で言われぬ恥かしい思いをした。龍二は其の晩一睡もしなかった。夜明け方迄に数え切れぬ程厠に立った。兄と二三回鉢合せをした。母は医者を呼ぼうとしたが龍二は頑強に其れを拒んだ。赤痢かも知れないと思って居たから、医者に看《み》られるのが怖《おそ》ろしかったのだ。それに又、大便をしらべられたりするのは彼の潔癖が第一ゆるさなかった。有り合せの売薬で事を済まして置いた。夜が明けて又厠に行こうとしたら、気が遠く成りかけた。母に便器を挿して貰ったら、くず湯のような、ねとねとしたものが少し出た。龍二もとうとう降参して医者を呼んで貰うことにした。仕合せと赤痢ではなかった。それから四日寝た。

彼は床に就いたら滑稽《こつけい》な程、気が弱く成った。兄がベッドに寝さしてやろうか、と言っては彼を涕ぐませた。母も今は決して彼の軽蔑《けいべつ》の対象では無かった。兄にも母にも済まないと思うようになった。此の病気で母の持って来た金も余程少く成ったろうと、要らない心配もして居た。腹の中に一物も無いので考える事も女々しかった。

夜中に成って、老猫が彼の寝床に入ろうとしては彼を気味悪がらせた。眼が冴《さ》えて仲々眠れないから色々の事が頭に浮んで来る。自《おの》ずと彼の惨《みじ》めな学校生活の事なんぞも思い出されて………

他の生徒とは異って、彼の将来は少しの華やかさも無かった。何の感激もなく、ただ其の日其の日を引きずられて暮して居るだけだった。下宿屋で、たった独りして酒を飲み、独りで酔い、そしてこそこそ蒲団を延べて寝る夜は殊につらかった。余りにも現実的な幻の無い生活である。彼は疲れ切って居た。何をするにも物憂《ものう》かった。「汲《く》み取り便所は如何《いか》に改善すべきか」という書物を買って来て本気に研究した事もあった。彼は其の当時、従来の人糞《じんぷん》の処置には可成《かなり》参って居た。同じ頃の或日、裏通りを歩いて居たら汚穢屋《おわいや》が二人で車に荷を著《つ》けて居た。

「糞《くそ》を前さ著《つ》けて、小便《しょんべ》、後さ著《つ》けるばい」

彼は完全に参って了った。

そんな事迄思い出された。

夜が明ければ、数々の意気地の無い事を言っては兄に叱《しか》られた。

学校を止《よ》して、母と一緒に野良《のら》で働くとも言った。心から其んな生活を望んで居たわけでも無いけれど、ごたごたの人間事で苦しむよりは幾らかましだと思うて居た。余りに人の思惑《おもわく》を考えるので彼はいつも、意気地が無いのだった。それだから野良にも行きたくなろうし………。

兄も中産階級の惨めさを人一倍感じて居た。成程生きる為に生きて居る人間も悲惨だろうが、世間体の為に生きて居る人間は、もっと悲惨だと兄は言うのだった。世間体の為に生きて居る人間――それは中産階級に最も多いのだとも語った。

龍二もそうだと思うた。

又兄は自殺を感傷的なものとして嫌った。だが龍二は、自殺をもっと打算的なものとして考えて居た矢先だったから兄の此の言葉を意外に感じた。

こんな事を話して居れば、龍二はやはり兄が好きであった。そして兄の苦しい立場も何だか判るような気がして来た。兄の幸福を心から祈りたい心持ちにも成るのだった。母は、僕が養ってやる、といよいよ決心を堅くしたりした。此の上兄を、係累《けいるい》の事で苦しめたくも無かったのだ。

三日目からは独りで立って厠に行けるように成ったが母はまだ床《とこ》から彼を離したがらなかった。見栄坊《みえぼう》の彼には、便器を用いるのが可成の苦痛だったが温和《おとな》しく母の言うなりにして居た。母は実に心配して呉れて居たのだ。生れて始めて「母性愛」に接したというような気もした。三日目の晩に母から、何が食いたいか、と聞かれた時、「小豆粥《あずきかゆ》」と言って母を困らせた。小豆粥は腹に悪いから何か他のもので、と言われて「そんなら馬鈴薯《ごしょいも》」と、わざと方言を交えて答えた。下品なもの許り食いたがると、兄は笑った。母はすぐ凋《しな》びた馬鈴薯二つ三つ新聞紙に包んで買って来た。

次の日に成っても雨はまだ降りつづいて居た。ほのかに眼の前に浮んで居る彼の鼻の先を見つめながら一日中寝て居た。母は重苦しい東北訛《なまり》のある、たどたどしい言葉で、雨が今日で幾日続いたかというような事を、婆《ばあ》やを相手に先刻から議論して居た。彼は今日に限って、其んな無智《むち》な会話をもむげに軽蔑は出来なかった。婆やが昼のお菜を買いに出掛けてから母は独りでことこと台所で何かして居た。猫が鳴き出す。母は婆やの口調を盗んで老猫《ろうびょう》をこっそり叱った。

「な、なにがニャンだい。ばがあ」

流石《さすが》に彼も苦笑した。

龍二の腹がよく成ると、親子三人は又退屈し出した。母はいつ帰るとも言わなかった。兄も口先だけでは帰れ帰れと言ってるけれど、心の中では、母に居られるのをあんまり迷惑に思っても居ないようだった。仕事も大方終ったし以前のようには母が邪魔でもなくなった。

三人でごろごろして居る日が又多く成った。

龍二は或朝ふと台所の小さな鏡を覗《のぞ》き込んだら、はたけが顔一面にほこほこ吹き出て居た。殊に口の周囲《まわり》は真白になって居たから老人見たいで可笑《おか》しかった。はたけには歯みがきの粉《こな》がいい、と誰だか言った事があるような気がして毎晩こっそり歯みがきの粉を顔になすり附けて寝る事にした。腹の工合もまだすっかり良くはなかった。頭がふらふらして、無闇に腹が張って居た。

――……蒼《あお》い顔をして、毎日すうすう屁《へ》ばかりひって居る。

彼はこんな手紙を故郷の友達の所に出してやった。

或る朝、彼が起きて見ると母が小豆粥を作って待って居た。底知れぬ母の心が寧《むし》ろ気味悪くさえ思われた。小豆粥を啜《すす》って居ると母は彼の顔をまじまじと見つめながら、口のあたりに白いものが附いて居ると注意した。彼は無意識に口の辺りを強く擦《こす》った。ふとはたけだという事に気づいて、そう言おうとした時、今迄黙って食事をして居た兄は突然口を出した。

「お前、晩に歯みがきを顔につけて寝るんじゃないかい」

彼は見る見る顔を真赤にした。

「いや」

殆《ほと》ど夢中で可成強く否定した。なぜ其んな見え透いた嘘《うそ》をつくのか彼自身にも判《わか》らなかった。

「まさか、のお」

母が笑い出したので幾分か救われた。

「でも、顔が真白だったんですよ」

兄は不服そうに茶わんを持ち直した。其れ切り何も言わなかった。龍二はそこそこに食事を終えて、つくづくと台所の鏡に顔を写して見た。はたけが悪魔のように白く見えた。恥しさに身体《からだ》がぞくぞくして来た。兄に見つけられた事も恥しいには違いないが、余りに無智な判り切った嘘を言ったのが、何にも増して恥かしかったのだ。彼は狭いアトリエをコトコト廻り始めた。

「僕、単衣《ひとえ》が一枚欲しいんだけど」

しばらくして兄の太い声がずばりと聞えた。母は何とも答えなかった。龍二は、彼のまだ一度も手を通さない、老人じみた飛白《かすり》の単衣がトランクの底に一枚あるのを思い出した。だが少しく躊躇《ちゅうちょ》して居た。兄はどんな事があっても弟から物を貰《もら》わないのだ。兄の品位というものを考えて居るのだった。だが今度だけは何だか着て呉れそうな気がして、龍二はいそいそ兄の所に持って行くのだった。

「これ」

差し出しては見たが兄は、受け取って呉れなかった。

「お前のだろう、それあ」

彼は危く兄の横面《よこつら》を殴り飛ばそうとした。もうとても堪られなく成って、彼は泣き出した。

そんな騒ぎもあったのだ。

龍二は、兄との間が一日一日と気不味《きまず》くなって行くのには閉口した。幾度か母に帰ろうと言い出した。だが母は不思議な位帰りたがらなかった。龍二は再び母を軽蔑し出した。

こんな工合で又四五日は過ぎた。

光一郎は仕事が出来上ったお祝いだと言って、母と弟を新宿の或《あ》る百貨店の食堂に連れだした。百貨店の中を龍二はふらふら歩いて居た。

彼は先刻の事を又思い出して見るのだった。――新宿の歩道の上で、小さな石塊《いしころ》がのろのろ這《は》って歩いてるのを見たのだ。

——石が這って歩いてるな。

ただそう思うて居た。併《しか》し、その石塊《いしころ》は彼の前を歩いてる薄汚い小供が、糸で結んで引摺《ひきず》って居るのだという事が直《す》ぐ判った。…………考えれば考える程淋しかった。子供に欺《あざむ》かれたのが淋しいのではない。そんな天変地異をも平気で受け入れ得た彼自身の自棄《やけ》が淋しかったのだ。

——若《も》しかすると、気が変になるのかも知れない。

彼はふと頭を上げると人混の中に揉《も》まれて居る母の痩《や》せこけた、うしろ姿が眼に入った。彼は突然、老と死の影を其処《そこ》に見た。彼は今こそ総《すべ》てを知った。母が俄《にわ》かに上京した事も、そして又、仲々故郷に帰りたがらない事も、一切が母の後姿で判るのだった。

光一郎は昇降機の前に立ち止って、母と弟を手を挙げて呼んだ。

三人は、ほの暗い昇降機の中に足を入れて了《しま》った。ガチャンと鉄の重い格子戸《こうしど》が閉じた。するするすると昇り始めた…………。

（昭和三年九月「細胞文芸」四号）

此《こ》の夫婦

いいほこりと弟、腰を浮せる機会《しお》を先刻《さっき》から待ってたかのように立ち上り、ふいと窓の外に眼をやって、――とみるみる太い眉《まゆ》を晴れ晴れと、おし開き、

「ほうら、来た」

まあ、どちらかと言えば下戸《げこ》の弟、それを相手に、自分《こちら》で許《ばか》りちびちびやって居た光一郎、とろんともう――いい加減すわって来だした大きな眼《まなこ》に流石《さすが》ほっとした色も見せて、窓際《まどぎわ》へ膝行《いざり》寄りざま、

「どれどれ」

ほんの今しがた、激しい驟雨《しゅうう》があがったばかりで、犬ころ一匹出て居《お》らぬ、でも真昼の裏通り。空気も何もあるものか、ただもうからりとして、街路はしっとりと重たげだった。黒々《くろぐろ》と湿った土と、きっちり並んでつやつや光って居る家々のトタン屋根とが、とても嬉《うれ》しい映《うつ》り合い。其処《そこ》に持ってきて点々と街路樹が、――塵《ちり》一つ残さず洗い清められた深緑の葉からぽとぽと雫《しずく》を滴《した》たらせながら、姣麗《こうれい》な公達《きんだち》の如《ごと》く立って居た。

すぼめた蛇目の水を、片手でしゅっしゅっと切りながら、水溜《みずたまり》をひょいひょい飛び

越えて歩いて来る妻の小さな姿が、はるか向うの街路樹の蔭《かげ》からぽっかり浮んだ。洗いざらしの市松のゆかた、その元気な褄《つま》さばきで、ちろちろ躍る白い素足は又莫迦《ばか》に可愛いかった。

「あれで、とても澄まして歩いてるんだよ」

光一郎は心から幸福そうに、囁《ささや》いた。

「ふん」

弟の龍二も思う事一つ無いようにうっとりと微笑《ほほえ》んだ。

「まだ、こっちに気が附かないんだよ。呼んでやろう。おおーい」

と間の抜けた呼び声を掛けながら早速のお道化、袂《たもと》から探《さぐ》り出した手巾を、右手《めて》高く掲げ、忽《たちま》ちさっさっと振り始めた。いかに酒の気を借りて、とは言え、可成り恥しいには違いなかった。顔を真赤にほてらして、てれ隠しにくっくっくっと笑いこけ、——それでもなんでも手巾振る手だけは下さなかった。龍二も嫌な顔せず愉快そうに笑うて呉《く》れた。

妻は、もうすぐ其処《そこ》に来て居る。これもやっぱり、顔をぽっと染めて、

——馬鹿《ばか》ねえ。

と、言わぬばかりに口をちょいと突《とん》がらし、いやいやを二三回して見せた。だけど

眼尻《めじり》は、眼尻は楽しく笑って居るのだった。何とも言わずに、ちょこちょこ表の玄関に廻って行く。………

男だけに成って了《しま》うと二人の気持は、急に白け出した。兄はクルリと部屋の方を向いた、とたん、窓縁《まどべり》に腰を掛けて居る弟と、がっちり視線が合うた。ばつが悪そうにクスッと笑って、手にしてた手巾を、そそくさと袂につっ込みながら壁に背中をどしんと靠《も》たせ、ふっと考え始めた。弟も、じいっと外を眺め、口をきゅっと引きしめて何やら物思う風情《ふぜい》であった。

だちだちだちと、雨滴《あまだ》れの音がしっきり無しに聞える。………

なんぼなんでも、女房には聞かせ度《た》くない話だったので、何《なん》とかして場《ば》を外《はず》して貰《もら》おうと、一人でやきもきした挙句、思い出したのが先日の妻の言葉。

「フィルムが無くなったから、写真師も当分休業」

そこで光一郎は、弟とも、もうお別れだし一緒に記念の写真をとって呉れと懸命に真剣を装《よそお》いながら妻に申し出る。フィルムが無いの、と妻が心から気の毒そうに言う。じゃ買っといで、と難なく妻を追い出して、

「さて」

と、改って弟と膝《ひざ》をつき合わせたのだった。

流石に二人はぎくしゃくして居た。龍二にとっても、これが彼の学生として帰省した最後の夏でもあったからには、兄のこれから自分に話そうとして居る事に就いて、荒々《あらあら》見当の附かぬ筈《はず》は無かった。

「発車は四時だったねえ」

「あれあ、東北本線でしょう？」

別に一々その返事を待つでもなく、光一郎は其《そ》んなことを呟《つぶや》き呟き、台所に立って行って、暫《しばら》くとことこ棚を捜す音などさせウイスキーの大瓶に、アスパラガスの缶詰を添えて、持って来た。ぺたんと座って二つのお茶飲《ちゃのみ》にウイスキーをちょろちょろ零《こぼ》し、弟にも勧め、自分もちぇっと吸いながら、

「いいえね、あんたも来年は卒業でしょう。だから、まあ、今のうちに、言うべき事は言うて置かないと……」

龍二は白ズボンのがっちりした両膝頭に眼を落し、神妙にかしこまって兄の話を承って居るのだった。光一郎は、弟の其んな生真面目《きまじめ》さを憎んで見たりしながらも、言い苦《にく》そうに口を歪《ゆが》めてぽつりぽつり語り出したのだ。

つまり、――自分はけちな売文業者で、御覧の通り何一つ財産らしいものが無い。あんたにも立派に分家させたいとは思うて居るけれど、これではどうにも仕様《しよう》がない。

何もまあ、こんな兄貴を持ったのを因果と諦《あき》め、兄貴なんかを頼りとしず《（ママ）》、学校出たら、あんたの腕一つでもって好きな事をやって呉れ。こっちも出来る限りは手助けしよう。それに不満があるか、あったらどしどし言うて呉れ。僕に出来るだけの事なら、何でもしてやろう。——と言うたのだ。なんとか不服を称《とな》えるだろうとは覚悟して居たが、弟がふうむと考え出したのを見て居ると、余《あん》りいい気もしなかった。だが、そんな気持はおくびにも出さず、ニコニコしながら、どうだ、あるだろうねえ、それあ。と軽く先手を打って、やんわり返答を迫って見た。だが併《しか》し弟は、意外にも、いや結構です、不服は無い、と、きっぱり言うのだ。驚いて、へーえ、本当かい、嘘《うそ》じゃないだろうね、と思わず奇妙な駄目を押した程だった。所が弟のいよいよ四角ばっちまい、

「僕、僕、学校を卒《お》えさして貰うだけでも兄さんに感謝しねば《（ママ）》ならないんで……」

なんぞと、吃《ども》り吃り述べるのを聞いて、光一郎の胸には突然こう、興ざめがしたって感じがはらはら起って来た。一口に言えば、弟の寧《むし》ろ気障《きざ》な位の律儀《りちぎ》がいやらしかったのだ。

「いやいや、そう言われれば、こちとらは、尚更《なおさら》面目ございませんが……」

と弟に、思わず言いかぶせる彼自身の幇間《ほうかん》じみた挨拶《あいさつ》にも、光一郎はぞくぞくする

程の嫌悪《けんお》を覚えるのだった。ひょいと浅間しいって感じが頭を擡《もた》げ、——次に「妻を売った」という意識が思いも掛けずむくむく起って、こいつは又ピリリと実に烈《はげ》しく彼の心を刺して了ったのだ。

——ふうむ、妻と分家と取っかえっこか。

昨夜のことをまざまざ脳裡《のうり》に画《えが》き出しながら、ごくんごくんと二三杯、息もつかせずウイスキーを喉《のど》に押し込んだものだ。ただもう堪《たま》らなくいやだった。

——あああ、やだやだ。

と、心の中で泣きながら、

「ねえ、まあ、そうと話がきまれば、もうお互いにこれ以上べんべん言い合ってるのも気が利《き》かないし、此《こ》の話は、これで切り上げましょうね」

と言い終ったら、酔が一時にぐいと来た。彼の癖で酔えば無性に人が懐《なつか》しかった。

——それにしても、妻はもう帰って来ていい頃だ。第一これから弟と二人でまじまじと鼻をつき合せて、何をするっていうのだ。これあ、とても堪らない。

そこで今迄《いままで》の切《せつ》なさも酔でどうやら紛らわし、人なつこく弟を相手に、これは又とんでも無い長談議。

「それあもう僕は、あんたが何《ど》う考えてるか知れないけれど、大《たい》した偉い男でもなし、又これ以上出世の出来る男でもござんせぬ。どうせ、ちゅうぶらりの——早い話が、まあず芸人でさあ。だが僕という男はね、今迄三十有余年の生活を振り返って見て、——ですね…………」

油気の無い長い髪を、ばさっばさっとゆさぶりゆさぶり、くどくどと喋《しゃべ》り捲《まく》って行くのを聞けば、要するに彼は彼の半生に於《お》いて、自分の思う通り、勝手な振舞《ふるま》いをして来た、と言うのだ。——故郷《ふるさと》の或《あ》る若い芸者に惚《ほ》れ、世帯を持つの持たぬのと言っては、父をかんかんに怒らせた。翌年父のぽっくり死んだを幸い——何という不孝な文章だ——大学当時もう東京で其の女と一緒に家を持ち、大学を出ると、母が涙ながらの強意見《こわいけん》もなぐさみに、へへんと、鼻であしらって聞き流し、母の殊《こと》に、わけも無くいやがる売文の仕事にのめのめと取り掛ったのだった。東京も厭《あ》きたを楯《たて》に数十里北の故郷へ立ち退《の》き、散々母をつらがらせて夫婦両人《ふたり》が気儘《きまま》な生活。それから三年経《た》ち、母も親爺《おやじ》の跡を追い、残った子等は先代からの借財に、とうとう古巣を捨てて、今の小さな家に住居《すまい》（ママ）しねばならなく成ったのだ。

元来この家は、さる物持《ものもち》の納屋《なや》であったのを光一郎が進んで買い受け、色々と造作し直して、どうにか八畳の部屋一間、それに続く一坪位の台所と、ぞっとする程粗雑な便所とをしつらえる事が出来たのだ。それも、玄関の式台に上ると障子一枚で直《す》ぐ八畳の部屋につっかかるのだから、不用意にも其の障子を開けて置くと、部屋の中は格子戸《こうしど》越しに往来からまる見えであった。床間《とこのま》こそ無いが、部屋は割に小《(ママ)》じんまりとした普請《ふしん》だった。けれども何さま、この他に部屋と名の附くものは無し、というのだから、随分ゴタゴタたて込んで居た。おかしく凝った洋風の開き窓の下《もと》には光一郎の大きな蒼然《そうぜん》たる机、それから彼の本箱、妻の箪笥《たんす》、鏡台。さては衣桁《いこう》、茶箪笥等で、とんと劇場の楽屋であった。窓から西日が入るので畳は思いなしか、早く焼けるようだったし、其の上、何と無くまだ納屋臭くじめじめして、その故《せい》かどうか判《わか》らぬが、妻は毎春きまって脚気《かっけ》をやって居た。

そんな生活はして居ても弟だけはどうやら大学迄しこめたが、かく言う彼自身は文字通りの雑文家。現に二三の怪しげな雑誌に、卑猥《ひわい》な、うそ寒い連載ものを書いては、お恥しい程の稿料を稼いで居るのだった。

だがそれでも兄は、一向構わぬと言うのだ。もうもう浮世には疲れちゃったし此の上生活意識をどうのこうのも凄《すさま》じい。けちな野郎さ。と淋しく笑いながら兄は、まだしゃんと座って膝一つ崩さぬ弟をじろり眺め、

「でも僕は、そんな生活をして来たのを、ちっとも悔んでは居りませぬ。あんたにはとても無茶な、愚かしい事とも思われましょうが、それとて僕は僕なみの確固たる

——確固たる信念を以《もっ》てして来た事なんで……」

例の信念論に危く及ぼうとしたが、ふいと気を変え、今度は思いなしか語勢を強め、

「一体、世間態《せけんてい》なんてものを気にしてたら……」

と、やり出した。これは実の所、兄がそれと無く弟に当て附けて言うて居るのだった。弟の誠《まこと》に個性のぼんやりした、そして所謂《いわゆる》悪堅いのに、兄は何時《いつ》も苛立《いらだ》たしさを感じて居た。何一つ道楽があるわけでも無し、毎日毎日兵士のように素張らしい几帳《きちょう》面《めん》な生活をしてるにも不拘《かかわらず》、試験下手な故《せい》か、他の友達よりは二年遅れて大学に入ったので、汗を拭《ふ》き拭き懸命に友達の後を追い駈《か》けて居るのだ。あんまりいじらしいもんで、

「学校なんか、どうだっていいさ。ちっとは遊んでも見ろよ」

と酔うた紛れに、こっそり良くない事を勧めたりした時も実は再三ならずあったのだ。だが其んな場合には、弟は耳迄真赤に染めながら——僕、兄さんと違って頭が悪いから、そんな事は出来ぬ。少しでも立派な肩書とって、それでめしを食うより他に、しようが無いのだ。だから、なんでもかでも、学校を出来るだけいい成績で出て、——と極《きま》ってこう言うのだ。そう言われると兄にもやっぱり何だかぐっと来た。そうか、と一応は合点合点して見せて、さて、それから愈々《いよいよ》彼の得意な奇論に入るのだ。

うのだ。半《なかば》は弟を慰めたい心意気、半《なかば》は彼自身の立場を弁護したい下心。つまり、こうだとい
一口に自分を芸術家と呼んで、頭のいい奴《やつ》、凡人には出来ぬ技と、きめて了って居るのが癪《しゃく》でたまらぬ。自分はこれでもまずまず芸術家の端くれだろうが、別に其れを以て内心傲色《ごうしょく》のある訳じゃ決してない。自分に若《も》し大工の能力があれば、喜んで大工もしよう。今の自分のこんな商売に比べて、どんなに幸福なものか判らない。だが悲惨にも自分には大工は愚か、あんな大臣の職業にだに堪《た》え得る能力がないのだ。文章を売るという能以外には全然低能さ。しかたが無いから、これに後生大事と縋《すが》り附いて居るのだ。恐らくは現代の多くの芸術家もそうでは無いだろうかな。別に彼等の書くものが、世界にまだ無い逸品である訳でもなく、一千年以前にもう誰かがちゃんと十倍も立派にものしてあるし、万々一、東西古今に亙《わた》って未《いま》だ曾《かつ》て試みられぬ或るものが不思議にもあったとしたならば、其の時には自分が書く迄もなく、他の誰かが必ずそれをやりのけるだろう。ダ・ヴィンチが生れなかったらルイニあたりがダ・ヴィンチの為《な》した仕事を其の儘《まま》やり遂げたかも知れぬ。ダ・ヴィンチがよし一つの作品を画かなかったとしても、我々はだから少しも迷惑を感じないんだぞ。――いいいなあんて所迄窮論すれば、もう聞き手は皆げらげら笑って了い、仕方が無いから彼

もにやにやし始めて、此の熱弁もどうやら無事に鳬《けり》が附いちゃうのだった。

だが今の此の場合に限って、不仕合せにも様子が少し違って居た。それは、弟が、兄の世間態攻撃の真最中に、首を傾《かし》げ傾げしながら慎《つつま》しやかに口を出したのである。

「でも、自分の都合許《ばか》りも考えられない場合がございますからねえ」

「なに」

と思わず気負って大袈裟《おおげさ》に、一膝乗り出したら、――折も折、沛然《はいぜん》と夕立が。

図

怖《おそ》ろしくも四面水に囲まれた薄暗い部屋の中に、二人は其のまんまの姿勢でもって、深く何やら案じ始めた。――五分も続いたかしら、忘れたように雨があがった。

――やはり、あの事を言ってるのだ。弟はあれを考えて居るんだ。

地

そう思ったら、腹立たしいよりも寧ろ弱気な淋しさが、さらさらと彼の身を包んだ。

もう一刻も此の部屋の空気に我慢出来なかった。

――誰でもいい。早く、早く、此の部屋に入って来て……。

其の時だ。何という歓喜！　妻がばかに澄まし込んでぽっかり現れて呉れたのだ。

両人とも涙のにじみ出る程嬉《うれ》しかったに違いない。其れでこそ兄はとうとう手巾迄振ったりして……。

玄関の格子戸をカランと音させたかと思うと直ぐ部屋に駈け込んで、まだ頬に血を上せながら、

「お止《よ》しなさいよ、あんな事。とし甲斐《がい》もない」

と立った儘。

「やああ——」

訳の判らぬ受け答えをして置いて、楣間《びかん》なる自筆の横額、「巧笑倩兮《せんけい》　美目盼兮《はんけい》」に眼を放《や》りながら、うらうらとなごやかな気分に浸って居た。…………

「フィルム買って？」

「ええ、アグファ、こないだのと同じいの」

「じゃ撮って貰いましょうか」

まさか、先刻のはお前を追っ払《ぱら》い度い許りの出鱈目《でたらめ》さ、とも言えず、弟にも目くばせしてのっそり立ち上った。

色々なポオズで一時《ひととき》に八枚もとられちまった。その間も、しょっちゅう三人がきゃっきゃっと子供見たいに巫山戯《ふざけ》ちらして居るのである。妻は妻で、こんな事を言っては兄弟を笑いこけさせる。

「序《ついで》だから印画紙も買おうと思って、値段を聞いたの。たら、五十銭だって。随分安

いでしょう。まあ安いのねえ、ほんとうに安いわ、なあんてやたらに誉《ほ》めながら、おあし払おうとしたらおあしが無かった」

光一郎は又、両眼をとろりと嫌《いや》らしく据え、

「どうだ、いい表情だろう。記念写真、女房も惚れ手の数に入り、っと」

妻も早速まじめくさり、

「記念写真、ここにも不憫《ふびん》な男居《お》り」

と低く呟いて、おくれ毛をうるさそうに掻《か》き上げ掻き上げ、慣れた手つきで仔細《しさい》らしくピントを合せながら、

「あなた見たいな顔、それこそ上野の動物園なんかで、ざらに見受けられるわ」

「ああ、あそこじゃよく、俳優なんかが散歩してるようだね」

こう言えば、

「ええ、だけど、……駱駝《らくだ》も居るわ」

けろりとして、ああ言う。

もともと少し抜けて居る所が気に入って、愛し始めた女ではあったが、なんと言っても以前の商売が商売だけに、へらず口許りは光一郎に劣らず叩《たた》いて居た。写真がもって生れた道楽で、商売してた時から、もうとっくにやり出して居た。今じゃ口の悪《さがな》

い光一郎に迄、「うまい、うまい」なんて、薄気味わるくもほめられるような傑作を、時々はものするように成って居たのだ。

ほんとうに黙って居れば、よかったものを——光一郎の要らぬおせっかいから、折角良い按排《あんばい》に、盛《も》り上げられた陽気を再びぺちゃんこに崩しちゃった。

全体光一郎は、若い時から、どうかして自分の気に食わぬ時は、喧嘩《けんか》して迄それと争うても見たけれど、そうで無い限りは出来るだけ人を楽しがらせたい、という変な趣味を持って居た。別にこうという野心もないのに、人の気嫌を伺ったり、人を慰めたりするには実にそつが無かった。友達から洗練された男だのなんだのと言い囃《はや》されて、「そう言えば——」なんて本気に自惚《うぬぼ》れて見た事も確かにあった。時々は我と吾《わが》身中に介在する幇間的分子にうんざりして甚だ参って了う事もあったが、とにかく此の趣味の依《よ》って来《きた》る所は、自分の人一倍強い勝気の裏側に、いつもこびり附いて離れないうら悲しき弱気であるとは、十も合点百も承知だった。現在血を分けた弟をさえ、「あんた」なんぞと呼びつけてるし、いつかも女房を彼の鳥渡《ちょっと》した悪ふざけからぷんぷん怒らせ、成程罪《とが》はこちに有ると思うた故《ゆえ》、二日続けて亭主が御飯をたいて差し上げた思い出すら持って居た。

そんな奴だったから、今も今とて又いらざるさし出口。

「まだ時間があるから、龍二さんに現像して見せたげろよ」

ちょいと聞けあ、なんでもない話。

「ええ、じゃ——あなた、お酔いんなすってらっしゃるから駄目だし、……龍二さんに手伝って貰うわ」

尤《もっと》もな答である。

「うむ、どうでもいい」

光一郎も何の気なしにそう言う。

「龍二さん、助手」

妻は、世の中のいやしくも先生と名の附く先生が皆よくも忘れずに持って居るあのどうも滑稽《こっけい》な横柄《おうへい》さでこう命じ、何となく渋る弟のお尻《しり》を気軽におしながら、これは又ごたいそうな暗室——ごみごみした押し入れの中に潜《もぐ》り込んで行った。

それだとて兄は平気であった。

まことに彼の妻は、俗に言う色気の乏しい、がさつな女だったのだ。あれはいつだったかしら、妻が銭湯で、昔の友なる芸者連から、夫の情事を聞いて来たと言い、他《よ》所事《そごと》のように洒唖《しゃあ》洒唖しながら真顔で、

「あなたは割にもててるのねえ」

なんかん抜かす女であった。変ってる所と言えば、それと、――どこと無くぼんやりしてて、妬心《としん》なんぞと気の利《き》いたものは芥子粒《けしつぶ》程も持ち合わせがなかったのと、それからまあ、言うてみれば、玄人《くろと》上りらしい仕草のいやみがこれぼっちも見えない点、もう一つ、女にしてはユウモアがよく判るのと、まずそれだけだった。あとはもう、そんじょそこらの山の神とつまる所は同じ事、此の男と一緒に成ったから一緒に居る、とりわけ好きでもないが、又万更嫌《いや》でもなく、喧嘩もすれば接吻《せっぷん》もする、かてて加えて世故《せこ》にたけた恐ろしい現実主義者で、

「便所はもう、汲《く》まなきゃ駄目ね」

と、結婚してまだ数ヶ月経《た》つか経たぬかの頃、顔も赤らめずにぽんぽん言いのけた程の女。だけど彼女のあのユウモラス・ネエチュアが時折偉大なナンセンスを発見して来ては、彼を抱腹絶倒さして呉れるので、どうせ腐れ縁にはちがい無かろうが、たまには、縁は異なもの、という感じも味えたし、彼は又彼で、もう大概自分に愛憎《あいそ》づかしをして居るのであって、こんな男とも一生涯連れそうて呉れるのか、と内々《ないない》妻をいじらしがったりして居たし、とにかく今迄の所では、まあ大したこんぐらかりも無く暮して来たのに………。

「ちょいと、あなた、此の襖《ふすま》の隙《すき》から光線が入って駄目だわ。どうにかして下さい

な」

「へえ、へえ」

剽軽《ひょうきん》に畏《かしこ》まって、即座に自分の兵児帯《へこおび》をぱらり解《ほど》き、押し入れの其の個処にずんと差し込んだ。

「これで、ようございますか。先生」

「よろしい」

思いも設けぬ弟の声であった。こんな巫山戯は決して言わぬ弟だったから、兄の胸には異様にピンと響いて了った。

そいつがきっかけで、仕合せと今迄忘れかけて居た先刻のあのもの悲しさが、又ひたひたと襲うて来たのだった。

――自分の都合ばかりも考えられぬ。そう言うたな。弟の奴、世が世なら――よしんば相手が兄貴の女房であっても、好いた同志だ、一緒に逃げちゃうんだに。とでも考えて居るんだろ。――だが女房の素振を見ると、…………

――あいも変らず、サバサバして居る。第一、弟と仮にもそんな事があったもんなら、まさか又、二人して、現在亭主の前でのめのめ押し入れの中に入るのも馬鹿《ばか》げて居る。「その手代《てだい》、その下女昼は物言わず」で、意地にも、そっけ無くして居らねばならぬ筈《はず》ではないか。………

そんな風に否定すればする程、皮肉にも彼の眼前には昨夜の惨《みじ》めな場面が、チラホラ次から次へと映って来るのであった。………

………そうだ、あれは何《なん》と言ったって、赤城の手紙が良く無かったのだ。

光一郎達は、その夜が弟と一緒に夕餐《ゆうさん》を戴《いただ》く最後でもあったし、約《つづま》やかながら、二皿三皿の時節の肴物に、羹《あつもの》なんかの馳走《ちそう》もあり、久し振りで家庭的の潤《うるお》いの中に浸って居ると、妻が夫の御飯をお附けしながら、何時《いつ》もに似合わぬまずい事を言い出した。

「あのねえ、お向いの小母《おば》さんね、娘さんと月々のよごれの日がいつもちゃあんと同じなんですって」

弟は努めて無関心を装《よそお》いながら、黙って居たが光一郎は怒って了った。

「いやだ。畜生道じゃないか」

余りに其の語調が激しかったから、妻も鳥渡呆気《あっけ》にとられたという型であった。それから三人はよほどの間じっとして居たのだった。………

――まざまざ見たるウ畜生塚ア――

なぜか其んなひとくさりが懐《おも》い出され、暗憺《あんたん》たる気持がしてならなかった。今に何か不吉な事が起るぞ、という様な前兆らしくも思われた。そこに来たのが赤城の手紙だった。

自体、光一郎の所に来る手紙には陸《ろく》なものがなかった。殊《こと》にも友達からの手紙は、必ず何かの手段で彼を不快がらせた。今度なにがしの社に入りました、とか、今日はこれこれの雑誌に原稿を頼まれました、とか言うて彼を羨《うらやま》しがらせるものはまだ我慢のしようも有るが、金を貸せの、もっと凄《すさま》じく成ると、彼の生活態度を非難したりするものさえ、ちょいちょいある程だった。ただもう、浮世の刺戟《しげき》を避け避け暮して居る彼にとっては、どっち道甚だ有難からぬ代物《しろもの》ばかりだった。とりわけ赤城からの手紙は今が始めてだったが、その男は世に言う唯物論者《ゆいぶつろんしゃ》で、此頃実際的の運動にも参加して居るとは光一郎も薄々聞いて居た。――要するに現在の彼にとっては最も疎《うと》ましい種類の男であった。光一郎とて大学時代は、一端《いっぱし》の社会主義者を気取って、赤城なんかとも行動を共にして居たし、再三学校を追い出されようとした事も有るにはあったのだ。所が、其の頃つまらぬ事で或《あ》る中年の職工と口論をした揚句、

「てめえは、どうせプチ・ブルよ。へん、人道主義にぽさんぽさんと毛が生えた奴さ。まあ、俺達の運動の邪魔だて許りでも、しっこ無しさ」

とか、なんとか言われて此の方《かた》、

「うーむ」

と、すっかり考え込んじまった。で、ふらふらして居たら、恋愛の問題が起って、とど結婚しちゃった。

こんな事を言ってたのはスチブンソンで、なかったかしら。

「独身時代には殺人罪をも敢《あ》えて辞さない見上げた男であったが、結婚しちゃったら、一ペニイの金さえ出し吝《おし》みするように成ったじゃないか」

まさに其の通りであった。女房と二人で、一千円の金があったら、私は又東京に行きたいわ、いや俺は貯金《ため》る、なあんて言い合うように成れば、唯物論的弁証法もなにも、あちらからさっさとお尻《しり》をからげて退却して了った。けっく幸いと、又々さし障《さわ》りの無い人道主義に逆転し、時たま、妻の態度に不満があったりすると、

「まあ、お前もよく自己清算をして見るんだな」

なんて言う事に依り辛うじて、以前執った杵柄《きねづか》の片鱗《へんりん》を示して居た。今じゃ、生きて居るから生きて居る。これはこうゆうもの、あれはああゆうもの主義で、死んでもいいが、自殺の陳腐さがいやだなんぞと、それで芸術家らしい生言《なま》うお蔭《か》げで、ぐずりぐずりと病死を待って居らねばならぬ破目に在った。お向いの子供から毎月或る少年雑誌を借りて読んで居たら、其の雑誌社から愛読者に成れっていう手紙が来た。例

の「愛読者になりそうなお友達を本社にお知らせ下されば特製画《え》はがき」に釣られて、其のお向いの子供が麗々、小山光一郎と書いてやったのだろう。これは今に至る迄、妻の笑い草で、とんだ恥を掻いちゃったものだ。

そんな生活に赤城の手紙は、可成り迷惑なものであったに違いない。少からず躊躇《ちゅうちょ》したが、思い切って読んで見た。

果して。

主《おも》に、——先月だか、先々月の終り頃だかに、赤城の紹介状を持って来て、光一郎に宿を乞《こ》うた高田とかいう赤城の同志を、彼が膠《にべ》なく追い払ったことに対して、譟譟《そうそう》と非を鳴らして居た。だけど、あれは第一、お宿《とめ》するにも其んな部屋が無かったし、妻が顔色を変えて反対するし、にっちもさっちも仕様が無かったのだ。しかじか、かようと、よく其の高田なる尾行つきの男に含めてやった筈なのに、と思えばむかむか腹が立った。

君は無意志の生活をして居る。犬はよく無意志の生活をする。とも書いてあった。

「へへん」

彼も不《ふ》貞《て》腐《くさ》って、皆迄読まずに引き破ろうとしたが、余りにも明らかなその種の虚勢に気がさして、其の儘《まま》ぽんと机の方に投げやった。…………

それから三時間も経ったかしら、光一郎はさる料亭の部屋の隅っこで二人の若い芸者と一塊《ひとかたまり》に成り、正体も無くわっしょわっしょと押し合いをして居た。…………酔がしんしんと醒《さ》めて来れば、――それは此頃に成って大変に目立ってきた事だが、世帯じみた帰心が矢竹に逸《はや》り、怱怱《そうそう》と妻の許《もと》に駈《か》けつけた。流石《さすが》にばつが悪そうに、こっそり部屋に足を踏み入れたら、ぎょっとした。何やら狼狽《あわ》てふためいた様子で、怪しく動揺して居る部屋の空気を感じたからだ。………青蚊帳《あおがや》ごしにすうーっと弟の顔を覗《のぞ》いて見た。…………

かつてこれ程の不安を感じた瞬間があったろうか。………

他に部屋が無いので、弟のたまに帰省する時には、彼のいやがるのも無理に、同じ部屋に寝かせ、彼が必ず夫婦の方にくるりと脊中《せなか》を向けて寝るのを、

「変に気をきかせなくてもいいんですよ」

と夫婦の方から、ずばりずばり弟をやり込めたりなんかして居たものなのに、今宵《こよい》に限っての此の恐怖は、――一体どこから起ったものか。………

………弟は眠って居るようだった。ほっとしながら、さらさら着物を脱いで蚊帳の中に入った時、まだ眠って居なかったのか妻が、

「放蕩児《ほうとうじ》」

甘ったるく一口浴びせかけた。時が時だけにギクッと来た。妻のそう言った心持ちは、どうせ彼女の事だから、普通男友達同志が、

「よう、巧《うま》くやってらあ」

なんぞ、他意なく言うのと、ちっとも変っては居なかったのだろう。だが光一郎は、運悪くも其れをひねくれて取って了った。

「私にも浮気をする権利はあるわよ。あなただって、そんなに放蕩してるんだもの」

いつもなら、飲みに行って帰ると必ず枕元《まくらもと》に、お冷やと、洗面器――彼は大抵吐いた――とを妻が備えて置くのだが、どうしたものか今夜は、それが無いのも光一郎には言い知れぬ程淋しかった。わざと、妻の方には眼もくれず、黙ったまま蚊帳の中から手を出して、近くにある深い菓子皿を洗面器の代りに枕元へ引き寄せといて、さて、妻と弟の真中にある彼の純白な敷布の上に脚を延べたら、――全身がサアーッと凍《こお》った。どどどどどと跳ね出す心臓を、おし静めおし静め、

――誰か、この床に寝たなッ！

とみると確かに敷布が乱れて居る。むっくり頭をもたげたら、

「ガアーッ」

と菓子皿に吐いて了った。精も根も疲れ果てたように、俯伏《うつぶし》になって、枕に頬をあ

てたまま眼だけをギョロギョロ動かして居たが、五分も経《た》たぬうちに、くらくらとまどろみ込んだ様子。…………

——よしんば関係があってもいい。

帯を取られたので、妻の萌葱《もえぎ》の扱帯《しごき》をぐるぐる巻きにして、ほこほこと押し入れの前を行ったり来たりしながら彼は、その真夜中についで起った或る不思議な光景の夢のような記憶に仕合せと気がついたりした故《せい》か、とうとうそう心にきめた。

…………それは午前の二時頃であったらしい。ふっと眼が覚めたのだ。同時に、——殆《ほと》ど同時に、妻も睫毛《まつげ》の長い両眼をぱっちり開いた。或いは草木も眠って居るだろう。森羅万象ことごとくが死んだようにじ——いいいと鳴りをひそめて居るまったただ中で、今や二人の男女が、青蚊帳を透して来るほの暗い燈火《とうか》のもとに、つくづくとお互いの顔を見まもり合って居るのだ。胸中に一物すらも思うこと無く、いささかの表情も交えず、ただつくづくと、まじまじと…………。

そして、二人は又いつとは無く眠りに落ちて行くのであった。…………

——関係があってもいいのだ。妻は僕にシンから頼って居る。そうだ、なぜ今迄僕は昨夜の妻の瞳《ひとみ》を思い出さなかったのだろう。浮気は浮気、亭主は亭主、それでいい。

彼は部屋の片隅にぶら下って居る蚊帳の吊《つ》り紐《ひも》の端を結んでは、ほどき、結んでは、ほどきしながら、もう晴れやかに頬を輝かして居た。

——自分では、もっとさばけた男だった積りだが。

と苦笑しいしい、

——妻が僕の一人しかない味方なんだもの、別れるのは、つらい、つらあい。

又々押し入れの前をうろうろしながら、不覚にも震え声で押し入れに話し掛けた。

「まだかい」

返事がない。で、またぞろ不安に成り出した。

——要するに僕は老いたのだな。疲れちゃったのだ。世間を知り過ぎたのかな。怒って見せる力もない。………

押し入れの中で、しのびやかにカタリと音がした。

——若《も》し、なんだったら僕が二人に哀願してもいい。どうか僕を捨てないで呉《く》れ、とな。僕にそうさせるものは女房や弟に対する愛のみではないのだ。今の僕は何よりも孤独を恐れて居るのだ。枯れ木も山のにぎわい、で誰でも構わないから僕の傍に居て呉れれば、それでいいんだが。こんな男の傍に居て呉れるような気紛れやが、現在の妻の他には此の世に一人も無いとしたなら、僕は妻にどこまでも武者振りついて居なければあならん。例え、妻と弟が、現の亭主とかすがいの、子種がないのも幸いと、連れそうても、僕を傍に置いてさえ呉れると、こちらにはまあ、文句がないなあ。

いずれにもせよ、聞くに絶えない女々しい話であった。…………

押し入れの襖《ふすま》がガタゴト鳴ったかと思うと、さあっと弟が飛び出た。まぶしそうに笑いながら、

「出来ましたよ」

続いて妻が、まだ水がぽたぽた滴《したた》って居る生々しいフィルムを片手にさげて、ひょいと現れ、

「随分急いだのよ。だから余り巧くは出来なかったわ」

と無邪気にはにかんで。…………

——僕は何という馬鹿だろう。この弟とこの妻が…………。つまらぬ事を疑って居たものだ。そうだ、僕は別にこれというなにを見た訳でもなし、…………馬鹿な男お——。

と心の中で歓喜の声を挙げながら、

「どれどれ、美男拝見と」

妻の差し出す青いフィルムには、彼等兄弟の所謂《いわゆる》美事な顔が、もののしく幾つも幾つも、奇々怪々に並んで居た。

「綺麗《きれい》に出来ましたねえ」

と弟。

「おやっ、この僕の顔が半分しか写ってないぞ」

と兄。

どっと三人で笑い出す。

「ね、ね、上から三番目のあんたの顔、駱駝《らくだ》そっくりでしょう」

「うむ」

思わず頷《うなず》いて、再びわっと笑声が揚る。

妻の手で窓の中央部に下げられ、窓外の涼しき風景をくっきりと二つに区切って居る長々しいフィルムからは、水蒸気が見る人の心も軽げにちろちろちろと昇って居た。

又も暫《しば》くは写真の事で、皆わいわい騒ぎ合って居たら、突然開き直って弟が、もう汽車の時間です、と言い出した御蔭《おかげ》で俄《にわ》かにバタバタと色めき、

「じゃ、まあ何か不自由な事があったら遠慮なく言って寄こしてね」

「はあ」

「あちらの下宿の方々《かたがた》にもよろしく」

「はあ」

「雨は降ってないだろう」

と妻に聞く。

「ええ」

力無く答えて居た。

「じゃお前、停車場迄《まで》、お送りして……」

だが弟はそれを、どうした理由《わけ》か、蒼《あお》く成って拒んだのだった。………………弟が玄関で靴を穿《は》いてる間《あいだ》、光一郎は妻と並んで、ちょこなんと式台にしゃがみ、妻が弟にぺちゃくちゃ喋《しゃべ》って居るのを聞きながら、意外にも或る不可解な、底知れぬ侘《わび》しさに悶《もだ》えて居た。荷車が彼の家全体を、ゆらゆらと動しながら喧《やかま》しく通って行く。

――さて、さて、此の憂鬱《ゆううつ》は何者だ。どこからやって来たのだろう。すべては無事に終ったのに。

「さようなら」

学生らしく朴直な挨拶《あいさつ》を述べて、ぴょこんと頭を下げた。

「ああ、身体《からだ》に気を附けてね」

「冬休みには必ず又お遊びに……」

そして二人は残された。………

堪《たま》らなく成って、よっぽど恥しかったが、やはり妻の両手をむずと掴《つか》んだ。妻は指先をぷるんぷるんと震わせて居た。そして当惑そうに、誰も居ぬのは判り切った事ながら、そっとあたりを見廻した。

「こないだのフィルムも序《ついで》に現像しちゃえよ。こんどは僕が助手さ」

空《うつろ》の声をぜいぜいさせ、息せき切って言い出したものだ。

「えっ」

妻も顔色をさっと変える。

「ね、さあ」

妻を暴々《あらあら》しく、ぐいぐい引きずり、押し入れの中にぽこんと投げ入れた。………

噫《ああ》、此の暗室の中で、此の悲惨な夫婦が一体何をしようと言うのだろう。

世にも凄絶《せいぜつ》したるけはいが、この暗黒の内に蠢《うごめ》いて居る。

これは単なる情慾《じょうよく》か。

これは単なる情慾か。

彼はがくんがくんと身体《からだ》を震わしながら、じわじわ妻を押しつけて行った。妻とて手にした二つの薬品皿が互に触れあって、コツコツコツと鳴り出す程、震えて居ながらも、流石に女、見え透いた附け元気で、

「暑いのねえ」

と呟《つぶや》いては見たが、いたいたしや、そうゆう声迄。…………

（昭和三年十二月　弘前高等学校「校友会雑誌」十三）

鈴《りん》打《うち》

……ええ、あの晩は、あんた……あたしが家へ帰ったのが三時で——え？いやあ冗談ばっかり、累《かさね》じゃアあるまいし、そ、そんな夜明け近く迄《まで》寝ずに亭主を待ってるような御内儀がありますかい。いや、待てよ、あたしンとこのなにんかは、そうさねえ。以前こそ、それ、あんたの前ですけど、此《こ》の土地じゃア、まあ流行《はやり》ッ妓《こ》の端くれにも数えられて居《お》りましたが、十年もたった今じゃ、もし、あんた、そうだ、化物。ちげえござんせん。はいはい、それあ、あたしが甲斐性《かいしよう》の無え男故《ゆえ》、って事は、もとより承知。現にあの晩だって、あたしアしみじみ此んな、いいさもしい商売は、止《よ》しちまいたく成ったもんで…………

え？　なあにね、あの晩、あれから…………まあ、そっと家の中へ足を踏み入れたら、…………懐妊女《みもちおんな》は癇《かん》が高え、すぐ眼をさました様子で、のこのこ起きて来るじゃアござんせんか。「お帰りかい。疲れたろう」何時《いつ》もの事ながら、この搦手《からめて》って奴《やつ》にだけは、ほろりと、やられまさアね。あああ、いじらしい奴だ。他の女を弄《なぐさ》んで、ちょいと晩《おそ》く帰ったのにでも角を生やすのが世間の女房。だが、こいつア、おい、俺ア弄《なぐさ》まれて帰ったんだぜ。…………

……変な気持で、床に入ったが…………眠れませんね。眠れねえわけで。女房の奴、枕元《まくらもと》で、あたしの紅友染の股引《ももひき》を畳みながら、くんくん泣きじゃくってるじゃありませんか。ほっとく訳にも行かねえから、あたしも床の上に座り直しましたね。聞いて見ると、あんた「太鼓持を止して呉《く》れ」むっとして「馬鹿《ばか》野郎、昨日や今日からの太鼓持じゃあるめえし、又手前《てめえ》だって其《そ》れが承知で一緒に成ったんじゃねえか。ふん、そんなに見栄《みえ》を張りてえかよッ」少し強過ぎたかな、と思う間もあらばこそオ、撞《どう》とひれ伏し、もだえ泣アきイ。と言や色っぽいけど、なあに、ほら、あの累《かさね》、しかも懐妊《みもち》。へんあさはかな女郎《めろう》だ。宿場女郎にでも振られたようで、甚だ恰好《かっこう》がつかねえが、床の上に腕組しながら、意地悪く黙ったまま……考えて見ると……なに、よめました。むむ、こいつア無理がねえ。これ、若旦那《わかだんな》、女房あ太鼓持の子供を産みたくねえんで。そうと気がつくと妙なもんでしてねえ、やたらにあたしも気が滅入《めい》って、あのお、ぽろっぽろっと。いやお笑いに成っちゃいけません。ねえ、そうじゃござんせんか、今に女房が餓鬼を産む。それが男にもせよ女にもせよ、「お前のととさんは太鼓持」と言われたら——あの、もし、餓鬼が不憫《ふびん》じゃございませせぬかい。なんだってあたしア太鼓持なんぞになったんでげしょう。「いやな、こった」水洟《みずばな》をすり上げながらも手持ち無沙汰《ぶさた》に、枕元の眼覚時計をいじくったと思いなさいまし。そしたら、そしたらあんた「ジャンジャンジャンジャンジャンジャン」、そいつが鳴り出したじゃござんせんか。「ぎゃっ！」と喫驚仰天《びっくりぎょうてん》。時計をしっかり抱きかかえた儘《まま》、悲しや太鼓持根性、思わず身振も可笑《おか》しく大袈裟《おおげさ》に、蝦蟇《がま》のようにひっくり返って了《しま》ったのです。我ながら馬鹿らしく思われて、泣き濡《ぬ》れた顔の手前もすっかり忘れ、くッくッくッと笑いこけて居たら……女房の奴、何を感じてか、いまいましくも又一段と声を張り上げて泣きやがる。時計は耳がシンシンする程鳴りつづける。あたしア又、腹の底から面妖《めんよう》な可笑しさが……なんの事あねえ、こう……あたしアころころ、転げ廻りながら……まるで……夢……もし、もし、若旦那え……あアら、いやな人。もう眠っちゃったんだアよ。この人は。

（昭和四年二月「弘高新聞」五）

哀《あわれ》 蚊《が》

……おかしな幽霊を見た事がございます。あれは、――私が学校にあがって間もなくの事でございますから、どうで幻燈《げんとう》のようにとろんと霞《かす》んでは居るに違いございませぬ。いいえ、でも……其《そ》の、青蚊帳《あおがや》に写した幻燈のような、ぼやけた思い出が奇妙にも私には年一年といよいよハッキリして参るような気がするのでございます。

なんでも姉様が養子をとって、……あ、丁度其の晩の事でございます。御祝言《しゅうげん》の晩の事でございました。芸者衆がたくさん私の家《うち》に来て居りまして、一人のお綺麗《きれい》な半玉《はんぎょく》さんに私が紋附の綻《ほころび》を縫って貰《もら》ったりしたのを覚えて居りますし、父様が離《はな》れ座敷の真暗な廊下で背のお高い芸者衆とお相撲《すもう》をお取りに成って居らっしゃったのも、あの晩の事でございました。父様はその翌年だかにお歿《な》くなりに成られ、今では私の家の客間の壁の大きな御写真の中に……お入《はい》りになって居られるのでございますが、私は此《こ》の御写真を見る度に、あの晩のお相撲の事を必ず思い出すのでございます。私の父様は、弱い人をいじめるような事は決してなさらないお方でございましたから、あのお相撲も、きっと芸者衆が何かひどくいけない事をなしたので父様は其れをお懲《こらしめ》になって居らっしゃったのでございましょう。

それやこれやと思い合せて見ますれば、確かにあれは御祝言の晩に違いございませぬ。ほんとうに、申し訳がございませぬけれど、なにもかも、まるで……青蚊帳に写した幻燈のような……あ、これは前にも申し上げました。何にいたせ、そのような有様でございますからには、どうで御満足の行かれますようお話が出来兼ねるのでございます。てもなく夢物語…………いいえ、あの晩哀蚊《あわれが》の話を聞かせて下さった時の婆様の御めめと、それから……幽霊……とだけは、あれだけは、どなたが何と仰言《おつしや》ったとて決して決して夢じゃございませぬ。夢だなぞと、とんでも無い、もうこれ、こんなにマザマザ、眼先《めさき》に浮んで参ったではございませんか。あの婆様の御めめと、…………

さようでございます。私の婆様程お美しい婆様もそんなにあるものではございませぬ。昨年の夏お歿くなりになられましたけれど、その御死顔と言ったら、……凄《すご》い程美しいとは、あれでございましょう、白蠟《はくろう》の御両頰には、アノ、夏木立の影も映らん許《ばか》りでございました。そんなにお美しくて居らっしゃるのに、縁遠くて一生鉄漿《かね》をお附けせずにお暮しなさったのでございます。

「わしという万年白歯《しらは》を餌《えさ》にして、この百万の身代が出来たのじゃぞえ」

富本《とみもと》でこなれた渋い声で御生前よくこう言い言いして居《お》られましたから、いずれこれには面白い因縁でもあるのでございましょう。でも私にはそんな事はちっとも珍しゅうはございませぬ。もっともっと痛快な悪巧《わるだくみ》を、いくつもいくつも見せつけられて育って来た私でございますもの。どんな悪巧《わるだくみ》を見たかとお聞になるよりも、なぜ百万長者のお家では悪巧《わるだくみ》をしね（ママ）ばならぬかを先《ま》ず考えて御覧遊ばしませ。そして又私が只《ただ》今《いま》、物語りまする幽霊も、なぜそれがドロドロ現われねばならなかったかを研究遊ばしませ。私がこの物語りをなすのも、つまりは其れが目的《めあて》なのでございますから。

——婆様のお話がこんな無下《むげ》に不粋な方面へ飛火しては婆様がお泣きなさるでございましょう。と申しますのは、私の婆様は、それはそれは意気なお方で、——ついに一度も黒縮緬《ちりめん》の縫紋の御羽織をお離しになった事がございませんでした、と申し上げただけでも、大抵、それがお判《わか》りの事と存じます。お師匠様をお部屋に呼んで富本のお稽古《けいこ》をお始めになったのも余程昔からの事でございましたでしょう。私なぞも物心地が附いてからは、日がな一日婆様の老松《おいまつ》やら浅間《あさま》やらのむせび泣くような哀調の中にうっとりとして居る時がままございました程で、世間様から「隠居芸者」とはやされ、婆様御自身も其れを聞いては美しくお笑いになって居られたようでございました。いかなる事か、私は幼い時からこの婆様が大好きで、乳母から離れるとすぐ婆様の御《お》懐《ふところ》に飛び込んで了《しま》ったのでございます。尤《もつと》も私の母様は御病身でございました故《ゆえ》、子供には余りかまうて呉《く》れなかったのでございます。父様も母様も婆様のほんとうの御子ではございませぬから、婆様は余り母様の方へお遊びに参りませず四六時中離座敷《はなれ》のお部屋に許り居らっしゃいますので、私も婆様のお傍にくっついて三日も四日も母様のお顔を見ない事は珍らしゅうございませんでした。それ故、婆様も私の姉様より私の方をずんと可愛がって下さいまして、毎晩のように草双紙を読んで聞かして下さったものでございます、中にも、あれあの八百屋於七《おしち》の物語を聞いた時の感激は私は今でもしみじみ味う事が出来るのでございます。そして又、婆様がおたわむれに私を、「吉三《きちざ》」「吉三」とお呼びになって下さった折の其の嬉《うれ》しさ。…………らんぷの黄色い燈火《ともしび》の下でしょんぼり草双紙をお読みになって居らっしゃる婆様のお美しい御姿。左様、私はことごとくよう覚えて居るのでございます。

とりわけてあの晩の哀蚊《あわれが》の御寝物語は不思議と私には忘れることが出来ないのでございます。そう言えばあれは確かに秋でございました。

「秋まで生き残されてる蚊を哀蚊《あわれが》と言うのじゃ。蚊燻《かいぶ》しは焚《た》かぬもの。不憫《ふびん》な故にな」

ああ、一言一句そのまま私は記憶して居りまする。婆様は寝ながら滅入るような口調でそう語られ…………そう、そう婆様は私を抱いてお寝になられる時は、きまって私の両足を婆様の太股《ふともも》の間に挟んで温めて下さったものでございます。或《ある》寒い晩なぞ、婆様は私の寝巻を皆お剝《は》ぎとりになってお了いになり、真裸に致しまして婆様御自身も輝く程お綺麗な素肌をおむき出し下さって、私を抱いてお寝になり、お温めなされて呉れた事もございました。それ程婆様は私を大切にして居らっしゃったのでございます。

「なんの、哀蚊《あわれが》はわしじゃがな。はかない…………」

仰言《おっしゃ》りながら私の顔をつくづくと見まもりましたけれど、あんなにお美しい御めめもないものでございます。母屋《おもや》の御祝言の騒ぎも、もう静かになって居たようで、ございましたし、……なんでも真夜中近くでございましたでしょう。秋風がさらさら吹いて、軒の風鈴がその度毎《たびごと》にチリリンと弱々しく震えて居りましたのも幽《かす》かに思いだすことが出来るのでございます。

――……哀蚊《あわれが》。

いいえ、哀蚊《あわれが》は婆様ばかりではございませぬ。哀蚊《あわれが》は居りませぬか。哀蚊《あわれが》は居りませぬか。ブーンという哀れな音が、ほら聞えるではございませぬか。

幽霊を見たのは其の夜の事でございます。

……………ふっと眼がさめて、

「おしっこ……」

婆様の御返事がございませんでしたので、寝ぼけながら、あたりを見廻しましたけれど、婆様は居らっしゃらなかったのでございます。でも私は（婆様もおしっこか）と、ただ其れ位に思うて居たのでございます、心細く感じながらも、ひとりでそっと床から脱け出しまして、長い廊下をこわごわお厠《かわや》の方へ……足の裏だけは、いやに冷や冷やして居りましたが、なにさま眠くって、まるで深い霧の中をゆらりゆらり泳いで居るような気持ち…………。

ええ、その時です。幽霊を見たのでございます。…………長い長い廊下の片隅に……白くしょんぼり蹲《うずく》まって…………かなり遠くから見たのでございますからフィルムのように小さく……だけど確かに、確かに、姉様と今晩の御聟《おむこ》様とがお寝になって居られるお部屋を覗《のぞ》いて居るのでございます。…………幽霊、いやいや夢ではございませぬよ。

（昭和四年五月「弘高新聞」六）

花火

うむ、そうだ。ほんとうに好《よ》い天気だな。からッと晴れて、――先《ま》ずメーデー日和《びより》。おい！　今日は一つ大いにやろうな。なに？　いや、まだ集るんじゃないよ。花火を合図に……おや、聞かなかったのかい、此《こ》の手筈《てはず》。君等の工場にはS君が知らせた事になっているんだがなあ。え？　ああ君は昨日迄《まで》工場を休んでたんだな、それじゃ知らない訳だ。でも、よく今日出て来られたね。もういいのかい脚の怪我《けが》は。悲壮だな。だが無理しちゃいかんぜ、無理をしちゃあ……なにね、色んな五月蠅《うるさ》い奴等《やつら》が邪魔して困るから、花火の合図でもって皆一緒にどッと広場へ馳集《はせあつま》るコンタンさ。其《そ》れ迄は成るべく静かに、広場の附近に散らばって花火の上るを待って居るのだ。僕ん家《とこ》の裏はすぐ広場なんだから君もここで待ってろよ。ままま、いいから此の縁側に腰を下して……うむ、今に花火が上るよ。ぽーんとコレ此の蒼空《あおぞら》に……だけど、おい、好い天気だなあ。

……花火と言やあ思い出す事があるんだがねえ。そいつが又色々な意味で実に不愉快な思い出なんでね、聞いて呉《く》れる？　いや、それアもう、君が僕の思い出話なんかにちっとも興味を感じない……どころか腹立たしい気さえ起るだろうッて事は知ってるさ。又そうなくちゃいかんな、僕の思い出話と言えば、もう、僕の少年期とそれから青年期の大半とを過したブル的環境からの産物にきまってるんだし、君等のような言わば生抜《はえぬき》のプロには、そんなブル臭い思い出話なんか堪えられないのは当然さ。……だけどねえ、僕の思い出話をこう考えたらどうだろう。つまり金持ち共の生活の無内容を極めて野蛮に暴露したものだと考えるのだ。勿論《もちろん》僕は常に僕の思い出を最も赤裸々に少しの粉飾も施さずに、さらけ出して了《しも》うて居るよ。それを君達が聞く、又僕自身も聞く。そして我々は結局彼等より優れたる階級であることを自覚する。そうだ、我々の階級意識を愈々確乎《いよいよかっこ》たるものにするんだぜ。どうだい。聞いてお呉れ。いいだろう？

……君は知らなかったかしら、僕の死んだ兄貴を。そうか知らなかったろうなあ。僕の口からこう言うのもなんだけれど、綺麗《きれい》な顔をしててね、なんでも祖母に似てそんなに、いい男なんだそうだ。僕の物心地《ものごこち》の附いた時はもう祖母が亡《な》くなって居たから、祖母の事はなんにも知らぬが、とても意気な婆《ばあ》さんだったらしいな。兄貴は此の婆さんに余程大きく成る迄抱かれて寝て居たんだって。それで、あんなに美しく育ったのか、兎《と》に角《かく》いい男だった。僕とは十《とお》も年が違って居たし、知らぬ人は誰も本当の兄弟とは信じなかった。そうだろうさ、僕はこんなずんぐりだし兄貴はあんな役者見たいな優男《やさおとこ》だったんだからなあ。この兄貴、又すばらしく頭が良かった。二十三歳で大学を出ちゃったんだ。無論、勉強もしたけどね。でまあ僕の家の自慢の種だったのさ。お蔭《かげ》で僕は実に悲惨だったね。事あるごとに、「これ兄さんを見習いなさい」「同じ兄弟でもお前はどうして、こう一から十迄兄さんに劣ってるのだろうねえ」なんかん家の人達に言われて実際うるさかった。所がだ、其の御手本の兄貴が、君、大学を出るとすぐ放蕩《ほうとう》を始めたのさ。金放れは綺麗、男前《おとこまえ》は申し分《ぶん》なし、それに頭が切れると来て居るから之《これ》はもてないのが不思議な位。その頃僕は、どうやら中学に入《はい》れて、毎日いそいそ学校に通うて居た時だったから、くわしくは知る便《よすが》も無いが、なにしろ猛烈な遊び振りだったらしい。とうとう待合から勤め先に通うて居たのがばれたりして、其の会社は首に成り自棄《やけ》も手伝って、余程の大金を持って家から飛び出しちゃったんだ。家じゃ大騒ぎして八方探したんだが皆目知れずさ、それから二年許《ばか》り経《た》って兄貴ぼんやり帰って来たね。僕も其の頃は中学の五年生だかに成って居たし、よく覚えて居るが、おい君、兄貴は少し頭の工合が変になって居たのだよ。言う迄もなく脳梅毒ッて奴にやられたのさ。それに身体《からだ》も目茶苦茶に壊して居たので、其れから死ぬ迄、二年間と言うものはとうとう床の中で許り暮して居たようなものだった。変なものでね、病気になってから兄貴、又凄《すご》い程美しくなったんだ。なんでも月の出て居た晩だった。兄貴は水色のピジャマを着て病室の縁先に、青鷺《あおさぎ》のようにすうッと立って居た、あの物凄さはまだ忘れもせぬ。頭の工合の好い時は普通の人とちっとも違わなかったし、狂人《きちがい》とは言い条、別に乱暴な事をするではなし、家の人達もたいした警戒をしては居なかった。それがいけなかったんだな。どうも大変な事が起った。

兄貴の病室には四十歳位の色の黒い看護婦の他に竹やという鳥渡《ちょっと》可愛《かわい》らしい小間使が附いて居たんだ。こいつ不幸な娘でね、両親も無ければ身内の者といっては弟一人なのだ。職業紹介所から僕の家で連れて来て使ってやって居たんだが、温和《おとな》しいのに又よく気も利《き》いて居たし……え？　フフン図星だ。いかにも僕大いに惚《ほ》れて居たのだ。その頃は僕も地方の高等学校に入ってたので暑中休暇なんかには、此の竹やに逢《あ》えるのが楽しみで、飛んで家へ帰ったものだった。家へ帰っても兄貴の病室に入りびたりに成って、竹やと視線を合わせては柄にもあらず胸をどきつかせて居たのさ。元来、僕と兄貴とは幼い時から仲が悪くってね、殊《こと》に大きく成ってからは碌《ろく》に話も交さぬ日が多かったね。まあ、お互いに虫が好かなかったのだな。それなのに僕が、其の頃になって急に兄貴の甘酸《あまず》っぱいような空気の病室に毎日のうのうのさばり返って居たのは誰の眼から見ても可笑《おか》しかったに違いない。現に脳の悪い兄貴でさえ、寝たままで時々不審そうに僕の方をぎょろぎょろ横目を使って盗み見してたからな。無論此の恋は僕の可愛らしい片恋のままで終った。と言うのは、其の次の年の夏休みに、あたふたと家へ帰って見たら、竹やは居ないのだ。心配でならなかったが、まさか家の人に詰問《きつもん》する訳にも行かず、僕と殊に仲のよかった下男を捉《つかま》えて、こっそり根掘り葉掘り聞いて見たら、君、竹やは死んだのだ。僕が帰る五ヶ月程前に死んじゃったと言うではないか。ぽかーんとしたね。しかも其の死因はだよ、いいか君、下男も之《これ》だけは口を濁してはっきり語らぬから良くは判《わか》らぬが、なんでも兄貴の病的な獣慾《じゅうよく》の犠牲になって、猛烈な病毒を感染させられた結果らしいのだ。死ぬ時には膿《うみ》の交った血の小便で敷蒲団《ぶとん》からその底の畳迄がビジョビジョになったと言うから、いよいよ兄貴の仕業に相違ないのだ。おい、おい、君、そんなに興奮しないで、黙って終まで聞いて呉れ。そうとも、僕も其の頃はまだ若かったしカッとなった。家中の奴等を皆張り倒したかったぞ。チキショウ！　と歯軋《はぎし》りして悔涙《くやしなみだ》にむせんだが、相手が狂人じゃ喧嘩《けんか》にもならない。竹やの葬式はなんでも僕の家で簡単に出してやったらしいが、それだけでいいのか。それだけで万事が丸く治《おさ》まったのか。うむ、残念ながらそうなのだ。いいか、ここをよく考えよう。この事実は我々に何を教えるか。いいか、考えるのだぞ。僕もその時の休暇には夢中でこれを考えた。僕にとってあれ程緊張した休暇はなかった。毎日毎日未開の行路を盲目滅法《めくらめっぽう》に駈《か》けずり廻って居るような気持だったな。花火の事件は其の頃に起ったのだ。

僕の家の近所に小さな寄席《よせ》があったんだ。主として旅芸人の群なんかが此の小屋でやって居たが、その夏、安来節《やすぎぶし》の美声団とかいうものの一座がかかった時……丁度僕が晩めしを食って居たら、莫迦《ばか》に花火が上るんだ。ぽんぽんぽんと十発位、黄昏《たそがれ》の空で頼りなげに鳴って居た。此の安来節、恐ろしく華々しい前触れをやるな、と思って居たが、ふと或《あ》る事を思い出して、あの、全身がサッと凍る気がした。だって君、其の日の昼に兄貴の看護婦が電話を掛けて居るのを僕が小耳にチラと挟んで居たのだ。「ハナビ……」ッてね。まだ判らんかい。君、花火は兄貴が上げらせたんだぜ。花火屋に頼んでね。なぜって、おい、竹やのたった一人の弟は安来節の太夫《たゆう》なんだもの。いや、其の美声団の中には竹やの弟が居たかどうか、それは判らんよ。或《ある》いは弟が居たのかも知れないねえ、兄貴はよく知って居たのだろうが。兄貴はそれから二月目だかに皮肉にも眠るような楽な往生を遂げちゃったんだ。……とにかくあの花火の儚《はかな》い音を聞きながら、薄暗い病室にあって、独りニタニタ笑って居る凄艶《せいえん》な狂人を、僕はその後長い間想像してさえ変な気がしてたねえ。……ああ、それだけの話さ。でも僕はあの時の花火の音を思い出すと何とも言えず不愉快になるのだ。なぜだか色々考えて見たが、始めは、兄貴の虫のよさ、つまり、人間一匹殺して置いて花火十発で、いかに狂人だとは言え功罪相殺《そうさい》したと思って居るらしい其の虫のよさ、それが嫌でこんなに不愉快になるのかと思って居たのだが、そうでは無かったのさ。やはり僕が、こんな……要するに有閑階級の人々の遊戯的なナンセンスを鳥渡でもしみじみした気で眺めて居た、その僕自身のプチブル的なロマンチシズムに気附いて、堪《たま》らなく不愉快になるのだという事が此頃やっとわかって来たのだ。…………

おや！

おいッ。鳴ってるぞ花火が！

ほらッ。ほらッ。すばらしく活気のある音だな。ほらッ。又鳴ったぞ！

やあ、今迄あんなにひっそりしたのが急に。――ぞろぞろ皆広場へ行ってるぞ。蟻《あり》見たいだね。ひどい騒ぎだ。おや、もう労働歌なんか呶鳴《どな》りやがってる奴があるぜ。

さあ、大進軍だ。僕達も早く行こう。

（昭和四年九月「弘高新聞」八）

虎こ徹てつ宵しょう話わ

なによりも先《ま》ず、鼻がずんと高うて――、ぎゅっと結び、端のぴんと撥《は》ねた大きな唇、一重瞼《ひとえまぶた》できりきり目尻《めじり》が上って居る……色は浅黒く、成る程渋い男前《おとこまえ》である。胸元から紺の刺縫《さしぬい》した稽古着《けいこぎ》をちらほら見せ、色の褪《さ》めかかった鼠《ねずみ》小倉の紋付羽織をいかつい肩にひっ掛けて、丸窓を背に懐手《ふところで》のまま……じいっと考え込んで居る。

「おすましねえ」

男の容姿《さま》を長火鉢越しにうっとりと眺めながら懶《ものう》げにこちらから声をかける。……男はやっぱり黙って居る。女は別段其《そ》れを気にも止《と》めず、ふいと銅壺《どうこ》からお銚子《ちょうし》を引き抜き、小さな指の腹でつるッと其のお銚子の底を撫《な》で廻した。ぎりぎり詰めた櫛巻《くしまき》も季節には外れて居るが、この女の小作《こづく》りな顔には結構映えて居た。地味な細格子《ほそごうし》の袷《あわせ》に黒繻子《くろじゅす》の帯……年《とし》よりは幾分老《ふ》けて見えた。

「お燗《かん》がついたよ」

呟《つぶや》いて、居汚《いぎたな》く坐《すわ》ったまま、のんびりとお銚子を持ち直した。

――変な男、冗談じゃないよ、ほら、げんざい死神が傍に坐《すわ》ってるじゃないか。誰かに附け狙《ねら》われてるに違いないのさ。仇持《かたきもち》……

おせいは、そんな事をうつらうつら考えて居た。

「むむ」

男は重く頷《うなず》き、大きい手を懐から出す。大髻《おおたぶさ》のほつれをぐいと掻《か》き上げてから、長火鉢の猪口を取り上げる。ちぇっと半分呑《の》みかけて置いて、ずっと腕をのばし、女のぽっと開いて居る唇に猪口をひやりと押しつける。女は心得て、くだらないとゆうような顔をしながらも平然と、首だけ差し出してペチャペチャ猫のように呑みほす。それをうっそり見下ろして居て、

「雨だな」

ぽつんと言った。

いかにも、シトシトと湿す春の小糠雨《こぬかあめ》の気配が感ぜられる。女は男の言葉が聞えなかったらしく唇をちろちろ舌でなめずり廻しながら、

「？」

目色で尋ねたが男はそれに答えもせず、女の注いで呉《く》れた猪口を一息にのんで了《しも》うてから、又もぞりと言い出した。

「おせい、いよいよ別れる時が……」

「ホホホ」

おせいは男の言葉が終らぬさきから笑い出した。

「……おかしいか」

「だって……」

まだ笑いながら、

「だって、お前と会ってから、コレ、十日にもならないじゃないか。それに、それにいよいよだなんて」

「ふん」

男も大きな黒ずんだ唇をヒクヒクさせて苦笑《にがわら》いした。

「それに、あたしアまだ、お前がどちらのどなたさまかとんと知ってやしないし……」

「だから言ってるじゃないか。新選組という馬の骨だって」

鋭く言い放ったので女も流石《さすが》に黙り込んだ。白けた場打《ばうて》に男は果無《はかな》い顔をして、つと振り向き背の丸窓をすーいとあけた。

細い雨が夕靄《ゆうもや》とそうて向島小梅の里をいぶして居るのがこの茶屋の座敷からは錦絵《にしきえ》のように見えた。もう春も半故田甫《なかばゆえたんぼ》には青々と早苗《さなえ》、畦《あぜ》にはしょんぼりと柳、ぽつんぽつんと真黒な人影、一切《いっさい》が小さくゆらりゆらり霞《かす》んで居た。遠くの森には社《やしろ》でもあるのであろう、赤いのは鳥居、白っぽくうなだれて居るのは幟《のぼり》である。其の辺一帯ぼうっと和やかな春光が映《うつ》って居るように見えるのは、――あれは名高い小梅が里の菜の花盛り。…………

「俺は殺される」

男は泣き空を見上げて、溜息《ためいき》をついた。

「……いや、それが当り前だ。……おい、おい、おせい」

女の方に又真向《まむき》に身を捻戻して、

「俺が死んでもお前はなんともないか」

「……？」

「……お前は俺に惚《ほ》れて居る」

ばっさり言い切っては見たが、おせいは落ちついて、ただこっくりと頷《うなず》いた。

「むむ、俺もお前に惚れて居る。別れとうは無い。俺は今迄《いままで》、これ程一筋に女に打ち込んだ事がなかった。……お前のまえだが、たかが田舎の茶屋の女将《おかみ》……」

「たかが新選組の馬の脚……」

女はすかさず口真似《まね》した。

「馬の脚？……むう、そうか、近藤勇《いさみ》が立役《たちやく》で土方《ひじかた》がさしずめ立女形《たておやま》という所か、そして俺が下廻りの馬の脚と。……ふふん」

　ちらと皮肉な笑《えみ》を浮べたが、直《す》ぐ又むっつりと成り、

「だが、新選組一座も洛中《らくちゅう》ではとんだ時化《しけ》を食ってしもうた。……なあ、お前はなぜに新選組が江戸に舞い戻って来たと思う……」

「それアお前、あちらで用が無くなれア……」

「そうじゃない。いかにも新選組は将軍家護衛の為《ため》に入洛致した。而して今、慶喜《よしのぶ》公が江戸表へお帰りになられた故新選組もお伴《とも》をして帰った……だが、それだけじゃない…………それだけじゃアないのだ」

　男は暗い顔をして猪口をふくんだ。

「……そうだ、逃げたのだ。……眼に見えぬ御《ど》難《なん》をくって、新選組一座は、多くの仕事を——、いや多くの借金を、残した儘《まま》洛中から夜逃げをしたのだ。……お前には何も判《わか》らない。……それに江戸が恋しくも成って来たし……併《しか》しなあ、江戸で蓋《ふた》をあけた芝居も、あんまりぞっとした景気を見せぬ。……この江戸に居てさえ、この大江戸に居てさえ御《ご》難《なん》に会うのだ。眼に見えぬ時化《しけ》……」

　羽を濡《ぬ》らした燕《つばくろ》が、丸窓を斜につーいと飛んで行った。男は、女がきょとんとして、別のあらぬ事を考えて居る風情《ふぜい》にふと気がついた。

「ふふん、お前をつかまえて愚痴を並べた所で始まらぬ、が、今日は不思議な位俺は気が滅入《めい》って居る。……俺の一世一代の泣き言《ごと》だ。なあ、おい、明日にも殺される命だ、笑わずと聞いて呉れよ……」

――ぜんたい何をこのひとが言っているのかな、泣き言? 一世一代の泣き言? なんだい、お前らしくもない。お前程の男でも、やっぱりふさぎのむしに取り附かれるのかい。お前程の男………

おせいは、けげんそうにまじまじと男の顔を見つめた。

「……成る程新選組も洛中では随分華々しい事をやった。池田屋に乗り込んで、勤王の同志の一網打尽を試みた。又つい近頃では、同志の先鋒《せんぽう》坂本龍馬《りようま》を、彼の宿所にて暗殺した。当時はそれで大得意だった。……だが、今に成って、何の為にそんな事をしたのか判らなく成ったのだ」

「なぜッてお前、それが殿様の御言いつけじゃないかい」

女はしたり顔にそう極《き》めつけて、独酌でぐいとやった。男はそれを氷のような冷い眼眸《まなざし》で眺めながら静かに女の猪口を又なみなみと満してやった。

「会津公の御命令……それもある。だが今でこそ言うが会津公がなんだ。いかにも新選組は会津公のお蔭《かげ》であאして遊んで居てめしが食えたのだろう。併し、それだからと言うて、あんなに盲従する必要はなかったのだ。そうだ、会津公はなんだ。あいつ等の世の中は一昔前には確かにあった、だが今じゃ！　今じゃ会津公にあるものはただあのお城一つだ。そして今に会津公はあのお城を枕《まくら》の哀れな討死をするに定って居るのだ！」

——と、とんでもない。お前は気でも狂うたか。事もあろうに会津の殿様の悪口………

おせいは、身も魂も仰天した。きょときょと四辺《あたり》を見廻したのは、立ち聞きして居る人も無いかと確かめる可憐《かれん》な心構えであった。

「お前、あの、もちっと低く言われないかい……」

おどおどしながら、兎《と》に角《かく》懸命にたしなめた。男はそれも上《うわ》の空《そら》、漸《ようや》く興奮しかけて来た両眼をぎょろり動かしただけで、

「あいつ等は時の流れというものを知らない。嘗《か》っては俺もそれを知らなかった。だが俺は多くの事実を見た、しかも正しい眼でだ！　そして、そして知ったのだ、つまり昨日の善は今日の悪であり得るという事をだ。だから世の中も其れに従って土台から建て直さなければウソだ。いいか、おい、今に見ろ、あいつ等の夢想だもしなかった、素晴しいどんでん返しがあいつ等の悠々閑々たる足下《あしもと》から、むっくり起るぞ！」

おせいは長火鉢から煙管《きせる》を取り出し、すぱすぱ吸い始めたが、ともすると、何《なに》とも判らぬひどい威圧に煙管を唇に持って行きかけたまま、手がぷるぷる震えてしかたがなかった。

「それを知りつつ、会津公の手先になって居た俺は、……まず犬だ。会津公に飼われた犬だ。……犬か……それにしても……ああ、馬鹿《ばか》な事をしたものだ。なんの方針《あて》もない。主義もない。ただ、勤王の同志に逆うだけが唯一《ゆいいつ》の方針《あて》だった。主義でもあった」

男は泣いてでも居るように、無暗に鼻をすすり上げて居た。おせいはただもう悲しかった。薄紙が一枚一枚剝《は》がれて行くように男の心が判って来たからだった。

——判るよ。お前の気苦労、せつなさ……

そう心の中で呟いて居たら、不覚にも、ぐぐッと嗚咽《おえつ》が。それを、じいっと堪えた。

まだ腑《ふ》に落ちない事があったからだ。

「それでお前は、……今も会津の殿様からお世話になっているのかい」

男も、おせいの声をわななかし、息せき切って言いだしたこの言葉には、ぎくりとしたらしかった。よほどためらって居たが、

「うむ、そうだ。いやだらしがなくて話にならぬ。そう覚えながらも、あいつ等の世

話を受けて居るのは死ぬ程つらい。……そんなに苦しんで居ながら、いつ迄《まで》もぐずぐず逡巡《しゅんじゅん》して居る奴《やつ》は、なんと言ってもつまりは意気地がないのさ。卑怯者《ひきょうもの》さ。他人事《ひとごと》ではない！　新選組……いや、俺の事を言うて居るのだ。有り余る金、要らざる義理だて、浅果《あさはか》な見得、そんな絆《きずな》につながれて、又それだけの絆につながれて、身動きが出来ぬとは、可愛そうなものじゃないか」

　おせいは急に気抜けがした。男の心はこれで良く良くのみ込めたのだけれど、変に満たされぬものがあった。たまらなく歯痒《はがゆ》い所があったのだ。

　男は、おせいにぷうっと鋭く煙を吐きかけられて、ごほごほ苦しそうに咽《むせ》かえった。

「俺達は今に身動きが出来なくなるだろう。どんでん返しには妥協がない。俺達が殺されるか、奴等同志が殺されるかだ。殺されるのは無論俺達さ。きまって居る。……みじめなものだ。新選組が何処《どこ》に行っても人気のないのは当り前の事さ。えらい奴は皆どしどし新選組から脱《ぬ》けて行く。……残って居る奴はどれもこれも仕様のない阿呆《あほう》。……時勢だな……俺にして見た所で、時の流れというものは、こんなに速く流れて居るとは思いも及ばなかった。今更この流れが恐ろしい。……」

　——恐ろしい？　なんだい、しっかりおしよ。なんだかんだと言ってるけれど、つまる所は、思い切りが悪いのさ。新選組がいやなら、よす迄の事さ。なんだね、くよくよと。

おせいは、無性にじれったかった。

「……恐ろしい。うむ、そうだ。俺は意気地がない。いや俺ばかりではない、新選組の奴等は皆そうだ。近藤勇……あの近藤にして見た所で、この時勢が恐ろしくてたまらないのだ。……だから、狂人《きちがい》みたいに成って盲目《めくら》滅法、贋《にせ》の虎徹《こてつ》をふり廻して居る」

「贋？」

女はかちんと長火鉢の銅の落《おとし》で吸殻をはたきつけた。

「そうさ、あれは立派な贋物よ。しかも……近藤は其れを贋物だと承知しながら、振りかざして居るのだから、凄《すご》いのだ。……お前は知るまいが、贋物の刀で立ち廻る時には、気が臆《おく》するか、それとも……やるせない捨て鉢気味に成るか、どちらかなのだ。近藤は捨て鉢だ、どうにでも成れと突きかかって行く。……これでは手がつけられん。ふふん、贋の……贋と承知の虎徹を振りかざして、狂い廻る奴は後々《のちのち》の世にも必ず現れることであろう」

……もう黄昏《たそがれ》。ひたひたと薄闇《うすやみ》が襲うて来る。……夕餉《ゆうげ》焚《た》く煙が、森の蔭から幾筋も幾筋も昇って居た。小梅の里は春雨のまま暮れるのか、引舟川からは夕靄《ゆうもや》がひきも切らずにもくもく起る。

「俺は今こそ薩長《さつちよう》の同志に負けたと思うて居るぞ。奴等には強味がある。……奴等の思想は、奴等の方針は、統一されて居る、その強味が……。いかにも未来は、奴等の同志のものだ。俺達は、……俺達は殺されるのを待って居る許《ばか》りだ。……殺されるのを待っている……」

おせいは、心からさげすむような眼で瞬《まじろ》ぎもせず男をぐっと睨《にら》みつけて居た。

男は興奮の為に行燈《あんどん》もともさぬ暗闇の中で、きりきりと白い歯をかみ鳴らした。

「おせい！　お前もよく考えて見ろ‼　お前には、どぶんどぶんと不断の恐ろしい力で俺に押し寄せて来ているあのもの凄い時勢という海嘯《つなみ》の音が聞えないのか？」

――へへん、何を言うてるのさ。あたしよりはお前に聞かせたい文句だね。なんだって、今迄大人《おとな》しく黙って聞いて居れば、男らしくもない、勝手な愚痴を並べて居るよ。もう、もう、男の泣き言なんか真平、真平。あたしアお前を見損った……いいいい、あんなに迄惚れて居た男だけに、おせいは余計腹が立って腹が立って、はらわたが煮えくりかえる思いだった。

「ああ、もう暗う成った……おせい、行くぞ」

のっそり刀を杖《つえ》に立ち上り、

「お前とはこれきり会われないかも知れぬ。……だが今俺の言うた事は、いいか、ようく覚えて置け」

――お互い様さ。

喉《のど》迄出かかったその言葉をぐっと抑えて、男のがっちりした背姿《うしろすがた》にそっと目をやった。……小倉の袴《はかま》がちんちん皺《しわ》だらけで、素足の腓《こむら》のあたり迄めくれ上っているのも、湿っぽい此のくらがりを通しては、うそ寒く見えるのだった。流石に女である。名残おしかった。猛然と鎌首《かまくび》をもたげた男恋しさに、おせいは深刻な身悶《みもだ》えをした。……

土間に降《お》りて男は、さっと振り向き、

「おせい、さらば」

言うや早く、ピチャピチャピチャ春雨の小梅堤を源森堀に走り出した。……その時おせいは、――もともと男嫌いで名のあるおせいは、……くんくん泣きじゃくりながら、唇へお銚子を直《じか》にねじ込んで、ことことことと、暴呑《あらの》みしていた。……

所へ、――頼もしい迄に機敏そうな覆面の男が、其の小柄さにも似合わぬ長い見事な抜身をひっさげ、濡《ぬ》れ鼠《ねずみ》の恰好《かっこう》でちょろッと土間に忍び込み、闇をすかして座敷の方をと見こう見して居たが、

「おい、おい」

聞くからに凛々《りんりん》たる若者の声であった。

「えッ」

ギョッとしたけれど、

「は、はい。いらっしゃいまし」

おせいはもう、泣いてなんか居なかった。

「今ここを出た客人は誰だ」

「えッ」

二度びっくりした。

「新選組の者だろう」

年若き武士は暗がりの中《うち》にも其れと判る切れの長い澄んだ眼に笑さえ浮べて、おだやかに尋ねた。

「ええ」

つい答えて了った。

「うむ、まさしく近藤勇！」

「ホホホ……」

堪えかねておせいは吹き出した。この男のいかにも真顔で、いかにもとんでもない間違いをやらかしたのが、おかしくって、おかしくって、……息が苦しく成る程笑いこけた。

「な、なにが可笑《おか》しいのじゃ」

此の初心《うぶ》な同志は覆面の中で呆気《あっけ》にとられて居た。

「ホホホ、違いますよ。違いますよ。あの人は同じ新選組でも馬の脚よ。今だって……」

ちょいと真面目《まじめ》な顔をして、

「新選組の方《かた》は皆阿呆だ、近藤勇は狂人《きちがい》だ、なんて言って居たのよ。あの人は、あたいに、この事は忘れずによく覚えとけと、おっしゃったんだから、あたしゃ、決して忘れないんだよ」

土間の方に、ずるずるにじり寄りつつこう言うてのけたら、かっと頬が熱く成った。酔がまわって来たからなのかも知れないが、なんだか恥しい事を言うたような気がしたからでもあった。

――こいつはあの人を殺しに来たんだな。

そう思うた故、恥しさのてれ隠し、とっぷり暮れた春の雨夜に、酒の気も手伝って、可愛いや悲痛な見得を切った。

「だけど、だけど殺《ばら》しておしまいよ、あんな……」

ぐいと片膝《かたひざ》立てて、

「あんな、意気地なし！」


（昭和四年十二月　弘前高等学校「校友会雑誌」十五）

断《だん》崖《がい》の錯覚

一

その頃の私は、大作家になりたくて、大作家になるためには、たとえどのようなつらい修業でも、またどのような大きい犠牲でも、それを忍びおおせなくてはならぬと決心していた。大作家になるには、筆の修業よりも、人間としての修業をまずして置かなくてはかなうまい、と私は考えた。恋愛はもとより、ひとの細君を盗むことや、一夜で百円もの遊びをすることや、牢屋《ろうや》へはいることや、それから株を買って千円もうけたり、一万円損したりすることや、人を殺すことや、すべてどんな経験でもひととおりはして置かねばいい作家になれぬものと信じていた。けれども生れつき臆病《おくびよう》ではにかみやの私は、そのような経験をなにひとつ持たなかった。しようと決心はしていても、私にはとても出来ぬのだった。十銭のコーヒーを飲みつつ、喫茶店の少女をちらちら盗み見するのにさえ、私は決死の努力を払《はら》った。なにか、陰惨な世界を見たくて、隅田川を渡り、或《あ》る魔窟《まくつ》へ出掛けて行ったときなど、私は、その魔窟の二三丁てまえの小路で、もはや立ちすくんで了《しま》った。その世界から発散する臭気に窒息しかけたのである。私は、そのようなむだな試みを幾度となく繰り返し、その都度、失敗した。私は絶望した。私は大作家になる素質を持っていないのだと思った。ああ、しかし、そんな内気な臆病者こそ、恐ろしい犯罪者になれるのだった。

二

私が二十歳になったとしの正月、東京から汽車で三時間ほどして行ける或る海岸の温泉地へ遊びに出かけた。私の家は、日本橋呉服問屋であって、いまとちがって、その頃はまだ、よほどの財産があったし、私はまたひとり息子でもあり、一高の文科へもかなりの成績ではいったのだし、金についてのわがままも、おなじ年ごろの学生よりは、ずっと自由にきいていた。私は、大作家になる望みを失い、一日いっぱい溜息《ためいき》ばかり吐《つ》いていたし、このままでいてはついには気が狂って了《しま》うかも知れぬと思い、せっかくの冬休みをどうにか有効に送りたい心もあって、その温泉行を決意したのであった。私はそのころ、年若く見られるのを恥かしがっていたものだから、一高の制服などを着て旅に出るのはいやであった。家が呉服商であるから、着物に対する眼もこえていて、柄の好みなども一流であった。黒無地の紬《つむぎ》の重ねを着てハンチングを被《かぶ》り、ステッキを持って旅に出かけたのである。身なりだけは、それでひとかどの作家であった。

私の出かけた温泉地は、むかし、尾崎紅葉の遊んだ土地で、ここの海岸が金色夜叉《こんじきやしや》という傑作の背景になった。私は、百花楼というその土地でいちばん上等の旅館に泊ることにきめた。むかし、尾崎紅葉もここへ泊ったそうで、彼の金色夜叉の原稿が、立派な額縁のなかにいれられて、帳場の長押《なげし》のうえにかかっていた。

私の案内された部屋は、旅館のうちでも、いい方の部屋らしく、床には、大観の雀《すずめ》の軸がかけられていた。私の服装がものを言ったらしいのである。女中が部屋の南の障子をあけて、私に景色を説明して呉《く》れた。

「あれが初島《はつしま》でございます。むこうにかすんで見えるのが房総《ぼうそう》の山々でございます。あれが伊豆山《いずやま》。あれが魚見崎《うおみさき》。あれが真鶴崎《まなづるさき》。」

「あれはなんです。あのけむりの立っている島は。」私は海のまぶしい反射に顔をしかめながら、できるだけ大人びた口調で尋ねた。

「大島。」そう簡単に答えた。

「そうですか。景色のいいところですね。ここでは、おちついて小説が書けそうです。」言って了ってからはっと思った。恥かしさに顔を真赤にした。言い直そうかと思った。

「おや、そうですか。」若い女中は、大きい眼を光らせて私の顔を覗《のぞ》きこんだ。運わるく文学少女らしいのである。「お宮と貫一さんも、私たちの宿へお泊りになられたんですって。」

私は、しかし、笑うどころではなかった。うっかり吐いた嘘《うそ》のために、気の遠くなるほど思いなやんでいたのである。言葉を訂正することなど、死んでも恥かしくてできないのだった。私は夢中で呟《つぶや》いた。

「今月末が〆切《しめきり》なのです。いそがしいのです。」

私の運命がこのとき決した。いま考えても不思議なのであるが、なぜ私は、あのような要らないことを呟かねばいけなかったのであろう。人間というものは、あわてればあわてるほど、へまなことしか言えないものなのだろうか。いや、それだけではない。私がその頃、どれほど作家にあこがれていたか、そのはかない渇望《かつぼう》の念こそ、この疑問を解く重要な鍵《キイ》なのではなかろうか。

ああ、あの間抜けた一言が、私に罪を犯させた。思い出すさえ恐ろしい殺人の罪を犯させた。しかも誰ひとりにも知られず、また、いまもって知られぬ殺人の罪を。

私は、その夜、番頭の持って来た宿帳に、ある新進作家の名前を記入した。年齢二十八歳。職業は著述。

三

二三日ぶらぶらしているうちに、私にも、どうやら落ちつきが出て来た。ただ、名前を変えたぐらい、なんの罪があるものか。万が一、見つかったとしても、冗談だとして笑ってすませることである。若いときには、誰しもいちどはやることなのにちがいない。そう思って落ちついた。しかし、私の良心は、まだうずうずしていた。大作家の素質に絶望した青年が、つまらぬ一新進作家の名をかたって、せめても心やりにしているということは、実にみじめで、悲惨なことではないか、と思えば、私はいても立っても居られぬ気持であった。けれども、その慚愧《ざんき》の念さえ次第にうすらぎ、この温泉地へ来て、一週間目ぐらいには、もう私はまったくのんきな湯治客になり切っていた。新進作家としての私のもてなしが、わるくなかったからである。私の部屋へ来る女中の大半は、私に、「書けますでしょうか。」とおそるおそる尋ねるのだった。私は、ただなごやかな微笑をもってむくいるのだった。朝、私が湯殿へ行く途中、逢《あ》う女中がすべて、「先生、おはようございます。」と言うのだった。私が先生と言われたのは、あとにもさきにもこのときだけである。

作家としての栄光の、このように易々《やすやす》と得られたことが私にとって意外であった。窮すれば通ず、という俗言をさえ、私は苦笑しながら呟いたものであった。もはや、私は新進作家である。誰ひとり疑うひとがなかった。ときどきは、私自身でさえ疑わなかった。

私は部屋の机のうえに原稿用紙をひろげて、「初恋の記」と題目をおおきく書き、それから、或る新進作家の名前を——いまは私の名前を、書き、それから、二三行書いたり消したりして苦心の跡を見せ、それを女中たちに見えるように、わざと机のうえに置きっぱなしにして、顔をしかめながら、そとへ散歩に出るのだった。

そのようなことをして、私はなおも二三日を有頂天になってすごしたのである。夜、寝てから、私はそれでも少し心配になることがあった。若《も》し、ほんものがこの百花楼へひょっくりやって来たら、と思うと、流石《さすが》にぞっとするのであった。そんなときには、私のほうから、あいつは贋物《にせもの》だと言ってやろうか、とも考えた。少しずつ私は図《ず》太《ぶと》くなっていたらしいのである。不安と戦慄《せんりつ》のなかのあの刺すようなよろこびに、私はうかされて了ったのであろう。新進作家になってからは、一木一草、私にとって眼あたらしく思えるのだった。海岸をステッキを振り振り散歩すれば、海も、雲も、船も、なんだかひと癖ありげに見えて胸がおどるのだった。旅館へ帰り、原稿用紙にむかって、いたずらがきして居れば、おのれの文字のひとつひとつが、額縁に収めるにふさわしく思えるのだった。文章ひとつひとつが不朽のものらしく感じられるのだった。そんなゆがめられた歓喜の日をうかうかと送っているうちに、私は、いままでいちども経験したことのない大事件に遭遇したのである。

四

恋をしたのである。おそい初恋をしたのである。私のたわむれに書いた小説の題目が、いま現実になって私の眼の前に現われた。

その日私は、午前中、原稿用紙を汚して、それから、いらいらしたような素振りをしながら宿を出た。赤根公園をしばらくぶらついて、それから、昼食《ちゆうしよく》をたべに街へ出た。私は、「いでゆ」という喫茶店にはいった。私は、いまは立派な新進作家であるから、むかしのように、おどおどしなかった。じっさい、私にとって、十日ほどまえの東京の生活が、十年も二十年ものむかしのように思われていたのである。もはや私は、むかしのような子供でなかった。

「いでゆ」には、少女がふたりいた。ひとりは、宿屋の女中あがりらしく、大きい日本髪をゆい、赤くふくれた頰をしていた、私は、この女には、なんの興味も覚えなかったのであるが、いまひとりの少女、ああ、私はこの女をひとめ見るより身内のさっと凍るのを覚えた。いま思うと、なんの不思議もないことなのである。わかい頃には、誰しもいちどはこんな経験をするものなのだ。途上ですれちがったひとりの少女を見て、はっとして、なんだか他人でないような気がする。生れぬまえから、二人が結びつけられていて、何月何日、ここで逢う、とちゃんときまっていたのだと合点《がてん》する。それは、青春の霊感と呼べるかも知れない。私は、その「いでゆ」のドアを押しあけて、うすぐらいカウンター・ボックスのなかに、その少女のすがたを見つけるなり、その青春の霊感に打たれた。私は、それでも新進作家らしく、傲然《ごうぜん》とドア近くの椅子《いす》に腰かけたのであるが、膝《ひざ》がしらが音のするほどがくがくふるえた。私の眼が、だんだん、うすくらがりに馴《な》れるにしたがい、その少女のすがたが、いよいよくっきり見えて来た。髪を短く刈りあげて、細い頰はなめらかだった。

「なにになさいます？」

きよらかな声であると私は思った。

「ウイスキイ。」

私は、誰かほかのお客がそう答えたのだと思った。しかし、客は私ひとりなのである。そのときは、流石に慄然《りつぜん》とした。気が狂ったなと思った。私は、うつろな眼できょろきょろあたりを見まわした。しかし、ウイスキイのグラスは日本髪の少女の手で私のテエブルに運ばれて来た。

私は当惑《とうわく》した。私はいままで、ウイスキイなど飲んだことがなかったのである。グラスをしばらく見つめてから、深い溜息とともにカウンタア・ボックスの少女の方をちらと見あげた。断髪の少女は、花のように笑った。私は荒鷲《あらわし》のようにたけりたけって、グラスをつかんだ。飲んだ。ああ、私はそのときのほろにがい酒の甘さを、いまだに忘れることができないのである。ほとんど一息に飲みほした。

「もう一杯。」

まったく大人のような図太さで、私はグラスをカウンタア・ボックスの方へぐっと差しだした。日本髪の少女は、枯れかけた、鉢の木の枝をわけて、私のテエブルに近寄った。

「いや、君のために飲むのじゃないよ。」

私は追い払うように左手を振った。新進作家には、それぐらいの潔癖があってもいいと思ったのである。

「ごあいさつだわねえ。」

女中あがりらしいその少女は、品のない口調でそう叫んで、私の傍の椅子にべったり坐《すわ》った。

「はっはっは。」

私はひとくせありげに高笑いした。酔ぱらう心の不思議を、私はそのときはじめて体験したのである。

五

たかがウイスキイ一杯で、こんなにだらしなく酔ぱらったことについては、私はいまでも恥かしく思っている。その日、私はとめどなくげらげら笑いながら、そのまま「いでゆ」から出てしまったのであるが、宿へ帰って、少しずつ酔のさめるにつれ、先刻の私の間抜けとも阿呆《あほう》らしいともなんとも言いようのない狂態に対する羞恥《しゅうち》と悔恨の念で消えもいりたい思いをした。湯槽にからだを沈ませて、ばちゃばちゃと湯をはねかえらせて見ても、私の部屋の畳のうえで、ごろごろと寝がえりを打って見ても、私はやはり苦しかった。わかい女のまえで、白痴に近い無礼を働いたということは、そのころの私にとって、ほとんど致命的でさえあったのである。

どうしよう、どうしよう、と思い悩んだ揚句、私はなんだか奇妙な決心をした。「初恋の記」――私が或る新進作家の名前でもって、二三行書きかけているその原稿を本気に書きつづけようとしたのであった。私はその夜、夢中で書いた。ひとりの不幸な男が、放浪生活中、とあるいぶせき農家の庭で、この世のものでないと思われるほどの美少女に逢った物語であった。そして、その男の態度は、あくまでも立派であり、英雄的でさえあったのである。私は、これに依《よ》って、ひそかに私自身の大失敗をなぐさめられたいと念じていたのであった。昼《ひる》に見た「いでゆ」の少女に対するこらえにこらえていた私の情熱が、その農家の娘に乗りうつり、われながら美事な物語ができたのである。私はいまでもそう信じているのであるが、あのようなロマンスは、おそらくは私が名前を借りたその新進作家ですら書けないほどの立派なできばえだったのである。

夜のしらじらと明けそめたころ、私はその青年と少女とのつつましい結婚式の描写《びょうしゃ》を書き了《お》えた。私は奇《く》しきよろこびを感じつつ、冷たい寝床へもぐり込んだ。眼がさめると、すでに午後であった。日は高くあがっていて、凧《たこ》の唸《うな》りがいくつも聞えた。私はむっくり起きて、前夜の原稿を読み直した。やはり傑作であった。私はこの原稿が、いますぐにでも大雑誌に売れるような気がした。その新進作家が、この一作によって、いよいよ文運がさかんになるぞと考えたのである。

もはや私にとって、なんの恐ろしいこともない。私は輝かしき新進作家である。私は、からだじゅうにむくむくと自信の満ちて来るのを覚えた。

その日の夕方、私は二度目の「いでゆ」訪問を行った。

六

私が「いでゆ」のドアをあけたとたんに、わっと笑い崩れる少女たちの声が聞えた。私はどぎまぎして了《しま》った。ひらっと私の前に現れたのが、昨日の断髪の少女であった。少女は眼をくるっと丸くして言った。

「いらっしゃいまし。」

私は、少女の瞳《ひとみ》のなかに、なんの侮蔑《ぶべつ》も感じられなかった。それが私を落ちつかせた。それでは、昨日の私の狂態も、まんざら大失敗ではなかったのか。いや、失敗どころか、かえってこの少女たちに、なにか勇敢な男としての印象を与えたのかも知れない。そう自惚《うぬぼ》れて私は、ほっと溜息《ためいき》ついて傍の椅子に腰をおろした。

「きょうは、私、サアヴィスしないことよ。」

日本髪の少女は、そう言っていやらしく笑いこけた。

「いいわよ。」断髪の少女が長い袖《そで》で日本髪の少女をぶっ真似《まね》をした。「私がするわよ。ねえ、私、だめ？」

「ふたり一緒がいい。」

私は、酒も飲まぬうちに酔っぱらっていた。

「あら！　欲ばりねえ。」

断髪が私をにらんだ。

「いや、慈悲ぶかいんだ。」

「うまいわねえ。」

日本髪が感心した。

私は面目をほどこして、それからウイスキイを命じた。

私は、私に酒飲みの素質があることを知った。一杯のんで、すでに酔った。二杯のんだ、さらに酔った。三杯のんで、心から愉快になった。ちっとも気持のわるいことはないのである。断髪の少女が、今夜は私の傍につききりであった。いよいよ、気持のわるい筈がないのである。私の不幸な生涯を通じて、このときほど仕合せなことがいちどもなかった。けれども私は、その少女と、あまり口数多く語らなかった。いや、語れなかった。

「君の名は、なんて言うの？」

「私、雪。」

「雪、いい名だ。」

それからまた三十分も私たちは黙っていた。ああ、黙っていても少女が私から離れぬのだ。沈黙のうちに瞳が物語るこのよろこび。私が昨夜書いた「初恋の記」にも、こんな描写がたくさんたくさんあったのだ。夜がふけるとともにお客がぽつぽつ見えはじめた。やはり雪は、私の傍を離れなかったけれど、他のお客に対する私の敵意が、私をすこし饒舌《じょうぜつ》にした。場のにぎやかな空気が私を浮き浮きさせたからでもあったろう。

「君、僕の昨日のことね、あれ、君、僕を馬鹿《ばか》だと思ったろう。」

「いいえ。」雪は頬を両手でおさえて微笑《ほほえ》んだ。「しゃれてると思ったわ。」

「しゃれてる？　そうか。おい、君、ウイスキイもう一杯。君も飲まないか。」

「私、飲めないの。」

「飲めよ。きょうはねえ、僕、うれしいことがあるんだ。飲めよ。」

「では、すこうし、ね。」

雪は、そう言ってカウンタア・ボックスに行って、二つのグラスにウイスキイをなみなみとたたえて持って来た。

「さあ、乾杯だ。飲めよ。」

雪は、眼をつぶってぐっと飲んだ。

「えらい。」私もぐっと飲んだ。「僕ね、きょうはとても、うれしいんだ。小説は書きあげたし。」

「あら！　小説家？」

「しまった。見つけられたな。」

「いいわねえ。」

雪は、酔ぱらったらしく、とろんとした眼をうっとり細めた。それから、この温泉地に最近来たことのある二三の作家の名前を言った。ああ、そのなかに私の名前もあるではないか。私は、私の耳をうたがった。酔がいちじに醒《さ》める気がした。ほんものがこのまちに来ている。

「君は、知っているの？」

私は、こんな場合に、よくもこんなに落ちつけたものだといまでも感心している。臆病者《おくびょうもの》というものは、勇士と楯《たて》のうらおもてぐらいのちがいしかないものらしい。

「いいえ。見たことがないわ。でもいま、そのかた、百花楼に居られるって。あなた、おともだち？」

私は、ほっと安心した。それでは、私のことだ。百花楼におなじ名前の作家がふたりいる筈がない。

「どうして百花楼にいることなんか知れたんだろう。」

「それあ、判《わか》るわ。私、小説が少し好きなの。だから、気をつけてるの。宿屋のお女中さんたちから聞いたわ。なんと言ったって、狭いまちのことだもの。それあ、判るわ。」

「君は、あいつの小説、好きかね。」

私は、わざと意味ありげに、にやにや笑った。

「大好き。あの人の花物語という小説、」言いかけて、ふっと口を噤《つぐ》んだ。「あら！あなただわ。まあ、私、どうしよう。写真で知ってるわよ。知ってるわよ。」

私は夢みる心地であった。私が、かの新進作家と似ているとは！　しかし、いまは躊躇《ちゅうちょ》するときでない。私は機を逸《いっ》せず、からからと高笑いした。

「まあ、おひとが悪いのねえ。」少女は、酒でほんのり赤らんでいる頬をいっそう赤らめた。「私も馬鹿だわねえ。ひとめ見て、すぐ判らなければ、いけない筈なのに。でも、お写真より、ずっと若くて、お綺麗《きれい》なんだもの。あなたは美男子よ。いいお顔だわ。きのうおいでになったとき、私、すぐ。」

「よせ、よせ。僕におだては、きかないよ。」

「あら、ほんと。ほんとうよ。」

「君は酔っぱらってるね。」

「ええ、酔っぱらってるの。そして、もっと、酔っぱらうの。もっともっと酔っぱらうの。けいちゃあん。」他のお客とふざけている日本髪の少女を呼んだ。「ウイスキイお二つ。私、今晩酔っぱらうのよ。うれしいことがあるんだもの。ええ、酔っぱらうの。死ぬほど酔っぱらうの。」

七

その夜、私は酔いしれた雪を、ほとんど抱きかかえるようにして、「いでゆ」を出た。雪は、私を宿まで送ってやると言い張るのである。いちめんに霜のおりたまちはしずかにしずまっていた。ひとめにかからず、かえって仕合せであると私は思った。そとへ出て冷たい風に当ると、私の酔はさっと醒めた。いや、風のせいだけではなかった。酔いしれた少女のからだのせいでもあった。しっとりと腕に重い、この魚のようにはつらつとした肉体の圧迫《あっぱく》に、私は酔心地どころではなかった。幸福にもまちで誰にも見つからずに私たちは百花楼の門まで来た。大きい木の門は固くとざされていた。私は当惑した。

「おい、困った。門がしまってあるんだ。」

「たたいたらいいんですよ。」

雪は、私の腕からするっとぬけて、ふらふら門へ近寄った。

「よせ、よせ。恥かしいよ。」

酔った女をつれて、夜おそく宿の門をたたいたとあればだいいち新進作家としての名誉がどうなる、死んでもそのようなさもしいことができない。

「おい、君、もう帰れよ。君は、いでゆに寝泊りしているんだろう？　こんどは僕が送って行ってやるよ。帰れよ。あした、また遊ぼう。」

「私、いや。」雪は、からだをはげしくゆすぶった。「いや、いや。」

「困るよ。じゃ、ふたりで野宿でもしようと言うのか。困るよ。僕は、宿のものへ恥かしいよ。」

「ああ、いいことがあるわ。おいでよ。」

雪は手をぴしゃと拍《う》って、そう言ってから、私の着物の袖をつかまえ、ひきずるようにしてぱたぱた歩きだした。

「なんだ、どうしたんだ。」

私もよろよろしながら、それでも雪について歩いた。

「いいことがあるの。でも恥かしいわ。あのね、百花楼ではね、ときどきお客が女のひとを連れこむのに、いやよ、笑っちゃ。」

「笑ってやしないよ。」

「そんな入口があるのよ。ええ、秘密よ。湯殿のとこからはいるの。それは、宿でも知らぬふりしているの。私、でも、話に聞いただけよ。ほんとのことは知らないわ。私、知らないことよ。あなた、私を、みだらな女だと思って。」

「それあ、判らん。」

変に真面目《まじめ》な口調だった。

私は意地わるくそう答えて、せせら笑った。

「ええ、みだらな女よ。みだらな女よ。」

雪はひくくそう呟《つぶや》いてから、ふと立ちどまって泣きだした。「どうせ、私は。でも、でも、たった一度、うん、たった二度よ。」

私はわれを忘れて雪を抱きしめた。

八

その謂《い》わば秘密の入口から、私はまだ泣きじゃくっている雪をかかえて、こっそりと私の部屋へはいった。

「静かにしようよ。他に聞えると大変だ。」

私は雪を坐《すわ》らせて、なだめた。酔は、まったく醒めていた。

雪の泣きはらした眼には、電燈《でんとう》の明るい光がまぶしいらしく、顔からちょっと手を離したが、またすぐひたと両手で顔を被《おお》った。

寒さに赤くかじかんだ手の蔭《かげ》から囁《ささや》いた。

「私を軽蔑して？」

「いや！」私もむきになって答えた。「尊敬する。君は、神さまみたいだ。」

「うそよ。」

「ほんとうだ。僕は君みたいな女が欲しくて、小説を書いてるのだよ。僕は、ゆうべ初恋の記という小説を書いたけれど、これは、君をモデルにして書いたのだ。僕の理想の女性だ。読んでみないか。」

私は机のうえの原稿をとりあげて、どたりと雪の方へなげてやった。

雪は顔から手を離して、それを膝《ひざ》のうえにひろげた。ああ、そこには、私の名前でない男の名が、いや、ほんとうは私の名が、おおきく書かれていた。雪は、溜息ついて黙読をはじめた。私は、机のそばに坐って、ひっそりと机に頰杖《ほおづえ》つき、わが愛読者の愛すべき横顔を眺めた。ああ、おのれの作品が眼のまえで、むさぼるように読まれて居るのを眺めるこの刺すような歓喜！

雪は二三枚読むと、なんと思ったか、ぱっと原稿を膝から払いのけた。

「だめ。私読めないの。まだ酔っぱらっているのかしら。」

私はいたく失望した。たとえ、どのように酔っていたとて、一行読みだすと、たちまちに酔も醒めて、最後の一行まで、胸のはりさける思いでむさぼり読まれて然《しか》るべきこれは傑作ではないか。ウイスキイ二三杯ぐらいの酔のために、膝からはらいのけるとは！

私は泣きたくなった。

「面白くないのか？」

「いいえ。かえって苦しいの。私あんなに美しくないわ。」

私は、ふたたび勇気を得た。そうだ、傑作にはそのような性格もあるのだ。よすぎて読めない。これは有り得《う》る。そう安心すると、私は雪に対して、まえよりも強い、はばのひろい愛情を覚えたのだった。恋愛に憐憫《れんびん》の情がまじると、その感情がいっそうひろがり高まるものらしい。

「いや、そんなことはない。君の方が美しい。顔の美しさは心の美しさだ。心の美しいひとは必ず美人だ。女の美容術の第一課は、心のたんれんだ。僕はそう思うよ。」

「でも、私、よごれているのよ。」

「判らんなあ。だから、言ってるじゃないか。からだは問題でないんだ。心だよ、心だよ。」

そう言いながら、私はわくわく興奮しだした。雪の傍にある原稿をひったくって、ぴりぴりと引き裂いた。

「あら！」

「いや、いいんだ。僕は君に自信をつけてやりたいのだ。これは傑作だ。知られざる傑作だ。けれども、ひとりの人間に自信をつけて救ってやるためには、どんな傑作でもよろこんで火中にわが身を投ずる。それが、ほんとうの傑作だ。僕は君ひとりのためにこの小説を書いたのだ。しかしこれが君を救わずにかえって苦しめたとすれば、僕は、これを破るほかはない。これを破ることで君に自信をつけてやりたい。君を救ってやりたい。」

私は、尚《なお》も、原稿を裂きつづけた。

「判ったわよ。判ったわよ。」雪は声たてて泣きだした。泣きながら叫んだ。「私、泊るわ。ねえ、泊らしてよ。もっともっと、話を聞かしてよ。私、泊るわ。かまうものか。かまうものか。」

九

そのように善良な雪を、なぜ私が殺したのか！　ああ、私は、一言も弁解ができない。なにもかも、私が悪い！　虚栄の子は、虚栄のために、人殺しまでしねばいけない。私は私の過去に犯した大罪を、しらじらしく、小説に組みたてて行くほどの、まだそれほどの破廉恥漢《はれんちかん》ではない。以下、私は、お祈りの気持で、懺悔《ざんげ》の心ですべてをいつわらずに述べて見よう。

私が雪を殺したのは、すべて虚栄の心からである。その夜、私たちは、結婚のちぎりをした。私の知られざる傑作「初恋の記」のハッピイ・エンドにくらべて、まさるとも劣らぬ幸福な囁きを交した。私は、結婚を予想せずに女を愛することができなかった。

　翌朝、私は、雪と一緒に、またこっそり湯殿のかげの小さいくぐり戸から外へ出たのである。なぜ、一緒に出たのであろう。わかい私は、そのような一夜を明して、女をひとりすげなく帰すのは、許しがたい無礼であると考えられたのである。夜明けのまちには、人ひとり通らなかった。私たちは、未来のさまざまな幸福を語り合って、胸をおどらせた。私たちは、いつまでもそうして歩いていたかった。旅館の裏山へ雪は私を誘った。私も、よろこんでついて行った。くねくね曲った山路をならんでのぼりながら、雪は、なにか話のついでに、とつぜん或る新進作家の名前で私を高く呼んだ。私は、どきんと胸打たれた。雪の愛している男は私ではない。或る新進作家だったのだ。私は目の前の幸福が、がらがらと音をたてて崩れて行くのを感じたのである。ここで私は、すべてを告白してしまったら、よかったのである。すくなくとも雪を殺さずにすんだのかも知れない。しかし、それができなかった。そんな恥かしいことは死ぬるともできなかった。私はおのれの顔が蒼《あお》ざめて行くのを、自身ではっきり意識した。

雪も流石《さすが》に私のそんなうち沈んだ様子に不審をいだいたらしかった。

「どうなすったの？　私、判るわ。いやになったのねえ。あなたの花物語という小説に、こんな言葉があったのねえ。一目見て死ぬほど惚《ほ》れて、二度目には顔を見るさえいやになる、そんな情熱こそはほんとうに高雅な情熱だって書かれていたわねえ。判ったわよ。」

「いや、あれは、くだらん言葉だ。」

私は、あくまでも、その新進作家をよそわねばならなかった。どうせ判ることだ。まっかな贋物《にせもの》だと判ることだ。ああ、そのとき！

私は、できるだけ平静をよそって、雪のよろこびそうな言葉をならべた。雪は気嫌を直した。私たちは、山の頂きにたどりついた。すぐ足もとから百丈もの断崖《だんがい》になっていて、深い朝霧の奥底に海がゆらゆらうごいていた。

「いい景色でしょう？」

雪は、晴れやかに微笑《ほほえ》みつつ、胸を張って空気を吸いこんだ。

私は、雪を押した。

「あ！」

口を小さくあけて、嬰児《えいじ》のようなべそを掻《か》いて、私をちらと振りむいた。すっと落ちた。足をしたにしてまっすぐに落ちた。ぱっと裾《すそ》がひろがった。

「なに見てござる？」

私は、落ちついてふりむいた。山のきこりが、ひっそり立っていた。

「女です。女を見ているのです。」

年老いたきこりは、不思議そうな面持で、崖《がけ》のしたを覗《のぞ》いた。

「や、ほんとだ。女が浪《なみ》さ打ちよせられている。ほんとだ。」

私はそのときは放心状態であった。もし、そのきこりがお前がつき落したのだろうと言ったら、私はそうだと答えたにちがいない。しかし、それは、いまにして判ったのであるが、そのきこりが、私を疑えない筈だった。それは断崖の百丈の距離が、もたらして呉《く》れた錯覚である。たったいま手をかけて殺した男が、まさか、これほど離れた場所に居《お》れる筈《はず》がない。私が、当前、山の上を散歩していたということは、私の不在証明《アリバイ》にさえなるかも知れぬ。このような滑稽《こっけい》な錯覚が現実にまままあるらしい。きこりは私を忘れて、山のきこり仲間にふれ歩いた。それから雪の死体を海から引きあげるのに三時間以上をついやした。私は、断崖のしたの海岸まで行くのには、どうしても、それだけの時間がかかるのである。私は、ひとりぼんやり山を降りた。ああ、しかし内心は、ほっとしていたのである！　これでもう何もかも、かたがついた。私はなんの恥辱も受けない。もう東京へ帰ろう。雪が、ゆうべ私のところへ泊ったことは誰も知らぬ。私は、いま、ただ朝の散歩から帰ったところだ。「いでゆ」でも雪のほかは、私のにせの名前も居どころをさえ知らない。知れないうちに東京へ帰ろう。東京へ帰ったならば、もうしめたものだ。ああ、私が本名を言わずに、他人の名前を借りたことが、こんなときに役立とうとは。

十

万事がうまく行った。私は、わざと出発をのばして、まちの様子をひそかにさぐった。雪が酒に酔って、海岸を散歩して、どこかの岩をふみすべったのだろう、と言うことにきまった。雪は海の深いところに落ちこんだらしく、さのみ怪我《けが》していなかったようだ。客を送って出たというが、それは雪の酔っぱらったときの癖で、誰をでも送って行くのだそうだ。そんな、だらしない癖が、いけなかったと宿のものも言っていた。その客は、東京のひとだそうだ、となにげなさそうに言っていた。もはや、ぐずぐずして居られぬ。私は、ゆっくり落ちつきながら、尚《なお》いちにち泊ってそれから東京へ帰った。

万事がうまく行ったのである。すべて断崖のおかげであった。断崖が高すぎたのである。もし、十丈の断崖だったら、或《あ》いは、こんなことにならなかったかも知れぬ。しかし、私ときこりの見た雪は、ただぼんやりした着物の赤い色だけであった。一瞬にして、ふたつの物体が、それこそ霞《かすみ》をへだてて離れ去り得るこのなんでもない不思議が、きこりには解けなかったのであろう。

それから、五年経《た》っている。しかし、私は無事である。しかし、ああ、法律はあざむき得ても、私の心は無事でないのだ。雪に対する日にましつのるこの切ない思慕の念はどうしたことであろう。私が十日ほど名を借りたかの新進作家は、いまや、ますます文運隆々とさかえて、おしもおされもせぬ大作家になっているのであるが、私は、――大作家になるにふさわしき殺人という立派な経験をさえした私は、いまだにひとつの傑作も作り得ず、おのれの殺した少女に対するやるせない追憶にふけりつつ、あえぎあえぎその日を送っている。

（完）

（昭和九年四月「文化公論」）

あさましきもの

賭弓《のりゆみ》に、わななくわななく久しうありて、はづしたる矢の、もて離れてことかたへ行きたる。

こんな話を聞いた。

たばこ屋の娘で、小さく、愛くるしいのがいた。男は、この娘のために、飲酒をやめようと決心した。娘は、男のその決意を聞き、「うれしい。」と呟《つぶや》いて、うつむいた。うれしそうであった。「僕の意志の強さを信じて呉《く》れるね？」男の声も真剣であった。娘はだまって、こっくり首肯《うなず》いた。信じた様子であった。

男の意志は強くなかった。その翌々日、すでに飲酒を為《な》した。日暮れて、男は蹌踉《そうろう》、たばこ屋の店さきに立った。

「すみません」と小声で言って、ぴょこんと頭をさげた。真実わるい、と思っていた。

娘は、笑っていた。

「こんどこそ、飲まないからね」

「なにさ」娘は、無心に笑っていた。

「かんにんして、ね」

「だめよ、お酒飲みの真似《まね》なんかして」

男の酔いは一時にさめた。「ありがとう。もう飲まない」

「たんと、たんと、からかいなさい」

「おや、僕は、僕は、ほんとうに飲んでいるのだよ」

あらためて娘の瞳《ひとみ》を凝視した。

「だって」娘は、濁りなき笑顔で応じた。「誓ったのだもの。飲むわけないわ。ここではお芝居およしなさいね」

てんから疑って呉れなかった。

男は、キネマ俳優であった。岡田時彦《ときひこ》さんである。先年なくなったが、じみな人であった。あんな、せつなかったこと、ございませんでした、としんみり述懐して、行儀よく紅茶を一口すすった。

また、こんな話も聞いた。

どんなに永いこと散歩しても、それでも物たりなかったという。ひとけなき夜の道。

女は、息もたえだえの思いで、幾度となく胴をくねらせた。けれども、大学生は、レインコオトのポケットに両手をつっこんだまま、さっさと歩いた。女は、その大学生の怒った肩に、おのれの丸いやわらかな肩をこすりつけるようにしながら男の後を追った。

大学生は、頭がよかった。女の発情を察知していた。歩きながら囁《ささや》いた。

「ね、この道をまっすぐに歩いていって、三つ目のポストのところでキスしよう」

女は、からだを固くした。

一つ。女は、死にそうになった。

二つ。息ができなくなった。

三つ。大学生は、やはりどんどん歩いて行った。女は、そのあとを追って、死ぬよりほかはないわ、と呟いて、わが身が雑巾《ぞうきん》のように思われたそうである。

女は、私の友人の画家が使っていたモデル女である。花の衣服をするっと脱いだら、おまもり袋が首にぶらんとさがっていたっけ、とその友人の画家が苦笑していた。

また、こんな話も聞いた。

その男は、甚だ身だしなみがよかった。鼻をかむのにさえ、両手の小指をつんとそらして行った。洗練されている、と人もおのれも許していた。その男が、或《あ》る微妙な罪名のもとに、牢《ろう》へいれられた。牢へはいっても、身だしなみがよかった。男は、左肺を少し悪くしていた。

検事は、男を、病気も重いことだし、不起訴にしてやってもいいと思っていたらしい。男は、それを見抜いていた。一日、男を呼び出して、訊問《じんもん》した。検事は、机の上の医師の診断書に眼を落しながら、

「君は、肺がわるいのだね？」

男は、突然、咳《せき》にむせかえった。こんこんこん、と三つはげしく咳をしたが、これは、ほんとうの咳であった。けれども、それから更に、こん、こん、と二つ弱い咳をしたが、それは、あきらかに嘘《うそ》の咳であった。身だしなみのよい男は、その咳をしましてから、なよなよと首《こうべ》をあげた。

「ほんとうかね」能面に似た秀麗な検事の顔は、薄笑いしていた。

男は、五年の懲役を求刑されたよりも、みじめな思いをした。男の罪名は、結婚詐《さ》欺《ぎ》であった。不起訴ということになって、やがて出牢できたけれども、男は、そのときの検事の笑いを思うと、五年のちの今日《こんにち》でさえ、いても立っても居られません、と、やはり典雅に、なげいて見せた。男の名は、いまになっては、少し有名になってしま

って、ここには、わざと明記しない。

弱く、あさましき人の世の姿を、冷く三つ列記したが、さて、そういう乃公《だいこう》自身は、どんなものであるか。これは、かの新人競作、幻燈《げんとう》のまちの、なでしこ、はまゆう、椿《つばき》、などの、ちょいと、ちょいとの手招きと変らぬ早春コント集の一篇たるべき運命の不文、知りつつも濁酒三合を得たくて、ペン百貫の杖《つえ》よりも重き思い、しのびつつ、ようやく六枚、あきらかにこれ、破廉恥《はれんち》の市井《しせい》売文の徒《ともがら》、あさましとも、はずかしとも、ひとりでは大家のような気で居《お》れど、誰も大家と見ぬぞ悲しき。一笑。

（昭和十二年三月「若草」）

律子と貞子

大学生、三浦憲治君は、ことしの十二月に大学を卒業し、卒業と同時に故郷へ帰り、徴兵検査を受けた。極度の近視眼のため、丙種でした、恥ずかしい気がします、と私の家へ遊びに来て報告した。

「田舎の中学校の先生をします。結婚するかも知れません。」

「もう、きまっているのか。」

「ええ。中学校のほうは、きまっているのです。」

「結婚のほうは、自信無しか。極度の近視眼は結婚のほうにも差支えるか。」

「まさか。」三浦君は苦笑して、次のような羨《うら》やむべき艶聞《えんぶん》を語った。艶聞というものは、語るほうは楽しそうだが、聞くほうは、それほど楽しくないものである。私も我慢して聞いたのだから、読者も、しばらく我慢して聞いてやって下さい。

どっちにしたらいいか、迷っているというのである。姉と妹、一長一短で、どうも決心がつきません、というのだから贅沢《ぜいたく》な話だ。聞きたくもない話である。

三浦君の故郷は、甲府市である。甲府からバスに乗って御坂《みさか》峠を越え、河口湖の岸を通り、船津を過ぎると、下吉田《しもよしだ》町という細長い山陰《やまかげ》の町に着く。この町はずれに、どっしりした古い旅籠《はたご》がある。問題の姉妹は、その旅館のお嬢さんである。姉は二十二、妹は十九。ともに甲府の女学校を卒業している。下吉田町の娘さん達は、たいてい谷村《やむら》か大月の女学校へはいる。地理的に近いからだ。甲府は遠いので通学には困難である。けれども、町の所謂《いわゆる》ものもちは、そのお嬢さん達を甲府市の女学校にいれたがる。理由のない見識であるが、すこしでも大きい学校に子供をいれるという事は、所謂ものもちにとっては、一つの義務にさえなっているようである。姉も妹も、甲府女学校に在学中は、甲府市の大きい酒屋に寄宿して、そこから毎日、学校に通《かよ》った。その酒屋さんと、姉妹の家とは、遠縁である。血のつながりは無い。すなわち三浦酒造店である。三浦君の生家である。

三浦君にも妹がひとりある。きょうだいは、それだけである。その妹さんは、二十。下吉田の姉妹と似た年である。だから三人姉妹のように親しかった。三人とも、三浦君を「兄《にい》ちゃん」と呼んでいた。まず、今までは、そんな間柄なのだ。

三浦君は、ことしの十二月、大学を卒業して、すぐに故郷へ帰り徴兵検査を受けたが、極度の近視眼のために、不覚にも丙種であった。すると、下吉田の妹娘から、なぐさめの手紙が来た。あまり文章が、うまくなかったそうである。センチメンタル過ぎて、あまくて、三浦君は少し閉口したそうである。けれども、その手紙を読んで、下吉田の姉妹を、ちょっと懐《なつか》しく思ったそうである。丙種で、三浦君は少からず腐っていた矢先でもあったし、気晴しに下吉田のその遠縁の旅館に、遊びに行こうと思い立った。

姉は律子。妹は貞子。之《これ》は、いずれも仮名である。本当の名前は、もっと立派なのだが、それを書いては、三浦君も困るだろうし、姉妹にも迷惑をかけるような事になるといけないから、こんな仮名を用いるのである。

三浦君が甲府からバスに乗って、もう雪の積っている御坂峠を越え、下吉田町に着いた頃には日も暮れかけていた。寒い。外套《がいとう》の襟を立てて、姉妹の旅館にいそいだ。途中で逢《あ》ったというのである。姉妹は、呉服屋さんの店先で買い物をしていた。

「律ちゃん。」なぜだか、姉のほうに声をかけた。

「あら。」と、あたりかまわぬ大声を出して、買い物を店先に投げとばし、ころげるように走って来たのは、律ちゃんではなかった。貞ちゃんのほうであった。

律子は、ちらと振り返っただけで、買い物をまとめて、風呂敷《ふろしき》に包み、それから番頭さんにお辞儀をして、それから澄まして三浦君のほうにやって来て、三浦君から十メートルもそれ以上も離れたところで立ち止り、ショオルをはずして、叮嚀《ていねい》にお辞儀をした。それから、少し笑って、

「節子さんは？」と言った。節子というのは、三浦君の妹の名前である。

律子にそう言われて、三浦君は、どぎまぎした。なるほど、妹も一緒に連れて来たほうが自然の形なのかも知れぬ。なんだか、みんな見抜かれてしまったような気がして、頬がほてった。

「急に思いついて、やって来たのですよ。こんど田舎の中学校につとめる事になったので、その挨拶《あいさつ》かたがた。」しどろもどろの、まずい弁解であった。

「行《い》こ行《い》こ。」妹の貞子は、二人を促し、さっさと歩いて、そうして、ただもう、にこにこしている。「久し振りね、実に、久し振りね、夏にも来てくださらなかったしさ、それから、春にも来てくださらなかったしさ、そうだ、ひどいひどい、去年の夏も来なかったんだ、なあんだ、貞子が卒業してから一回も吉田へ来なかったじゃないか、ばかにしてるわ、東京で文学をやってるんだってね、すごいねえ、貞子を忘れちゃったのね、堕落しているんじゃない？　兄ちゃん！　こっちを向いて、顔を見せて！　そうれ、ごらん、心にやましきものがあるから、こっちを向けない、堕落してるな、さては、堕落したな、丙種になるのは当り前さ、丙種だなんて、貞子が世間に恥ずかしいわ、志願しなさいよ、可哀想《かわいそう》に可哀想に、男と生れて兵隊さんになれないなんて、私だったら泣いて、そうして、血判を押すわ、血判を三つも四つも押してみせる、兄ちゃん！　でも本当はねえ、貞子は同情してるのよ、あの、あたしの手紙読んだ？　下手だったでしょう？　おや、笑ったな、ちきしょうめ、あたしの手紙を軽蔑《けいべつ》したな、そうよ、どうせ、あたしは下手よ、おっちょこちょいの化け猫ですよ、あたしの手紙の、深いふかあい、まごころを蹂躙《じゅうりん》するような悪漢は、のろって、のろって、のろい殺してやるから、そう思え！　なんて、寒くない？　吉田は、寒いでしょう？　その頸巻《くびまき》、いいわね、誰に編んでもらったの？　いやなひと、にやにや笑いなんかしてさ、知っていますよ、節ちゃんさ、兄ちゃんにはね、あたしと節ちゃんと二人の女性しか無いのさ、なにせ丙種だから、どこへ行ったって、もてやしませんよ、そうでしょう？　それだのに、意味ありげに、にやにや笑って、いかにも他にかくれたる女性でもあるような振りして、わあい、見破られた、ごめんね、怒った？　文学をやってるんですってね？　むずかしい？　お母さんがね、けさね、大失敗したのよ、そうしてみんなに軽蔑されたの、あのね、――」とめどが無いのである。

「貞子。」と姉は口をはさんだ。「私はお豆腐屋さんに寄って行くからね、あなた達さきに行ってよ。」

「豆腐屋？」貞子は少し口をとがらせて、「いいじゃないか。一緒に帰ろうよ。いいじゃないか。お豆腐なんて、無いにきまっているんだ。」

「いいえ。」律子は落ちついている。「けさ、たのんで置いたのよ。いま買って置かなければ、あしたのおみおつけの実《み》に困ってしまう。」

「商売、商売。」貞子は、あきらめたように合点合点した。「じゃ、あたし達だけ、先に行くわよ。」

「どうぞ。」律子は、わかれた。旅館には、いま、四、五人のお客が滞在している。朝のおみおつけを、出来るだけ、おいしくして差し上げなければならぬ。

律子は、そんな子だった。しっかり者。顔も細長く蒼白《あおじろ》かった。貞子は丸顔で、そうしてただ騒ぎ廻っている。その夜も貞子は、三浦君の傍に附き切りで、頗《すこぶ》るうるさかった。

「兄ちゃん、少し痩《や》せたわね。ちょっと凄味《すごみ》が出て来たわ。でも色が白すぎて、そこんとこが気にいらないけど、でも、それでは貞子もあんまり慾張《よくば》りね、がまんするわよ、兄ちゃん、こんど泣いた？　泣いたでしょう？　いいえ、ハワイの事、決死的大空襲よ、なにせ生きて帰らぬ覚悟で母艦から飛び出したんだって、泣いたわよ、三度も泣いた、姉さんはね、あたしの泣きかたが大袈裟《おおげさ》で、気障《きざ》ったらしいと言ったわ、姉さんはね、あれで、とっても口が悪いの、あたしは可哀想な子なのよ、いつも姉さんに怒られてばっかりいるの、立つ瀬が無いの、あたし職業婦人になるのよ、いい勤め口を捜して下さいね、あたし達だって徴用令をいただけるの、遠い所へ行きたいな、うそ、あんまり遠くだと、兄ちゃんと逢えないから、つまらない、あたし夢を見たの、兄ちゃんが、とっても派手な絣《かすり》の着物を着て、そうして死ぬんだってあたしに言って、富士山の絵を何枚も何枚も書くのよ、それが書き置きなんだってさ、おかしいでしょう？　あたし、兄ちゃんも文学のためにとうとう気が変になったのかと思って、夢の中で、ずいぶん泣いたわ、おや、ニュースの時間、茶の間へラジオを聞きに行きましょう、兄ちゃん今夜、サフォの話を聞かせてよ、こないだ貞子はサフォの詩を読んだのよ、いいわねえ、いいえ、あたしなんかには、わからないの、でもサフォは可哀想なひとね、兄ちゃん知ってるでしょう？　なんだ、知らないのか。」やはり、どうにも、うるさいのである。律子は、台所で女中たちと共にお膳《ぜん》の後片附けやら、何やらかやらで、いそがしい。ちっとも三浦君のところへ話しに来ない。三浦君は少し物足りなく思った。

あくる日、三浦君は、おいとまをした。バスの停留所まで、姉と妹は送って出た。その途々《みちみち》、妹は駄々をこねていた。一緒にバスに乗って船津までお見送りしたいというのである。姉は一言のもとに、はねつけた。

「私は、いや。」律子には、いろいろ宿の用事もあった。のんきに遊んで居られない。

それに、三浦君と一緒にバスに乗って、土地の人から、つまらぬ誤解を受けたくなかった。おそろしかった。けれども貞子は平気だ。

「わかってるわよ。姉さんは模範的なお嬢さんだから、軽々しくお見送りなんか出来ないのね。でも、あたしは行くわよ。もうまた、しばらく逢えないかも知れないんだものねえ。あたしは断然、送って行く。」

停留所に着いた。三人、ならんで立って、バスを待った。お互いに気まずく無言だった。

「私も、行く。」幽《かす》かに笑って、律子が呟《つぶや》いた。

「行こう。」貞子は勇気百倍した。「行こうよ。本当は、甲府まで送って行きたいんだけど、がまんしよう。船津まで、ね、一緒に行こうよ。」

「きっと、船津で降りるのよ。町の、知ってる人がたくさんバスに乗っているんだから、私たちはお互いに澄まして、他人の振りをしているのよ。船津でおわかれする時にも、だまって降りてしまうのよ。私は、それでなくちゃ、いや。」律子は用心深い。

「それで結構。」と三浦君は思わず口を滑らせた。

バスが来た。約束どおり三浦君は、姉妹とは全然他人の振りをして、ひとりずっと離れて座席にすわった。なるほど、バスの乗客の大部分はこの土地の人らしく、美しい姉妹に慇懃《いんぎん》な会釈《えしやく》をする。どちらまで？　と尋ねる人もある。

「は、船津まで、買い物に。」律子は澄まして嘘《うそ》を吐《つ》いている。完全に、三浦君の存在を忘れているみたいな様子だ。けれども、貞子は、下手くそだ。絶えず、ちらちらと三浦君のほうを見ては、ぷっと噴き出しそうになって、あわてて窓の外を眺めて、笑いをごまかしている。松の並木道。坂道。バスは走る。

船津。湖水の岸に、バスはとまった。律子は土地の乗客たちに軽くお辞儀をして、静かに降りた。三浦君のほうには一瞥《いちべつ》もくれなかったという。降りてそのまま、バスに背を向けて歩き出した。貞子は、あわてそそくさと降りて、三浦君のほうを振り返り振り返り、それでも姉の後に附いて行った。

三浦君のバスは動いた。いきなり妹は、くるりとこちらに向き直って一散に駈《か》けた。バスも走る。妹は、泣くように顔をゆがめて二十メートルくらい追いかけて、立ちどまり、

「兄ちゃん！」と高く叫んで、片手を挙げた。

以上は、三浦君の羨やむべき艶聞の大略であるが、さて問題は、この姉と妹、どちらにしたらいいか三浦君が迷っているという事にあるのだ。

三浦君は、私にも意見を求めた。私ならば一瞬も迷わぬ。確定的だ。けれども、ひとの好ききらいは格別のものであるから、私は、はっきり具体的には指図できなかった。私は予言者ではない。三浦君の将来の幸、不幸を、たったいま責任を以《もっ》て教えてあげる程の自信は無い。私は、その日、聖書の一箇所を三浦君に読ませた。

――イエス或《ある》村に入り給《たま》へば、マルタと名づくる女おのが家に迎へ入る。その姉妹にマリヤといふ者ありて、イエスの足下に坐《ざ》し、御言《みことば》を聴きをりしが、マルタ饗應《もてなし》のこと多くして心いりみだれ、御許《みもと》に進みよりて言ふ「主よ、わが姉妹われを一人のこして働かするを、何とも思ひ給はぬか、彼に命じて我を助けしめ給へ」主、答へて言ふ「マルタよ、マルタよ、汝《なんじ》さまざまの事により思ひ煩《わずら》ひて心労《こころづかい》す。されど無くてならぬものは多からず、唯《ただ》一つのみ、マリヤは善きかたを選びたり。此《これ》は彼より奪ふべからざるものなり。」（ルカ伝十章三八以下。）

私は、ただ読ませただけで、なんの説明も附加しなかった。三浦君は、首をかしげて考えていたが、やがて、淋しそうに笑って、「ありがとう。」と言った。

けれども、それから十日ほど経《た》って、三浦君から、姉の律子と結婚する事にきめました、という実に案外な手紙が来た。なんという事だ。私は、義憤に似たものを感じた。三浦君は、結婚の問題に於《お》いても、やっぱり極度の近視眼なのではあるまいか。

読者は如何《いか》に思うや。

（昭和十七年二月「若草」）

赤心

建保元年癸酉。三月六日、丁未、天霽。この日、将軍家、御年二十二歳にして正二位に陞叙《しょうじょ》せられた事の知らせが京都からございまして、これすでに破格の栄誉、あまっさえその叙書に添えられ、かしこくも仙洞《せんとう》御所より、いよいよ忠君の誠を致すべし、との御親書さえ賜りました御気配で、南面にお出ましのまま、深更まで御寝《ぎょしん》なさらず、はるかに西の、京の方の空を拝し、しきりに御落涙なさって居られました。

百ノ霹靂《へきれき》一時ニ落ツトモ、カクバカリ心ニ強ク響クマイ。

と蒼《あお》ざめたお顔で、誰に言うともなく低く呻《うめ》かれるようにおっしゃって、その夜、謹《つつ》しみ慎しみお作りになられたお歌こそ

山ハサケ海ハアセナム世ナリトモ君ニフタ心ワガアラメヤモ　源　実　朝

（昭和十八年五月「新潮」）

貨幣

異国語に於《おい》ては、名詞にそれぞれ男女の性別あり。
然《しか》して、貨幣を女性名詞とす。

私は、七七八五一号の百円紙幣です。あなたの財布の中の百円紙幣をちょっと調べてみて下さいまし。或《ある》いは私はその中に、はいっているかも知れません。もう私は、くたくたに疲れて、自分がいま誰の懐《ふところ》の中にいるのやら、或いは屑籠《くずかご》の中にでもほうり込まれているのやら、さっぱり見当も附かなくなりました。ちかいうちには、モダンな型の紙幣が出て、私たち旧式の紙幣は皆焼かれてしまうのだとかいう噂《うわさ》も聞きましたが、もうこんな、生きているのだか、死んでいるのだか、わからないような気持でいるよりは、いっそさっぱり焼かれてしまって昇天しとうございます。焼かれた後で、天国へ行くか地獄へ行くか、それは神様まかせだけれども、ひょっとしたら、私は地獄へ落ちるかも知れないわ。

生れた時には、今みたいに、こんな賤《いや》しいていたらくではなかったのです。後になったらもう二百円紙幣やら千円紙幣やら、私よりも有難がられる紙幣がたくさん出て来ましたけれども、私の生れた頃には、百円紙幣が、お金の女王で、はじめて私が東京の大銀行の窓口から或る人の手に渡された時には、その人の手は少し震えていました。あら、本当ですわよ。その人は、若い大工さんでした。その人は、腹掛けのどんぶりに、私を折り畳まずにそのままそっといれて、おなかが痛いみたいに左の手のひらを腹掛けに軽く押し当て、道を歩く時にも、電車に乗っている時にも、つまり銀行から家へ帰りつくまで、左の手のひらでどんぶりをおさえきりにおさえていました。そうして家へ帰ると、その人はさっそく私を神棚にあげて拝みました。私の人生への門出は、このように幸福でした。私はその大工さんのお宅にいつまでもいたいと思ったのです。けれども私は、その大工さんのお宅には、一晩しかいる事が出来ませんでした。その夜は大工さんはたいへん御機嫌がよろしくて、晩酌などやらかして、そうして若い小柄なおかみさんに向い、「馬鹿《ばか》にしちゃいけねえ。おれにだって、男の働きというものがある。」などといって威張り、時々立ち上って私を神棚からおろして、両手でいただくような恰好《かっこう》で拝んで見せて、若いおかみさんを笑わせていましたが、そのうちに夫婦の間に喧嘩《けんか》が起り、とうとう私は四つに畳まれておかみさんの小さい財布の中にいれられてしまいました。そうしてその翌る朝、おかみさんに質屋に連れて行かれて、おかみさんの着物十枚とかえられ、私は質屋の冷たくしめっぽい金庫の中にいれられました。妙に底冷えがして、おなかが痛くて困っていたら、私はまた外に出されて日の目を見る事が出来ました。こんどは私は、医学生の顕微鏡一つとかえられたのでした。私はその医学生に連れられて、ずいぶん遠くへ旅行しました。そうしてとうとう、瀬戸内海の或る小さい島の旅館で、私はその医学生に捨てられました。それから一箇月近く私はその旅館の、帳場の小簞笥《こだんす》の引出しにいれられていましたが、何だかその医学生は、私を捨てて旅館を出てから間もなく瀬戸内海に身を投じて死んだという、女中たちの取沙汰《とりざた》をちらと小耳にはさみました。「ひとりで死ぬなんて阿呆らしい。あんな綺麗《きれい》な男となら、わたしはいつでも一緒に死んであげるのにさ。」とでっぷり太った四十くらいの、吹出物だらけの女中がいって、皆を笑わせていました。それから私は五年間四国、九州と渡り歩き、めっきり老《ふ》け込んでしまいました。そうして次第に私は軽んぜられ、六年振りでまた東京へ舞い戻った時には、あまり変り果てた自分の身のなりゆきに、つい自己嫌悪《けんお》しちゃいましたわ。東京へ帰って来てからは私はただもう闇屋《やみや》の使い走りを勤める女になってしまったのですもの。五、六年東京から離れているうちに私も変りましたけれども、まあ、東京の変りようったら。

夜の八時ごろ、ほろ酔いのブローカーに連れられて、東京駅から日本橋、それから京橋へ出て銀座を歩き新橋まで、その間、ただもうまっくらで、深い森の中を歩いているような気持で人ひとり通らないのは勿論《もちろん》、路《みち》を横切る猫の子一匹も見当りませんでした。おそろしい死の街の不吉な形相を呈していました。それからまもなく、れいのドカンドカン、シュウシュウがはじまりましたけれども、あの毎日毎夜の大混乱の中でも、私はやはり休むひまもなく、あの人の手から、この人の手と、まるでリレー競走のバトンみたいに目まぐるしく渡り歩き、おかげでこのような皺《しわ》くちゃの姿になったばかりでなく、いろいろなものの臭気がからだに附いて、もう、恥かしくて、やぶれかぶれになってしまいました。あのころは、もう日本も、やぶれかぶれになっていた時期でしょうね。私がどんな人の手から、どんな人の手に、何の目的で、そうしてどんなむごい会話をもって手渡されていたか、それはもう皆さんも、十二分にご存じの筈《はず》で、聞き飽き見飽きていらっしゃることでしょうから、くわしくは申し上げませんが、けだものみたいになっていたのは、軍閥とやらいうものだけではなかったように私には思われました。それはまた日本の人に限ったことでなく、人間性一般の大問題であろうと思いますが、今宵《こよい》死ぬかも知れぬという事になったら、物慾《ぶつよく》も、色慾も綺麗に忘れてしまうのではないかしらとも考えられるのに、どうしてなかなかそのようなものでもないらしく、人間は命の袋小路に落ち込むと、笑い合わずに、むさぼりくらい合うものらしゅうございます。この世の中にひとりでも不幸な人のいる限り、自分も幸福にはなれないと思う事こそ、本当の人間らしい感情でしょうに、自分だけ、或いは自分の家だけの束《つか》の間《ま》の安楽を得るために、隣人を罵《ののし》り、あざむき、押し倒し、（いいえ、あなただって、いちどはそれをなさいました。無意識でなさって、ご自身それに気がつかないなんてのは、さらに恐るべき事です。恥じて下さい。人間ならば恥じて下さい。恥じるというのは人間だけにある感情ですから。）まるでもう地獄の亡者《もうじゃ》がつかみ合いの喧嘩をしているような滑稽《こっけい》で悲惨な図ばかり見せつけられてまいりました。けれども、私のこのように下等な使い走りの生活においても、いちどや二度は、ああ、生れて来てよかったと思ったこともないわけではございませんでした。いまはもうこのように疲れ切って、自分がどこにいるのやら、それさえ見当がつかなくなってしまったほど、まるで、もうろくの形ですが、それでもいまもって忘れられぬほのかに楽しい思い出もあるのです。その一つは、私が東京から汽車で、三、四時間で行き着ける或る小都会に闇屋の婆《ばあ》さんに連れられてまいりました時のことですが、ただいまは、それをちょっとお知らせ致しましょう。私はこれまで、いろんな闇屋から闇屋へ渡り歩いて来ましたが、どうも女の闇屋のほうが、男の闇屋よりも私を二倍にも有効に使うようでございました。女の慾というものは、男の慾よりもさらに徹底してあさましく、凄《すさま》じいところがあるようでございます。私をその小都会に連れて行った婆さんも、ただものではないらしく、或る男にビールを一本渡してそのかわりに私を受け取り、そうしてこんどは、その小都会に葡萄酒《ぶどうしゅ》の買出しに来て、ふつう闇値の相場は葡萄酒一升五十円とか六十円とかであったらしいのに、婆さんは膝《ひざ》をすすめてひそひそひそひそいって永い事ねばり、時々いやらしく笑ったり何かしてとうとう私一枚で四升を手に入れ重そうな顔もせず背負って帰りましたが、つまり、この闇婆さんの手腕一つでビール一本が葡萄酒四升、少し水を割ってビール瓶につめかえると二十本ちかくにもなるのでしょう、とにかく、女の慾は程度を越えています。それでも、その婆さんは、少しもうれしいような顔をせず、どうもまったくひどい世の中になったものだ、と大真面目《まじめ》で愚痴をいって帰って行きました。私は葡萄酒の闇屋の大きい財布の中にいれられ、うとうと眠りかけたら、すぐにまたひっぱり出されて、こんどは四十ちかい陸軍大尉《たいい》に手渡されました。この大尉もまた闇屋の仲間のようでした。「ほまれ」という軍人専用の煙草《たばこ》を百本（とその大尉はいっていたのだそうですが、あとで葡萄酒の闇屋が勘定してみましたら八十六本しかなかったそうで、あのインチキ野郎めが、とその葡萄酒の闇屋が大いに憤慨していました）とにかく、百本在中という紙包とかえられて、私はその大尉のズボンのポケットに無雑作にねじ込まれ、その夜、まちはずれの薄汚い小料理屋の二階へお供をするという事になりました。大尉はひどい酒飲みでした。葡萄酒のブランデーとかいう珍らしい飲物をチビチビやって、そうして酒癖もよくないようで、お酌の女をずいぶんしつこく罵るのでした。

「お前の顔は、どう見たって狐《きつね》以外のものではないんだ。(狐をケツネと発音するのです。どこの方言かしら)よく覚えて置くがええぞ。ケツネのつらは、口がとがって髭《ひげ》がある。あの髭は右が三本、左が四本。ケツネの屁《へ》というものは、たまらねえ。そこらいちめん黄色い煙がもうもうとあがってな、犬はそれを嗅《か》ぐとくるくるくるっとまわって、ぱたりとたおれる。いや、嘘《うそ》でねえ。お前の顔は黄色いな。妙に黄色い。われとわが屁で黄色く染まったに違いない。や、臭い。さては、お前、やったな。いや、やらかした。どだいお前は失敬じゃないか。いやしくも帝国軍人の鼻先きで、屁をたれるとは非常識きわまるじゃないか。おれはこれでも神経質なんだ。鼻先きでケツネの屁などやらかされて、とても平気では居られねえ。」などそれは下劣な事ばかり、大まじめでいって罵り、階下で赤子の泣き声がしたら耳ざとくそれを聞きとがめて、「うるさい餓鬼だ、興がさめる。おれは神経質なんだ。馬鹿にするな。あれはお前の子か。これは妙だ。ケツネの子でも人間の子みたいな泣き方をするとは、おどろいた。どだいお前は、けしからんじゃないか、子供を抱えてこんな商売をするとは、虫がよすぎるよ。お前のような身のほど知らずのさもしい女ばかりいるから日本は苦戦するのだ。お前なんかは薄のろの馬鹿だから、日本は勝つとでも思っているんだろう。ばか、ばか。どだい、もうこの戦争は話にならねえのだ。ケツネと犬さ。くるくるっとまわって、ぱたりとたおれるやつさ。勝てるもんかい。だから、おれは毎晩こうして、酒を飲んで女を買うのだ。悪いか。」

「悪い。」とお酌の女のひとは、顔を蒼《あお》くしていいました。

「狐がどうしたっていうんだい。いやなら来なけれあいいじゃないか。いまの日本で、こうして酒を飲んで女にふざけているのは、お前たちだけだよ。お前の給料は、どこから出てるんだ。考えても見ろ。あたしたちの稼ぎの大半は、おかみに差上げているんだ。おかみはその金をお前たちにやって、こうして料理屋で飲ませているんだ。馬鹿にするな。女だもの、子供だって出来るさ。いま乳呑児《ちのみご》をかかえている女は、どんなにつらい思いをしているか、お前たちにはわかるまい。あたしたちの乳房からはもう、一滴の乳も出ないんだよ。からの乳房をピチャピチャ吸って、いや、もうこのごろは吸う力さえないんだ。ああ、そうだよ、狐の子だよ。顎《あご》がとがって、皺だらけの顔で一日中ヒイヒイ泣いているんだ。見せてあげましょうかね。それでも、あたしたちは我慢しているんだ。勝ってもらいたくてこらえているんだ。それをお前たちは、なんだい。」といいかけた時、空襲警報が出て、それとほとんど同時に爆音が聞え、れいのドカンドカンシュウシュウがはじまり、部屋の障子がまっかに染まりました。「やあ、来た。とうとう来やがった。」と叫んで大尉は立ち上りましたが、ブランデーがひどくきいたらしく、よろよろです。

お酌のひとは、鳥のように素早く階下に駆け降り、やがて赤ちゃんをおんぶして、二階にあがって来て、

「さあ、逃げましょう、早く。それ、危い、しっかり、できそこないでもお国のためには大事な兵隊さんのはしくれだ。」といって、ほとんど骨がないみたいにぐにゃぐにゃしている大尉を、うしろから抱き上げるようにして歩かせ、階下へおろして靴をはかせ、それから大尉の手を取ってすぐ近くの神社の境内まで逃げ、大尉はそこでもう大の字に仰向に寝ころがってしまって、そうして、空の爆音にむかってさかんに何やら悪口をいっていました。ばらばらばら、火の雨が降って来ます。神社も燃えはじめました。

「たのむわ、兵隊さん。も少し向うのほうへ逃げましょうよ。ここで犬死にしてはつまらない。逃げられるだけは逃げましょうよ。」

人間の職業の中で、最も下等な商売をしているといわれているこの蒼黒く痩《や》せこけた婦人が、私の暗い一生涯において一ばん尊く輝かしく見えました。ああ、慾望よ、去れ。虚栄よ、去れ。日本はこの二つのために敗れたのだ。お酌の女は何の慾もなく、また見栄《みえ》もなく、ただもう眼前の酔いどれの客を救おうとして、渾身《こんしん》の力で大尉を引き起し、わきにかかえてよろめきながら田圃《たんぼ》のほうに避難します。避難した直後にはもう、神社の境内は火の海になっていました。

麦を刈り取ったばかりの畑に、その酔いどれの大尉をひきずり込み、小高い土手の陰に寝かせ、お酌の女自身もその傍にくたりと坐《すわ》り込んで荒い息を吐いていました。大尉は、既にぐうぐう高鼾《たかいびき》です。

その夜は、その小都会の隅から隅まで焼けました。夜明けちかく、大尉は眼をさまし、起き上って、なお燃えつづけている大火事をぼんやり眺め、ふと、自分の傍でこくりこくり居眠りをしているお酌の女のひとに気づき、なぜだかひどく狼狽《ろうばい》の気味で立ち上り、逃げるように五、六歩あるきかけて、また引返し、上衣《うわぎ》の内ポケットから私の仲間の百円紙幣を五枚取り出し、それからズボンのポケットから私を引き出して六枚重ねて二つに折り、それを赤ちゃんの一ばん下の肌着のその下の地肌の背中に押し込んで、荒々しく走って逃げて行きました。私が自身に幸福を感じたのは、この時でございました。貨幣がこのような役目ばかりに使われるんだったらまあ、どんなに私たちは幸福だろうと思いました。赤ちゃんの背中は、かさかさ乾いて、そうして痩せていました。けれども私は仲間の紙幣にいいました。

「こんないいところは他にないわ。あたしたちは仕合せだわ。いつまでもここにいて、この赤ちゃんの背中をあたため、ふとらせてあげたいわ。」

仲間はみんな一様に黙って首肯《うなず》きました。


（昭和二十一年二月「婦人朝日」）

洋《よう》之《の》助《すけ》の気《き》焔《えん》

この小説で「私」というのは依田洋之助のこと——明治三十五年生れ。この男が剽《ひょう》窃《せつ》して彼の自作と称する歌。

或《あ》る日　雨の晴れま
路《みち》に竹の皮の包みが落ち
なかから　つくだにがこぼれ出た
つくだにの小魚は水たまりにつかったが
　とうとう生きて返らなんだ。

——かつて私が相当のものであったころの話である。いまでも私は自分をやっぱり相当なものだと思っているが、ふと全く駄目な男だと思ったり、それで半分半分くらいなのであって、そのころの私は「一朝めざむればわが名は世に高し」という栄光が明日にでも私を訪れることを信じていたし、目《ま》ばたきひとつするにも、ふかい意味ありげにしていたほどで、私のどんな言葉も、どんな行いも、すべて文学史的であると考えていた。

私はさる城下町の高等農林の一学生として二年間くらしたことがある。その第二年目の二学期のなかば、ちょっと自慢していいくらいの艶聞《えんぶん》があった。そのころ私は悠々として何もしなかった。学校へは毎日でていたけれど、それは先生をあざ笑うためであった。私は大詩人になりたかったのである。私の笑い声は隣りの畜産科の教室にまできこえ、私の名前はそこの畜産科の生徒たちのあいだにさえ有名であった。午後の実習が終るとたいてい私は街へ出てゆったりと歩いた。そうして酒に酔ったときは人通りのにぎやかな場処をえらび、しゃんとして歩いて見せた。街に出ぬ日は私の下宿の優雅に装飾された部屋で葡萄酒《ぶどうしゅ》を飲みながらゲーテ、シルレルそのほか天才の作品を声たてて読んだ。天才でない作家のものは黙読した。私はなんの仕事にも手をつけていなかったが、いまに始めたなら、きっと大きなことをするにちがいないと信じていた。

その頃の話である。

霧の深い夜、私は街に出て酒を飲み、下宿へ帰ってくる途中、杉の並木路にさしかかった。真暗い小路で、普通ならばおそろしいところであったが私は酔っていたので、たいへんゆったり歩いた。霧のなかを一歩一歩あゆむ度ごとに、霧は頬にも感触され、口真似《まね》の詩の言葉が口をついて出るのであった。一歩すすめば、「わがふるさとよいざさらば」また二三歩すすめば、「なおも悩みのありやなしや」そうして二三歩すすめば、「時はよし、友よ、時は来たりぬ」という風であった。

私は背後に、たぶん塗り下駄《げた》をはいているらしい跫音《あしおと》をきいた。私はふりむかなかった。やはり詩の言葉の「ああ、誰もいないのだ」をこっそり呟《つぶや》いて、私が足を早めると背後の跫音も急ぎはじめた。私はそれが若い女性の跫音だということに気がついた。しかしはじめはこう思っていた。この女は、夜みちが怖くて、誰か安心できそうな道づれをほしくて、こうして私を追うのだろう。私は制服を着た学生であるし、そんなに荒らくれた姿もしていないし、夜みちの保護者として、可成り信用のおける風《ふう》采《さい》なのでなかろうか。そう考えたのである。私は後ろの女のひとを尚《な》おいっそう安心させたく思って、無邪気らしく首を左右に振って見せたり、上品に咳《せき》をしたりした。けれども、そんなゆとりは永くつづかなかった。酔っているせいもあったろうし、霧のふかいせいもあったろうが、私はいよいよ近くにせまって来た女の一律の跫音ばかりに気をつけているうちに、なにやら調子のちがった心地になった。そのときの私の即興詩でいえば「私は魔女にみこまれた。私は沼へ沈む。ぬるま水の沼の水。ああ、足の裏に触わるやわらかな沼の泥」というような面妖《めんよう》な感じの心地であった。この杉並木はもうすこし半町ほどつづき、それを抜け切れば、私の下宿している家の白い門がすぐ右手に見える。私は目だたぬように少しずつ足を早めた。それにつれて背後の跫音も速度をましてついて来る。私は「沼の水も濁れ！」という具合いにいまいましくなったので、大事な主義を破って振りかえった。直《す》ぐまぢかに若い女が立ちどまっていた。

女は顔を両手で覆《おお》って立っていた。衣物に何本も並んでいるふとい赤の横縞《よこじま》と、帯にちらばっている大きな椿《つばき》の花。泣いていた。しかし私が夢から醒《さ》めずに女の顔をのぞき込むと、女は笑っていた。

「なにか僕に用でもあるのか？」

女はひっそりしていた。

「僕は君を知ってる。野鴨のひとだ」

私はあらたまって、なんだか芝居がかりで言ったようだ。この女はどこかで見たことがある。この町で威張っている酒好きの或る新聞記者が、私たちの学校のつい裏に野鴨という小さい喫茶店をひらいていて、そんなのはそのころ珍らしくて私もときたまそこへ行って主人と一緒に酒を飲み、世の中をののしるのであった。その喫茶店で見かけたことのある女である。一月ほどまえに行ったとき、この女が、やはりこんな着物を着て、のんびりと笑いながら私に挨拶《あいさつ》して、その日の夕刊をほかのテエブルから私のテエブルへ持って来てくれた。それから四五日してまた私がその喫茶店を訪れたときには女はいなくて、主人が鉢植えの枯れかけた木のかげで、仲間の新聞記者と思われる客と二人してウイスキイを飲んでいた。その後、私はそこへ行かないし、女のことも気にしない。大がらで、色が白く顎《あご》の丸い、私の好きでもなければ嫌いでもない一さい私の好みに無関係の女であった。

霧が濃淡になって押しよせ、私の頬をひんやりと撫《な》でた。女は女くさい匂《にお》いを散らして、まだ顔を覆ってじっとしていた。私は手持ちぶさたな思いをして、この女くさい匂いから逃げるならいまのうちだと考えついたが、反《かえ》って女に肩が触れるほど近寄った。じっとして動かない女の女くさい匂いは、われわれを吸いよせる。

「歩こう」

前途ある私が女とこんな暗いところでまごついているところを、顔見しりの人に見つけられたなら、どういうことになるかを私は知っていた。自分は、いまにえらくなるのだから、ひとに知られては絶望だ。私は名誉が惜しかったので、そうするのをひどく後悔しながらも、もと来た路へ引返して女とあとになりさきになりしながら、ゆっくりと歩いた。そうすると女の匂いがふんわりにおうので何ともいえない。したがって私は更らに後悔していた。

杉の並木を通り抜けると、霧の底の方でまばらに鈍く光っている街全体の明りが、私たちの眼の下に見えはじめた。ここは少し高台になっていて、だらだら坂をおりると街へ出るが、左手の落葉松《からまつ》の並木路にはいれば、木の茂った丘にぬけ出る。私はなかば逃げるつもりで、なかば女といっしょに歩くつもりで、つまり躊躇《ちゅうちょ》せずに、落葉松の森のなかにはいって行った。私の胸は動悸《どうき》をうつ筈《はず》がないのに動悸をうった。女ものそのそと私のあとについて来た。もう顔を覆うことはやめて、両方の袂《たもと》で帯のところを抑え、木の下枝をくぐりぬける必要から絶えずうつむいて歩いていた。

私が立ちどまると、私のかげ法師みたいに女も立ちどまった。

「なにか僕にご用ですか？」

場所がらが場所がらであるし、女が怖がるとおだやかでなかったので私はおとなしくたずねたのである。

女は笑っているように見え、暗闇《くらやみ》をすかしても女の顔は笑っているらしい輪廓《りんかく》をもって白く見えた。

私は、ふと嬉《うれ》しかったが、いらだたしい気持になるのが当然だと信じ、粗雑にいってのけた。しかし声がふるえ、すでに不気味なことになりはじめているのを痛感した。

「何の用か早く言いなさい。僕は今日いそがしい」

いそがしいというのは嘘《うそ》でなかった。私は何もしていなかったけれど、心はいつでもいそがしかった。無駄な時間というものを知らなかった。諦念《ていねん》や無為の世界のあることを私は知らなかったのである。

女はなんとも答えなかった。そこで私が歩きだすと女も歩きだした。酔いがさめて頬が引張るようであった。私は解決をいそぎたいと思った。ひとに見つけられたなら、これは街の中で発見されることにもまして不名誉であることに私はようやく気がついていた。こんな淋しいところにひとの来る筈はなかったが、私は解決を急いだ。要するに私は急ぎ足に歩いた。

落葉松の並木がつきて、私たちは樹木でとりかこまれた十坪ほどの原っぱへ出た。その一隅にころがり出ている大きな岩に手をふれてみると、岩は霧のためにべっとりと濡《ぬ》れていた。女は私が岩の根もとにしゃがんだと思ったのか、私のそばに来てしゃがんだ。

「ひとが来ると変てこだろうな。僕をからかっているのじゃないかな？」

「いいえ」

おとなしい女は静かに答えた。女は、はじめてものを言ったのであるが、私はそれを聞いて内心、安堵《あんど》した。私は女を、口のきけない不具者ではないかと疑っていたのである。

「じゃ、言えばいいでしょう？　僕はいそがしい」

どんな用事であろう。女はだまっていた。

私はだんだん複雑な気持になって来そうで、どことなく難かしかったので深い溜息《ためいき》をついた。

「もう十二時すぎたでしょう」

「ええ」

なかなか女はおちついていた。私は逃げだしたい衝動を感じるのが当然ではないかと思った。

「君は、ひとの迷惑というものを考えないのだろう？　僕の下宿では、十二時すぎると門をしめてしまう。君のおかげで僕は今夜、ともだちの家にでも泊らなければいけない。それもよい。用事とは、いったいなんです？」

岩のそばを離れて、せきこみながらそれだけ言うと、私はふっと悲しくなった。口を噤《つぐ》んで、足もとの木の根っこを靴先きでこつこつと蹴《け》ると、あるか無しかの山彦《やまびこ》がきこえた。

やはり女は岩の根にしゃがんで、なにか考えているように見えた。私は期待した。しばらくたって女は囁《ささや》いた。

「すみません」

「すみませんというばかりじゃ駄目だよ」

私はちょっと浮き浮きした気分になった。

「君は変ってる。若い女がこんなところで男とふたりきりでいるというのは大冒険だよ」

そう言ってしまってから、私は闇のなかで頰があからむのを覚え、そのために雄弁になった。

「僕は、さっきから考えているが、君の用事というのは、たいてい三いろぐらいに推量できる。僕は君のとこの店の主人を知っている。あれはよい気性のひとだが癇癪《かんしゃく》もちだから、今夜あたり君をなぐりつけたのではないかな。君は怒って店をとび出した。それからあのへんをうろうろしているうちに僕を見つけたんだろう。そうだろう？それなら、これからふたりで野鴨へ行こう。僕が主人に話してあげるから」

女はひっそりうずくまりながら膝《ひざ》の下の草をむしっていた。

「この推量は違っているかしら」

女ははっきり首をふった。あどけない仕草であったので、「俺は堕落」だと私は思った。

「じゃ、君はなにか主人にすまないことをして、それで店へ帰れなくなったのかな。それなら尚おさら早く帰った方がいい。僕がつれて行ってあげよう」

最早《もは》やこの女は、私の頭脳のよさと私が仲裁がうまいのと私の頼もしさとを認めたにちがいないと私はやや満足した。私は自分のえらさを逢《あ》うひとごとに認められたいばかりにふんばって生きていたのであった。

夜の寒さのせいもあったが私の肩はぶるぶるとふるえ、私は二三歩あるきだした。すると女は私の前におとなしく立ちふさがり、それにつられて私も女の前に立ちふさがって、もすこしで私のからだは女のからだへ触れそうになったが、危く踏みとどまった。私は落ちつきを見せるために、おもむろに立っていた。

「最後に、もひとつ考えていたことだが、さもなければ君は、あの店がいやになって、今日かぎり止《よ》そうという覚悟でとび出したのじゃないかな。それならば忠告するが、帰って働らいたがいい。いやな世のなかだがね。僕も、いまに働らく」

なぜ働らかなければいけないのか私自身にもよくのみこめていなかったが、二三の外国の作家がよくそう言っている。私は物質の苦も、いやな世の中という言葉のほんとうの意味も、知らなかった。私は女からすこしずつ離れながら、なお言いたいことがあってもじもじした。ああ、私の推量はその三つだけではなかったのである。けれども、それは言えなかった。私を好きなのじゃないかなどとは、どうしたって言えない。

遠くで人の笑い声がきこえたとき、私たちは、いきなり寄り添った。

「こわい。ひとがこわい」

女は早口にそう囁いた。

「歩こう。見つけられちゃたいへんだよ」

私もこわかった。草原から奥まったところの木立ちのなかへ駈《か》けて行った。女もつづいて私のうしろへついて来た。ここは杉の林で、ところどころに櫟《くぬぎ》や楢《なら》の古木がまじり、年百年中、ひとの通らぬ場所であった。学校の教室からも、はるかにそのこんもりした森の姿が見え、私が教室で植林政策を習っているときなど、「森林」という単語の出るごとに私は窓外に見えるその黒い杉林を眺めたのである。

杉林のなかは、思いのほかじめじめしていて、歩くたびに、私の靴は、腐った落葉のなかへずぶずぶと沈み、雫《しずく》のしたたる音が足もとにも頭上にも、尚おあちらからもこちらからも静かにきこえた。

気おくれして私は立ちすくんだ。

「帰ろう。僕は、いやだ。ほんとうに、君のうちはどこだ？」

女も森のなかがおそろしくなったのであろう。いつの間にか、私の制服の上衣《うわぎ》の端を、しっかり両手でつかんでいた。そうして私の言葉をききちがえたのであろう。女はその生れ故郷の町の名前を言った。汽車で二時間、それから汽船で四時間もかかってやっと行く町を言ったのである。

この間違いが私をくつろがせた。

「すこし遠すぎるな」

私は笑い出しそうになるのをこらえて女にきいた。

「君はこの町のどこかに下宿しているんじゃないのか？」

女はだまっていた。

「君は野鴨に寝起きしてるの？」

やっとのことで、うなずいた。

杉の梢《こずえ》を吹く風の音がひくきこえ、さいぜんよりもしげしげ雫が落ちて寒かった。

「帰ろう。君の名は、なんて言うの？」

こころを割ってみれば、これはいやらしいことをたずねたのと同じことである。

そういって、女はそれから二言三言なにやら呟《つぶや》いたようだがききとれなかった。

「シン」

「おかしい名前だなあ」

私は気まずい思いを隠すために声たてて笑った。笑い声が木だまして私は本心を裏切られたように思って、びっくりしてもう一度こっそり笑ってやった。木だまは前よりも大きく笑った。これは不思議なことであった。その後、ひとにきいてもこの現象や理由はわからない。

あまりのことに不安がつのって来た。

「それでは、これから君を宿屋へ連れて行ってやろう。急いで行こう。僕は友だちのうちへ泊るからいい。あすの朝、早く君の宿屋へ宿銭を持って行ってあげる」

いっこうに私は割りきれない気持で、そう言ってさっさと杉林から出て行った。女は私の上衣をつかんだまま私にひきずられる恰好《かっこう》でついて来た。月が出ていて、もと私たちの休んだ草原は、ぼんやりと霧のなかに沈んでいた。私は、ほっと短かい息を吐いたが、そのとき不意に犬に吠《ほ》えたてられた。黒い痩《や》せ犬が、落葉松の並木の方角から、だしぬけに出て来て、前脚を二本ぐっと前へそろえて突き出し少しずつあとずさりしながら猛烈に吠えたてた。山犬かもしれない。高く低く声に区切りをつけ、細長い頭を突き出して吠えるのだ。私はかつて犬に嚙《か》みつかれたことがあったので、ふだんから見知らぬ犬には用心をするたちであったし、それに場合が場合であったものだからふるえあがった。背すじが収斂《しゅうれん》したかのごときであった。私は女の手を、もぎって私の上衣の端から引きはなし、もとの林のなかへ駈けこんだ。ふとい杉の幹のかげに自分のからだをかくし、顔だけ出して女の方をのぞいた。そして眼力のかぎり女と犬を見た。女は石ころをにぎった右手をピストルでも射《う》つようにぴったりと腰に構え、足もとの犬をおどしていた。女の肉つきのいい肩に鈍い月光があたって、しっとりして見えるのがまことによろしかった。石は放たれたけれど、犬には当らず、犬のうしろの枯草の茎に音をたてた。犬は存外の臆病《おくびよう》犬で一声きゃんと悲鳴をあげて逃げだすと、女は逃げる犬を追ってちょっと走った。しかし立ちどまって、恥かしそうに笑いながら私の方へ引き返して来た。いま女は性慾《せいよく》を持っていると私は思って私の胸はつまった。

誰でもそうとはいえないだろうが、ほんとに有難いと思うと、口に出してそれを言えないことがある。わざと私は気むずかしそうに眉《まゆ》をひそめ、女が上機嫌で林のなかへはいって来るのを見ていた。女は私に寄り添い、そっと右手を差しだした。女の手のひらには、鶏卵大の青い果実が載せてあった。

「なんです？」

私はそっけなくたずねた。私が女にだんだん不興げにしてみせるのは、危険を感じたからで、同時にてれくさかったせいもある。

「からすうり。石なげたら、落ちたの」

そう得意そうに答え、女は嬉《うれ》しがって肩をすくめた。私はこのシンという女が、まだ年若いのに気がついた。おそらくは十六か十七くらいで、それならば私より三つか四つ若く、ほんの子供だろう。

「ああ、いいものだね。捨てなさい」

女はおとなしく笑い、おとなしくその果実を暗い木かげへ投げ捨てた。

私は危機を感じていたのである。息苦しくてならぬのであった。私のそれまでの抑制心がぐらついて来たのである。これでは目茶目茶になるだろう。

「宿屋へ連れて行ってやろう」

さきほどから直《す》ぐ頭の上で、けたたましいさくらどりの声がして、もう絶対に夜ふけになっているのが知れた。私は思い切って、歩きだしたが、今度は女はついて来なかった。私はズボンのポケットへ両手をねじこんでどんどん歩いた。杉林を抜け出るとき、惜しくなって私が振り返って見ると、女はそろそろと林の奥へ行っているのだ。

霧のふかい木立のなかをぼそぼそ歩いている女の後ろ姿が気の毒であった。私は林の出口でぐずぐずしていたが、そのうちに女の姿を見失ったのである。私は駈け出した。女は樒の木の下の窪地《くぼち》に坐《すわ》り、またもや両手で顔を覆《おお》っていた。私は激しく息をして女に近寄り、相手の様子をうかがった。今度はほんとうに泣いていた。私は女のぐるりをあちらこちら歩いた。

「なぜ君はこんなことをするのだ。もしかしたら、君は僕を好きなんだろうか」

ごくあっさりいったつもりであるが「鳥になれ！　虫になれ！」という詩のように、私は完全に羞恥《しゅうち》の念で消えもいりたい思いであった。

女は、うなずいた。

「うそだろう？」

私は殆《ほと》んど駈けだしたくなったが、まだ駈けださなかった。それは有り得ることであろうか。たったいちど逢っただけで、相手を好きになってしまうことが有り得るだろうか。私は醜男《ぶおとこ》でないけれど、また私はえらそうに唇をひきしめ、歯の根の合わないのをこらえているけれど、それくらいの薄弱な象徴でこの女が私のほんとうのえらさを見抜く筈《はず》はない。それでも私は信じたいのだ。いま私がひとりの女に好かれているという事実を信じたかった。

「歩こう」

私はずんずん杉林の奥へすすんだ。女も起きあがって、まだすすり泣きしながら私のうしろについて来た。このすすり泣きも女の跫音《あしおと》も女の日本髪も、みんな私の家督かと思うと不安ではあったが鼻が高かった。

杉林のなかに霧が立ちこめ、木立の隙間《すきま》をもれる鈍い月光が刷毛《はけ》描きの縞《しま》模様となって霧に宿り、拡《ひろ》がりのある杉林いっぱいにその縞の交錯が充《み》ちていた。

私は切迫して、こういうときにはこうするのだと思いながら女のまるい肩を抱いた。そうして私の前歯が女の前歯にかちんとあたると、女は私を押しのけて地面にかがみ、しきりに唾《つば》をはきちらした。

私のこの行為は突飛であろうか？　やがて私は女と並んでおなじくらいに深くうなだれたまま杉林の奥へ奥へとすすみながら、私はこの質問に対して、突飛ではないと答えた。ああ、私の接吻《せっぷん》のしかたは上手でなかった。急ぎすぎて前歯がかちんとぶつかり、冷めたい鼻が触れ合ったにすぎない。けれども私は恥じなかった。私はそのことについて、シンに語ってきかせた。

「僕たちは悪いことをしたのではない。お互に自信を持とう。それから僕たちは、これっきり逢わなくても悲しんではいけない」

そういって私が女の肩に手を置くと、女は何もいわなかった。

――私たちは森のなかを歩きまわり、なにやら私は不義なことが多かったようである。それから夜が明け、野鴨に女を連れて行くと、主人は寝不足の顔で戸をあけてくれた。

野鴨の主人は、私から昨夜のところどころ体裁をつくろった大体の顚末《てんまつ》をきき終えると、悲しげに目を伏せて言った。

「ありがとう。僕の従妹《いとこ》です」

そうして主人は突然おどけものみたいに目をまるくして見せ、彼自身の頭をゆびさしたのである。

「ときどきおかしくなるのです。あなたでよかった」

私はこの言葉には立腹して、こう思った。

「ばかな、何を言うか！」

そう思って、私はシンの顔を見ないで帰って来たが、さきほどまで森のなかで私はこうもしたっけああもしたっけと思いめぐらし、下宿に帰っても気が散って私は眠れなかった。

いまにして私はこう思うのであるが、私の生涯を通じて、私のえらさを認めることの辛うじてできた女は、シンの他にはないようである。外国の文学史を見ても、およそ天才は、世に容《い》れられなかった。けれども誰かひとり、その天才をひそかにあがめているあでやかな女性があるものである。私は、その森のなかの一夜の経験によって、天才としての重要な一つの条件を獲得した。ああ、この夜よりして、私の頭上には大きな星や小さな星や三角の星がみぞれのように降りそそぎ、近世英文学史第六章に出ている詩人の言葉でいえば「私の歩く道には薔薇《ばら》の花びらがまきちらされ、私の身のまわりにはミュウズの女神が舞い狂っていた」のである。俗人どもは、これに気がつかなかった。道ですれちがう若い女たちに、私がお慈悲の意味で微笑《ほほえ》みかけてやっても、女たちは胡散《うさん》くさげに私を見て、はては逃げるのであった。私はこの町をせまく思った。鴉《からす》が多すぎるのも、うるさく思った。やがて私は国元へ電報を打ち、私の父を呼びよせ、私の諸国漫遊の志を打ちあけたのである。この天才の父は、老いの眼から涙をとめどなく流してよろこんだ。街に雨の降る宵、私は、父親とともに汽車でこの町を出発したわけである。雨にけむる城下まちを汽車の窓から頬杖《ほおづえ》つきながら眺めていると、自然に即興的な詩が出来た。私はそれを父にきかせてやろうと思った。けれども父は、かねがね私が自作の詩をひとにきかせるのを惜しがっていたので、私は鼻紙に書いて父に見せた。「ああ、この列車のなかに麗人のひとかげなし。ふるさとよ、ふるさとの肌身よ。山岳よ。父よ、母よ」という詩であった。父は悠久な天地の精髄をうたったこの詩心がのみこめたのであろう。

「たいへんに名作だ。紀念に、俺がもらっといていいだろうな」

そういってそれを大事に鞄《かばん》のなかに蔵《しま》った。それから父は私が汽車に暈《よ》うのを案じて、錠剤を三つぶばかりくれた。嚥下《えんげ》するとき舌や咽喉を甚だにがく刺戟《しげき》する薬であった。

私が目をさましたとき、汽車は大鰐《おおわに》という駅に着いた。旅館に泊ったが、その温泉宿の浴室は、男女混浴であったせいか父は天才の子といっしょに湯にはいるのを遠慮した。けれど父が宿の番頭に耳うちして私を浴室に案内させようとしたときには、案にたがわず番頭は父に、

「いや、心得ております」

といって、意味ありげに私を見た。宿の番頭まで私が詩人であるのを知っているのであった。必ずこの宿に滞在しているあいだに私は髪をながく伸ばそうと決心しながら、番頭に案内されて長い廊下を行き、ぬるい方の浴室にはいった。番頭は、それがこの浴場の習慣だといって、樋《とい》からながれ出ている温泉を杓で受けて私の頭にかけて

くれた。浴室は広くていっぱいに湯気が立ちこめ、かつて私が森のなかでシンとのいきさつがあったときの夜に似ていた。裸体の女が三人と裸体の男が二人いた。三人のうちでいちばん大がらの女は私が詩人であることを知っているにちがいなかった。私は自分の存在を彼女に気づかせようとして、彼女に近寄っていった。すぐに詩ができた。「夜霧のなかの女、さくらどり、雫《しずく》、原っぱ、犬、汽船、女のまち」、女と詩のころを思いながら私は女の手首をつかんで、そのふんわりした触覚に感動した。そうして私が、わっと泣き出すまえに、女は手桶《ておけ》を捨てて浴室から逃げだした。ほかの女も逃げてしまった。

番頭は私を必要以上に固く抱きしめ、それから私を浴室の流し場にねじふせた。こんな不愉快なことはない。即刻、私は父のとめるのも聞かず宿をひきあげた。

いま私は、ひとまずふるさとの田園に身をよせている。鶏に交尾させてはシンの身のうえを思い、鶏どもの生む卵のひとつひとつには、その産まれた月日と詩の言葉を書きしたためている。私の近作のうちでは、かの「つくだにの歌」など優れている。思うに私の詩は、最近とみに円熟して来たようである。このぶんならば、私の諸国漫遊にさきだって、一巻の詩集を出せるように思う。私の希望では、フランス風のフォオリオ判にして、表紙にはできるだけ金粉を使いたく思う。すでに私の父は印刷屋に前金で組版費を渡しているが、私は推敲《すいこう》に推敲をかさね、いまだに原稿を手ばなさない。

けれどもときどき私はつまらなくなることがある。詩を書いた卵を五十個ばかりも大皿のなかへつんで行き、それをピラミッド型にして行くと、だんだん頭がいたくなって来る。このごろは医者が来てあからさまに私のことを神経痛だと父や母に言いふらし、詩作を絶対に禁じようとしている。ほんとうに神経痛だとすれば、私も落ちついて考えなければならないだろう。ふと全く駄目な男だと思うこともある。きのうは真昼間に、空からはっきり星が一箇落ちて来て、私の眼のまえ三尺ぐらいのところの空中にとどまった。その星は、私が手でつかもうとすると飛びのき、手で追いはらおうとするとその反対に私を圧迫して来た。そうしてかれこれ五分間ばかり宙に迷っていた後で、その星は敏捷《びんしょう》に空に舞いのぼった。それは殆《ほと》んど私の眼力では捕捉《ほそく》できなかったほど速かに且《か》つ直線的に空にのぼって行き青空に消えてなくなった。「無限」ということを才分のある私に語らせようという宇宙の大意志ではないかとも思われた。そのとき私の脳髄には極めて細い一本の直線的な傷《いた》みが走りまわり、恰《あたか》も一本のほつれ毛がいきなり鋭利に私の頭のなかを突きぬけて行ったかと思われて、またもや「無限」を暗示した。その傷みは鼻孔に残って焦《こ》げくさくにおい、しばらくのあいだは目がしらんでいた。直線の交錯ということは、恒久性ということと大なる関係があるのにちがいない。この美学上の真理が、私の目がくらむほど力づよく私の脳裡《のうり》に押しよせて来たのであろう。確かにそうであるにちがいない。

（昭和九年四月「文藝春秋」）

解　説

曾根博義

太宰治（本名・津島修治）は天成の小説家のように見えて、決してそうではない。小説家太宰治が誕生するためには長い習作期間が必要だった。太宰治の名で最初の小説集『晩年』を出したのは昭和十一年、二十七歳のときである。以来、昭和二十三年に三十八歳で亡《な》くなるまで、戦争中もほとんど休みなく書きつづけた。そのわずか十二年の間にあれだけの名作を生み出したのはたしかに天才の技としか思えないが、それならなぜもっと若い頃、たとえば二十歳前後から小説家ではなかったのか。それまで文学などには興味がなく、小説を書いたことも小説家になりたいと思ったこともなかったというなら話は別だが、実際には中学時代から小説や戯曲を書きはじめ、一日も早く作家になりたいと思っていた。十五歳で秀吉の臨終を描いた「最後の太閤」を見ても、大作家になりたい一念から偽《にせ》作家になりすまして殺人まで犯してしまう文学青年の話を書いた、十年後の「断崖の錯覚」を読んでも、津島修治がどんなに早くから作家にあこがれていたかは実によくわかるのだ。にもかかわらずなかなか作家になれなかったのはなぜか。その謎《なぞ》を解く鍵《かぎ》も、おそらくこの作品集のなかに隠されているはずだ。

本書に収めた作品は、これまで「習作」とか「初期作品」とか呼ばれてきた太宰治誕生以前の作品のうち、未完の長篇「無間奈落」「地主一代」「学生群」を除いたすべての短篇と戯曲二十二篇（大正十四年〜昭和四年）のほか、昭和九年に太宰治以外の筆名で発表されていた「断崖の錯覚」「洋之助の気焔」の二篇、それ以後に太宰治名で発表されながらこれまで本文庫には収められていなかった四篇の計二十八篇である。それらの題名、署名、初出誌・紙名及び号数、発行年月を収録順に一覧すれば、次の通りである。

最後の太閤	津島修治	青森中学校『校友会誌』34	大正14・3
戯曲　虚勢	津島修治	『星座』創刊号	14・8
角力	辻魔首氏	青森中学校『校友会誌』35	14・10
犠牲	津島修治	『蜃気楼』10月号（創刊号）	14・11
地図	津島修治	『蜃気楼』11・12月合併号	14・12

負けぎらいト敗北ト	津島修治	『蜃気楼』1月号	15・1
私のシゴト	津島修治	『蜃気楼』2月号	15・2
針医の圭樹	辻島衆二	『蜃気楼』4月号	15・4
瘤	辻島衆二	『蜃気楼』5月号	15・5
将軍	津島修治	『蜃気楼』6月号	15・6
哄笑に至る	津島修治	『蜃気楼』7月号	15・7
口紅	辻島衆二	『青んぼ』創刊号	15・9
モナコ小景	津島修治	『蜃気楼』10月号	15・11
怪談	津島修治	『蜃気楼』11・12月合併号	15・12
掌劇 名君	津嶋修治	『蜃気楼』1月号	昭和2・2
股をくぐる	辻島衆二	『細胞文芸』3	3・7
彼等と其のいとしき母	辻島衆二	『細胞文芸』4	3・9
此の夫婦	津島修治	弘前高等学校『校友会雑誌』13	3・12
鈴打	小菅銀吉	『弘高新聞』5	4・2
哀蚊	小菅銀吉	『弘高新聞』6	4・5
花火	小菅銀吉	『弘高新聞』8	4・9

虎徹宵話　小菅銀吉　弘前高等学校『校友会雑誌』15・4・12

＊

断崖の錯覚　黒木舜平　『文化公論』　昭和9・4
あさましきもの　太宰治　『若草』　12・3
律子と貞子　太宰治　『若草』　17・2
赤心　太宰治　『新潮』　18・5
貨幣　太宰治　『婦人朝日』　21・2

＊

洋之助の気焔　井伏鱒二　『文藝春秋』　昭和9・4

津島修治は明治四十二年に津軽金木の大地主の六男に生まれ、大正十二年に県立青森中学校に入学した。その直前に貴族院議員だった父が東京で死去。最初の創作「最後の太閤」を書いたのは中学二年。その年の秋から仲間といっしょに同人雑誌『蜃気《しんき》楼《ろう》』を創刊、ほぼ月刊で昭和二年二月、中学卒業間際《まぎわ》まで全十二号を出した。これが中学時代の作品の主な発表舞台になる。その前後に出した『星座』や『青んぼ』も級友や兄弟たちとの同人雑誌である。昭和二年に青森中学を卒業して旧制弘前《ひろさき》高等学校に入学。翌三年、弘前の止宿先から商業誌なみの『細胞文芸』を創刊、東京に出て美術を学び文学に親しんでいた三兄圭治の斡旋《あっせん》で、文壇の新人、舟橋《ふなはし》聖一、井伏鱒二《ますじ》、久野《くの》豊彦らにも、原稿料を払って寄稿してもらった。津島修治は、中学から高校にかけて、これらの同人雑誌や学校の校友会誌や新聞に、右にあげたような数多くの小説や戯曲を発表していたのである。

このほかに「比賀志英郎」名で発表された「彼」(『細胞文芸』3、昭和3・7)、「哀れに笑ふ」(弘前高校『校友会雑誌』14、昭和4・3)の二作が、最近、相馬正一氏の「検証」の結果、津島修治の作品である可能性がきわめて高いとして翻刻、発表されたが(『新潮』平成15・9、16・7)、原稿、証言などの確証に欠けるので、本書では収録を見合わせた。また「虎徹宵話」の初出は青森の同人誌『猟騎兵』6(昭和4・7)だが、ここでは『校友会雑誌』に再掲載された改訂稿を採った。

「虎徹宵話」と「断崖の錯覚」との間の四年余りの空白期間には、未完の長篇「地主一代」「学生群」があり、昭和五年の東大仏文科入学、上京、青森の芸者小山初代との結婚、銀座のカフェーの女給との心中未遂事件、マルクス主義運動への参加と離脱という、数々の重要な出来事が重なるように起こっている。しかし「太宰治」として生まれ変ってからの作品はいわゆる転向小説ではなかった。

最後に添えた「洋之助の気焔」は、昭和九年四月号の『文藝春秋』に井伏鱒二名で掲載された小説で、太宰治の没後、井伏自身によって、太宰の作であること、最後の一行アキ（本書三六三頁最終行）以下だけを井伏が書き足したものであることが公《おおや》けにされた。

小説というものは、ふつう、自分を他人の立場から眺めることと、他人を他人の立場に立って考えるという、二つの要件の上に成り立っている。太宰治は、主として前者、つまり自分を他人の立場から見るために小説を書きはじめたように思われる。

中学から高校にかけては作文と並んで英語が得意だったらしい。弘前高校一年のとき、ブルール先生に褒められたという英作文のいくつかは卒業後も大事にしていて、『晩年』所収の小説「猿面冠者」にも使っている。その英作文のなかの一つ、“A very brief history of his first half life”（彼の前半生略史）では、高校入学までの自分の略歴を虚実ないまぜで綴《つづ》っている。ブルール先生はそれを“Very good”と評したあとに、自分自身のことをなぜ一人称単数の“I”で書かないで“he”で書くのか、と英語で質問している。実はその回答に相当するような文章を太宰は一年以上前に書いていた。

『蜃気楼』大正十五年四月号のアフォリズム集「侏儒楽《しゆじゆ》」の一節（原文旧かな）、

◎自分は自分というものを外から、ながめて見たくてたまらない。先《ま》ずここに自分があるそれと同じ——何から何迄《まで》等しい——人即《すなわ》ち自分があるとする。そして自分というものを見る。

自分は自分を、どう見るだろう。

そのようにして書きはじめられた小説について、太宰が最も多くを学んだのは、同時代の大正作家、わけても芥川龍之介や菊池寛からだった。「侏儒楽」は菊池主宰の『文藝春秋』に創刊号以来芥川が連載していた「侏儒の言葉」の中学生バージョンのようなものだった。

中学時代の習作には「最後の太閤」をはじめ、「地図」「将軍」「名君」など、特権的な地位や身分にある者が、ふとしたことで侮辱を受けたり、地位を失ったり、人間的な面を見せたりする話が多い。「将軍」が同じ乃木《のぎ》大将を描いた芥川の同名の短篇の模倣であることは見え透いている。その結びの英文“He is not what he was.”は、これも『晩年』所収の「彼は昔の彼ならず」のタイトルにそっくり採られ、中学の英文法の教科書のなかで唯一《ゆいいつ》「僕」の記憶に残った文章として出てくる。ついでにいえば、「針医の圭樹」はおそらく芥川の「奉教人の死」を裏返したパロディーの試みだろう。火中に跳び込んで幼子の命を救う美しい殉教者「ろおれんぞ」に対して、自分の金蔓《かねづる》である主人を救い出そうとした極端な利己主義者の針医を置いてみたのだ。

中学時代の作品ではいちばん出来のいい「地図」が、菊池寛の「忠直卿《ただなおきょう》行状記」の影響を受けていることはつとに指摘されている。征服の満悦感に浸る権力者が世界地図に自分の領土が載っていないことを知って致命的な侮辱を受けて乱行に及ぶという「地図」は、支配者がある事件によって衝撃を受け、どうしようもない淋《さび》しさを感じて乱行を重ねるという大筋において、たしかに「忠直卿」に似ている。だが乱心にいたる過程はまったく異なっている。「地図」は地図に自分の国がなかったことで自尊心を傷つけられる王の話にすぎないが、「忠直卿」の場合は、家来がいつでも殿様に勝ちを譲り、人間として対等につきあってくれないこと、つまり両者の間の「虚偽の膜」が卿を孤独の底に突き落とすという心理が描かれている。忠直卿は封建的な主従関係のなかで一人だけ近代的人間に目覚めているのだ。作者は制度や環境が人間を支配し、人格を変えてしまうというテーマを描こうとしているといってもよい。

菊池寛の影響は「地図」以外にもあちこちに見られる。目の見えない者が見えるようにされてかえって不幸になるというテーマの戯曲「虚勢」は、「父帰る」とならぶ菊池寛初期の戯曲「屋上の狂人」を思い出させる。大正十五年一月三日の日記には『第二の接吻』の新聞記事を探したことが記され、翌昭和二年二月の『蜃気楼』最終号の「同人一覧表」の「津島」の項の「未来」は「菊池寛」となっている。「地図」は琉球《りゅうきゅう》王の乱心にいたる経過がやや単純だといったが、忠直卿を孤独と存在の不安に陥《おとしい》れた、勝負あるいは勝ち負けの心理には、太宰治も異常なほどの関心を持っていて、「地図」とは別系列の一連の作品を書いている。忠直卿と違って、自分と相手が対等の勝負では、実力と自尊心と自他の心理に対する明察が問題になる。しかし「地図」の前後に書かれた「角力」「犠牲」「負けぎらいト敗北ト」「私のシゴト」などでそれらの問題を繰り返し扱ううちに、勝ち負けはしだいに主観化、内面化されて、自分を他人の立場で見るという内容(テーマ)にこだわるだけでは自意識の堂々めぐりに終るしかないことを自覚するようになる。

「私のシゴト」や「瘤」では、大事なのは自意識というテーマより、むしろ自他の関係を意識化した小説の語り方であることに気づきはじめる。ただ昭和に入る前後からの数年、モダニズムやナンセンス文学や傾向小説(プロレタリア小説)といったさまざまな同時代文学の影響を受けて、文体も内容も目まぐるしく変化した後、「彼等と其のいとしき母」「此の夫婦」にいたって一時の安定を見出《みいだ》す。「鈴打」では落語調の自在な語りが結末の女房の語りでさらに一転。芥川龍之介の「雛《ひな》」の老女の語りをなぞった「哀蚊」とともに初期作品のなかでは抜きん出ている。「彼等と其のいとしき母」は断片的に、「哀蚊」は全文が、それぞれ『晩年』冒頭に置かれた、旧作のアラベスクともいうべき「葉」のなかに取り込まれている。

「虎徹宵話」は意外にも近藤勇《いさみ》らしき男をモデルにした新選組小説である。近藤勇の刀が名刀虎徹の本物であったか偽物であったかはいまだに謎らしい。

最近になって太宰治作と認定された「断崖の錯覚」は、明らかに昭和五年秋の鎌倉腰越での銀座の女給との心中未遂事件（女性は死亡）にもとづいた読物で、「葉」とともに『晩年』の実験作である「道化の華」のなかに巧みに生かされている。

このように、これらの初期作品において、菊池、芥川流のテーマの面白さから、目の前の相手に話しかけるような流暢《りゅうちょう》な文体や形式そのものの力に心をひかれて行った津島修治が、やがて自分自身をその語り手に重ね合わせるようにして作中に登場させ、自分の旧作や有名無名の他人の作品を引用し、つなぎ合わせながら、いま書きつつあるその作品の作者を演じることによって「太宰治」になって行くプロセスが見えてくるだろう。それは、自分を他人の立場から眺めることへの関心を、他人が自分を眺め、自分の話に身を乗り出してくることへの関心へと切り換えてゆく、独自の新しい小説形式の模索と発見の過程でもあった。

（平成二十一年三月、日本大学教授）

本書は『太宰治全集』（筑摩書房一九九八―一九九九年刊）を底本とし、各作品を新字新かな表記に改めた。

表記について

新潮文庫の文字表記については、原文を尊重するという見地に立ち、次のように方針を定めました。

一、旧仮名づかいで書かれた口語文の作品は、新仮名づかいに改める。
二、文語文の作品は旧仮名づかいのままとする。
三、旧字体で書かれているものは、原則として新字体に改める。
四、難読と思われる語には振仮名をつける。

なお本作品集中には、今日の観点からみると差別的表現ととられかねない箇所が散見しますが、著者自身に差別的意図はなく、作品自体のもつ文学性ならびに芸術性、また著者がすでに故人であるという事情に鑑み、原文どおりとしました。

（新潮文庫編集部）

地《ち》　図《ず》　初期作品集

新潮文庫　た－2－18

平成二十一年五月一日発行

著者　太《だ》宰《ざい》治《おさむ》

発行者　佐藤隆信

発行所　株式会社　新潮社

郵便番号　一六二―八七一一
東京都新宿区矢来町七一
電話　編集部(〇三)三二六六―五四四〇
　　　読者係(〇三)三二六六―五一一一
http://www.shinchosha.co.jp

価格はカバーに表示してあります。

乱丁・落丁本は、ご面倒ですが小社読者係宛ご送付ください。送料小社負担にてお取替えいたします。

印刷・大日本印刷株式会社　製本・加藤製本株式会社
Printed in Japan

ISBN978-4-10-100618-5　C0193